NANA OFORIATTA AYIM

WIR GOTTESKINDER

ROMAN

*Aus dem Englischen
von Reinhild Böhnke*

Die Originalausgabe erschien 2019 unter dem Titel
The God Child bei BLOOMSBURY CIRCUS,
an imprint of Bloomsbury Publishing Plc., London.

Die Übersetzung aus dem Englischen wurde mit Mitteln des Auswärtigen
Amts unterstützt durch Litprom e. V. – Literaturen der Welt.

Sollte diese Publikation Links auf Webseiten Dritter enthalten,
so übernehmen wir für deren Inhalte keine Haftung,
da wir uns diese nicht zu eigen machen, sondern lediglich
auf deren Stand zum Zeitpunkt der Erstveröffentlichung verweisen.

Penguin Random House Verlagsgruppe FSC® N001967

1. Auflage
Copyright © der Originalausgabe Nana Oforiatta Ayim 2019
Copyright © der deutschsprachigen Ausgabe 2021
Penguin Random House Verlagsgruppe GmbH,
Neumarkter Str. 28, 81673 München

Umschlaggestaltung: Favoritbüro nach einem Entwurf
von Greg Heinimann
Satz: Greiner & Reichel, Köln
Druck und Bindung: GGP Media GmbH, Pößneck
Printed in Germany
ISBN 978-3-328-60146-3
www.penguin-verlag.de

Dieses Buch ist auch als E-Book erhältlich.

Für John Berger

Meine Mutter war mein erstes Land,
der erste Ort, an dem ich lebte.

Nayyirah Waheed

TEIL I

1

Ich kann mich nicht daran erinnern, wie mir erstmals bewusst wurde, dass mein Leben nicht mir gehörte. Die Erkenntnis kam zu mir, nicht plötzlich, nicht in Worten oder Traumbildern, nicht in Großbuchstaben, Befehlen oder Behauptungen, sondern als ein immer wiederkehrendes wortloses Raunen, ein Strom, dessen Anfänge außer Sichtweite waren und dessen Enden ich auf irgendeine Weise mitzuführen schien.

Ich schaute hinüber zu ihm; er war es, den sie für mich ausgewählt hätten, und doch hatte ich mich aus eigenem Willen hier eingefunden.

Ich hatte all die Jahre lang genau beobachtet, von beiden Seiten und aus nächster Nähe, wie an einem Pokertisch, einem zu verrauchten, zu männlichen, in Chiffren verschlüsselten, die zu verstehen ich weder fähig noch willens war.

Ich dachte, die Generation vor mir sei noch zu behaftet von kolonialem Unwohlsein, meine Generation sei eine Brücke, unsere Töchter und Söhne seien die hoffentlich wahrhaft Freien.

Und doch war ich auf stille, kaum wahrnehmbare Weise Zeugin eines Übergangs gewesen: von einer Geschichte, zu groß, zu unhandlich, zu wenig befasst mit dem Kleinen und dem Menschlichen, formuliert mit zu viel Arroganz und Anspruchsdenken – hin zu einer Erzählung der harten Arbeit, der hohen Gesinnung, der Loyalität und Treue.

An allen Fronten herrschte Müdigkeit, Erschöpfung, Enttäuschung, Zynismus, Misstrauen, doch seltsamerweise hatte man zugleich das Gefühl, dass etwas Neues beginnt, nicht für die eine oder die andere Seite, sondern für uns als Menschen, die einen geografischen Raum teilen und eine gemeinsame Geschichte schaffen.

Das Einzige, was fehlte, waren die Freude, die Leichtigkeit und Unschuld meiner Mutter, ihrer Brüder und von Kojo; doch sie hatten nicht überlebt.

Ich sah ihn jetzt an, wie er auf mich zukam – ich sah sie alle an, die schließlich gewonnen hatten –, aber ich war mehr die Tochter meiner Mutter, Kojos Schwester, als dass ich zu ihnen gehörte.

Konnte ich zurückblicken auf die erste Zersplitterung, das erste Erwachen, und daraus lernen?

Konnte ich gewinnen, wie sie gewonnen hatten, und trotzdem, anders als sie, offen bleiben?

Konnte ich, anders als meine Mutter und Kojo, überleben?

2

»Abele«, sang meine Mutter vor dem Frisierspiegel, während ich auf der Satinsteppdecke auf dem Bett hinter ihr lag und sie beobachtete.

»*Abele*.« Sie bewegte sich auf ihrem Stuhl tanzend hin und her, und ihre Mundwinkel waren anerkennend ein wenig nach unten gezogen. »Schade, dass mein Kind nicht meine Schönheit geerbt hat«, sagte sie zu ihrem Spiegelbild, während sie Creme auf ihrem Gesicht verteilte und sie in die weiche Haut hineinstreichelte, dabei die Höhlung unter den Wangenknochen betrachtete und den Glanz, der in den Bernsteinwinkeln ihrer Haut gefangen war. Sie drehte sich zu mir um, als erinnere sie sich. »Du musst immer mehr als perfekt aussehen. Nicht bloß gut genug, sondern perfekt. Du musst bei allem, was du tust, besser als sie sein, sonst denken sie, du bist weniger wert.«

Meine Mutter tauchte vor mir auf, der Geruch ihres pudrigen Luxus umgab mich und ließ meine Augen tränen. Ich öffnete sie. Sie lief seitwärts die Treppe hinunter, und ihre Schuhe klapperten gegen ihre Fersen.

Würde er über Nacht kommen, der Wunsch nach Perfektion, wie auch die Fähigkeit, teuer zu riechen und maßgeschneiderte Kleider zu tragen?

»Maya, was ist los mit dir, Mädchen? Willst du, dass dein Vater nach Hause kommt und mir das Leben schwer macht? Ah.«

Ich ging langsam, seitwärts, die Treppe hinunter, auf meine Mutter zu, die weit weg war wie der Rest der Welt. Als ich sie eingeholt hatte, knöpfte sie meinen Mantel zu. Meine

Arme ragten an beiden Seiten heraus. Ich sah an ihr vorbei auf mein Spiegelbild, halb dort, halb an einem anderen Ort. Sie trat zurück, um mich zu betrachten, und bewegte sich auf den offenen Karton neben der Eingangstür zu.
Ich schloss die Augen, weil ich nicht sehen wollte, wie sie fiel.
»*Aich*«, schrie sie.
Ich machte die Augen auf.
Sie saß nicht auf dem großen neuen Fernseher, sondern hing darüber, die Arme hatte sie hinter sich gegen die Wand gestemmt, die Beine waren ausgestreckt, der Rock hochgerutscht.
Ich fing an zu lachen.
»Ah!« Diesmal klang ihr Gelächter schrill. »*Kwasiaa!* Komm und hilf mir.«
Ich zog sie hoch, und ihr Gewicht warf mich beinah um.
Sie schaute in den Karton und zog die Mundwinkel nach unten. »Hmm«, sagte sie, der Rock noch immer bis zu den Schenkeln hochgerutscht, »sie sollen ihn sehen.«

Ich lief neben ihr her durch das makellose Viertel mit den Doppelhaushälften aus rotem Backstein, dessen Wert nur durch die afrikanische Familie, der eine davon als Tarnung diente, nicht ganz makellos war. Nicht ganz makellos, was aber auch nicht allzu sehr auffiel, weil er Arzt war, seine Frau schön und seine Tochter tadellos gepflegt. Nicht ganz makellos, weil sie ihre Wäsche im Garten aufhängten, bis die Nachbarin ihnen sagte, sie sollten das nicht machen. Nicht ganz makellos, weil ihr Fernseher auf Büchern stand, nicht auf einem Gestell. Nicht ganz makellos, weil der Vater den neuen Fernseher mit Gestell, den die Mutter mit seiner Kreditkarte gekauft hatte, für zu teuer hielt und ihn zurückschicken ließ. Aber immer noch besser als die Männer, die zusammengedrängt vor dem Bahnhof und McDonald's standen und nach Illegalität stanken, als die Frauen, die in den Afroshops saßen und in einem schrillen Stimmengewirr schwatzten, während die Friseure Haare flochten und die Stoffhändler gepunktete, gestreifte, in den Niederlanden bedruckte Stoffbahnen herauszogen, wie farbenprächtige exotische Tierarten.

Ich sah zu meiner Mutter auf, die zu laut mit ihrem unperfekten Akzent sprach. Die Leute musterten sie, als sie vorbeiging, doch sie nahm es nicht wahr. Selbst wenn ich nicht ihre Schönheit geerbt hatte, begriff ich, was sie nicht begriff, dass du nämlich, um besser als sie zu sein, ihnen so vollkommen gleichen musstest, dass sie dein Anderssein nicht mehr wahrnahmen.

Ich weiß nicht, ob es von Anfang an da war, dieses Wissen, dass ich nie einfach nur ich war, sondern ein Ich, das sowohl in mir als auch außerhalb von mir war und das alles beobachtete und bezeugte, was ich tat und was um mich herum war. Als ich später von den Ahnen berichten hörte, wusste ich es bereits, und als mein Vater mir meinen Namen gab – *Eno*, Großmutter –, ich war fast noch ein Baby, geschah das, weil auch er sehen konnte, dass das, was ich sah und verstand, nicht nur mir gehörte.

Es fing an zu regnen. Sie zog mich dicht an sich, und ihr erbsengrüner seidener Regenmantel schützte uns beide, als wir rannten.

Wir kamen am Kaufhaus an und fuhren mit der Rolltreppe nach oben, vorbei an den Abteilungen für Elektronik, Kosmetik, Haushaltswaren und Unterwäsche bis zur Abteilung für Damenmode. Sie war fast leer. Draußen wurde es dunkel, und die Deutschen ließen sich zu ihrem Abendbrot nieder.

Die Verkäuferin musterte uns von oben bis unten, als wir, immer noch tropfend, vorbeigingen. Meine Mutter schlängelte sich zwischen den Kleiderständern hindurch wie eine Betrunkene, mit den Händen prüfte sie Seide, Polyester, Pailletten und Federn, nahm ein Kleidungsstück nach dem anderen herunter, bis sie die Arme vollgeladen hatte und Kleider auf dem Boden hinter sich herzog.

Die Verkäuferin stand jetzt hinter uns, aber meine Mutter bekam es immer noch nicht mit. »Kann ich helfen?«, fragte sie in einem keineswegs hilfreichen Ton.

Nun drehte sich meine Mutter um und lachte. »Ich will alles kaufen«, sagte sie. »Alles. Hier hilf mir.« Sie sprach die Frau mit dem familiären *Du* an, nicht dem höflichen *Sie*, und übergab ihr die Kleider. Sie schaute vage nach links, dann nach rechts und runzelte die Stirn, als konzentriere sie sich, doch ihre Bewegungen ließen keinen Fokus erkennen. Sie ließ ihren Schal hinter sich fallen.

Ich sah auf ihn hinunter, sah in das stirnrunzelnde Gesicht der Frau, als sie sich bückte, um ihn aufzuheben, und meiner Mutter wie eine Bedienstete folgte. Ich begab mich in die Kinderabteilung und fuhr mit den Händen durch die Kleidungsstücke wie meine Mutter, verweilte bei den Samtstoffen und weichen dunklen Cordsachen. Ich schloss die Augen und sah mich in Cordsachen: ein perfektes deutsches Mädchen, eine junge Romy Schneider, die durch den Wald lief, die Arme ausgestreckt nach einem Reh im Gehege, lächelnd wie das Mädchen auf der Sechsfrucht-Saftflasche von Rotbäckchen, die Wangen apfelrot, passend zu ihrem Kopftuch.

»Guck mal! Guck mal, der Neger!«

Das war die Stimme eines kleinen Mädchens hinter mir. Meine Hand verharrte auf dem weinroten Cordkleid. Ich blickte hoch, um zu sehen, wen sie meinte, und wandte mich dann zu ihr um. Sie zeigte auf mich. Sie hatte mich für einen Jungen gehalten. Ihre Mutter sah mich verärgert an, nahm das Mädchen bei der Hand und ging weg. Ich blieb stehen und schaute in den bodentiefen Spiegel links von mir. Meine Haare waren zu vier dicken Zöpfen geflochten. Es stimmte, ich hatte Hosen an, aber wie konnte sie mich mit einem Jungen verwechseln? Mein Vater sagte mir immer, ich solle Ohrringe tragen, was ich nicht tat. Ich berührte meine Ohren.

»Schön«, hörte ich hinter mir. »Ja.« Meine Mutter wählte das rote Cordkleid von der Stange und noch ein anderes, pfirsichfarben mit weißen Rüschen und einem Satinband. Sie wählte weiße Schuhe und ein weißes Kleid mit Erdbeeren auf der linken Brust. Sie wählte Cord-Latzhosen und eine passende Bluse.

»Ich bin Prinzessin, wissen Sie?«, sagte sie zu der Verkäuferin. »Prinzessin Yaa.« Sie erzählte ihr, wo sie herkomme, seien ihre Kleider aus Spitze und Gold, sie habe Diener und sei in einem Palast aufgewachsen.

Die Frau hatte jetzt einen etwas erschrockenen Gesichtsausdruck.

Meine Mutter ging in die Umkleidekabine, und ich folgte ihr, um in eine kleine zukünftige Prinzessin verwandelt zu werden, Erbin der Schönheit.

Vier Verkäuferinnen hatten meine Mutter bedient, als wir mit fünf Plastiktüten davonzogen. Sie zahlte mit der Kreditkarte meines Vaters. Sie begleiteten uns. Sie strichen mir übers Haar. Sie halfen meiner Mutter auf die Rolltreppe. »Tschüss Prinzessin Yaa. Tschüss.«

Sie sah sich nicht um. Ihr Blick war nach unten gerichtet. Ich folgte ihm und sah, was sie sah: einen großen Schrank voller Teller in allen Größen und Tiefen; weiße Teller mit tintenblauen Rändern und Goldarabesken, die in die Ränder eingebettet waren wie Schwäne mit goldenen Flügelspitzen am Rand eines Sees, verzaubert.

Wir kamen im Erdgeschoss an, und sie lief darauf zu, nicht geradewegs, sondern in einer Art Zickzackkurs. Ich sah mich um. Keiner beobachtete uns. Sie blieb vor dem Schrank stehen, und diesmal kam ein Mann zu ihr.

»Ja?«, sagte er mit erhobenen Augenbrauen.
»Wie viel?«, fragte sie.
»Wie viele Teller?«, fragte er die exzentrische Frau, die die Anzahl der Teller wissen wollte.
»Wie viel kostet sie?« Sie zeigte auf die Teller. Der Mann blickte verwirrt. Wollte sie den Preis eines Tellers wissen?
»Sie will wissen, wie viel alles zusammen kostet«, bot ich an.
»Ah«, sagte der Mann, ging zum Ladentisch und öffnete ein Buch. Er kam damit zurück und zeigte es meiner Mutter, während er sie wortlos anblickte.
»Ich kaufe«, sagte sie.
Seine Brauen wanderten noch höher. Er klappte das Buch zu und führte uns zum Ladentisch.

Meine Mutter reichte dem Verkäufer die Kreditkarte und sagte ihm, dass die Teller tagsüber vor 18 Uhr und nicht am Wochenende geliefert werden sollten. Sie wollte nicht, dass mein Vater sie zu sehen bekam.

»Natürlich«, sagte der Mann und lächelte schmallippig. Er reichte ihr die Quittung und blickte auf mich herab. »Du sprichst aber gut Deutsch«, sagte er, weniger ein Kompliment als eine Feststellung.

Es überraschte sie stets, dass ich fließend Deutsch sprach.

Ich produzierte mein breites Klein-Mädchen-Lächeln und mein »Ich weiß auch nicht, wieso ich so fließend spreche«-Schulterzucken, mein entschuldigendes und von meiner eigenen Klugheit überraschtes Schulterzucken, damit er nicht mitbekam, dass ich mir die Sprachbeherrschung erarbeitet und nicht, wie sie annahmen, zufällig oder aus Versehen erworben hatte. Ich lächelte das Lächeln, das wie eine Rosenmuster-Tapete über noch vorhandenen nicht tapezierten Rissen war, durch die sie, wenn sie genau genug hingesehen hätten, ein Zimmer in einem Zimmer hätten entdecken können. Eine Glühbirne, nackt und allein. Ein leerer Tisch, bedeckt mit Schichten von verblasstem Gekritzel, sein Holz splitterig und zerfurcht. Ein leerer Stuhl. An der Wand ein Schatten von etwas oder jemandem, das oder der schon längst verschwunden war. Und am anderen Ende, kaum zu sehen, aber doch da, eine offene Tür.

3

England war immer der Ort, von dem wir träumten. Ich träumte von einem eigenen Zimmer und mitternächtlichen Festen und Naschbüchsen und Mädchen, die Gwendolyn und Catherine hießen, und von Schuluniformen. Mein Vater träumte von den großen Hallen von Cambridge, zu denen er Zutritt gehabt hätte, wenn er bloß nicht zu nervös gewesen wäre und seine Prüfungen verschlafen hätte. Meine Mutter träumte von Klavierunterricht und Reitstunden für mich und von den Träumen ihres Vaters für sie selbst. Mein Zimmer war voller englischer Bücher, und zum Frühstück tranken wir hellbraunen Tee mit Milch und Zucker und aßen weiches, pappiges Weißbrot mit Margarine und Marmelade, das wir im Laden bei den Kasernen der britischen Armee kauften. Dorthin nahm mich mein Vater mit, und ich sah dort meine ersten Filme auf Breitwand, *E. T.* und *The Jungle Book*. Sowohl E. T. als auch Mowgli waren wie wir, weit weg von zu Hause. Sie waren auch wie die Charaktere in einem der Bücher im Regal meines Vaters, *Die drei Schwestern*, die immerzu davon träumten, nach Moskau zurückzukehren, nur dass sie am Ende nicht zurückkehrten.

Wem glichen wir, fragte ich mich, Disney oder Tschechow? Ich ging nach oben, um *Die drei Schwestern* zu holen, und legte das Buch auf die Küchentheke vor meine Mutter hin.

»Was soll ich damit?«, fragte sie. »Du und dein Vater und eure Lesewut.«

Ich sagte nichts über die Liebesromane von Danielle Steel, die ich aus dem Regal neben ihrem Bett holte und beim Schein einer Taschenlampe unter der Bettdecke las.

Sie hob den Tschechow hoch und warf ihn wieder auf die Theke. »Die ganzen Bücher, die er von seinen ›medizinischen Tagungen‹ mitbringt. Warum? Hmm? Erzählt er dir, wo er hingeht? Erzählt er dir von seinen Freundinnen? Was für Buchläden gibt es auf medizinischen Tagungen? Dieser Name von dir. Maya ... Heißt irgendjemand in seiner Familie Ma-ya? Hmm? Schau dir doch mal seine Ex-Freundinnen an, dann weißt du Bescheid.«

Ich nahm das Buch in die Hand und wischte die Abdrücke von ihren Fettfingern weg. Ich war schon im Flur, als sie immer noch redete. Ich ging die Treppe hoch, setzte mich oben auf die Stufen und schlug das Buch auf. Ihre Stimme und die vom Hühnereintopf geschwängerte Luft stiegen hoch zu mir, während ich auf meinen Vater wartete, auf das Geräusch des Schlüssels im Schlüsselloch, die metallische Drehung, die Trost und Bestätigung bedeutete.

Einen Peugeot 304 hatte er, zusammen mit anderen Dingen, die wir für unsere Heimkehr brauchen würden, schon zurückgeschickt. Meine einzigen Erinnerungen stammten aus den Erzählungen meiner Mutter und den Dorfbeschreibungen meines Vaters, wenn er mir drohte, mich dorthin zu schicken, wenn ich ungezogen war, und sie stammten aus zweiter Hand. Abomosu. Es klang wie das Timbuktu, in das die Katzen in *Aristocats*, meinem Lieblingszeichentrickfilm, verbannt worden waren: ein staubiger, trockener Ort jenseits jeder Vorstellung. Ich hätte ihn gern gefragt, wie der Ort so schlimm sein konnte, wenn er doch ihn hervorgebracht hatte, ob der Ort, zu dem wir zurückkehren würden, identisch mit dem Ort der Bestrafung sei, doch das wäre zu altklug von mir gewesen. Außerdem sollte ich dort als junge Lady ankommen, die *please* und *thank you* und *pardon me* wie die Engländer sagen konnte und nicht wie die Deutschen redete, die kein Benehmen hatten und unhöflich waren.

Mein Vater erzählte mir, dass Dr. Larteys Sohn in Oxford zur Schule gegangen war, in seiner Freizeit jetzt Profi-Tennisspieler war und für seinen Schulchor in rot-weißen Talaren sang, wie sie auch in Cambridge üblich waren. Also ging ich nach der Schule zum Englischunterricht, um den Unterschied zwischen *th* und *s* zu lernen und *think* statt *sink* zu sagen. Doch der Unterricht verwirrte meine Zunge nur und brachte ihr ein Lispeln ein, einen fast unmerklichen Protest gegen den Überfluss von Wörtern, von Dingen.

Schließlich klickte es. Ich stand auf und ließ meinen Fuß über einer Stufe baumeln, dann verlagerte ich mein ganzes Gewicht darauf, Stufe für Stufe. Er legte den Mantel ab, stellte die schwarze, in den Falten braun verfärbte Aktentasche ab, die sein Wissen, das Stethoskop, Tabletten und Spritzen enthielt. Ich kam bei ihm an, als er mit seinen Füßen und noch in Socken in die braunen Lederpantoffeln fuhr, die mir, als ich damals zu Weihnachten hinunterschaute, verraten hatten, dass es sich bei dem Weihnachtsmann mit der weißen Plastikmaske und dem Bart nur um meinen Vater handelte. Von dieser Entdeckung hatte ich ihm nichts erzählt, wie ich ihm auch nicht verriet, dass ich bei Schnippschnapp immer gewann, weil ich die Kartendubletten durch unseren Glastisch von unten sehen konnte. Ich verriet ihm auch nicht, dass ich beim Anblick eines Keyboardspielers in der Fußgängerzone unserer Stadt deshalb »Moonlighters« gerufen hatte, weil ich das Wort an diesem Tag in der *Sesamstraße* gehört und nicht weil ich Beethovens Mondscheinsonate erkannt hatte, wie er so stolz glaubte.

»Die Jungen werden dich nicht mögen, wenn du zu klug bist«, sagte er mir, wenn ich mit ihm stritt und nicht nachgeben wollte, und dann war ich innerlich voller Tränen.

Ich ging voran in den Keller hinunter und schaltete das Licht hinter dem Bücherregal an, das mit medizinischen

Enzyklopädien, Romanen und Schachteln mit klassischen Musikschallplatten gefüllt war. Das war unsere Welt, seine und meine. Meine Mutter kam nie hier herunter, es sei denn zum Saubermachen. Er setzte sich in den ledernen Drehstuhl. Ich wartete darauf, dass er hochsah, mir die Stichworte lieferte, auf das metallische Klicken in der Tür.

»Nun?«, fragte er.

»Ich habe das Buch gelesen«, sagte ich. »Die Kinder klettern auf einen Zauberbaum, und dort gibt es die verschiedensten seltsamen Wesen. Und es gibt einen Traum, in dem sie sich in einem riesigen Bett befinden und in ihrem Traum träumen und …«

Er hörte nicht zu. Er sah über mich hinweg in die Luft und hörte nicht zu.

»Ich habe im englischen Diktat zehn von zehn bekommen«, sagte ich, »und acht von zehn.«

»Warum acht von zehn?« Er runzelte die Stirn. »Warum nicht zehn von zehn? Du musst immer dein Bestes geben. Verstehst du?«

Ich nickte. »Ja.«

»Ja, was?«

Ich zögerte, denn ich wollte mich nicht diesem sinnlosen Wortgeplänkel aussetzen, von dem ich wusste, dass es von seinem Vater stammte, war es doch auch nicht seine eigene Stimme, mit der er mich fragte.

»Ja, was?«

»Ja, Daaad.« Ich stand auf und wollte gehen. Hier gab es keine Antworten. Aber, vielleicht … »Muss ich morgen in die Schule? Ich fühle mich nicht gut.« Es war nicht mal ganz gelogen.

Er sah mich jetzt richtig an. »Oh yeh«, sagte er und sprach das *yeh* aus wie die Deutschen in »oh weh«, aber anglisierte es auf ghanaische Art. »Wie fühlst du dich?«

Ich öffnete den Mund, ohne zu wissen, was herauskommen würde. »Ich habe Kopfschmerzen, und mir ist schlecht ... und schwindlig, als würde ich immerzu hinfallen und als wäre etwas Schweres in meinem Magen, es tut weh«, sagte ich und versuchte, die Symptome in meiner Miene widerzuspiegeln; nicht übertrieben, gerade genug.

Er fühlte meine Stirn, machte dann seine Tasche auf, holte ein Thermometer heraus und steckte es mir in die Achselhöhle. Ich presste den Arm kräftig gegen seine Kälte, um es zu erwärmen.

»Normal«, sagte er, als er es herausholte und schüttelte. Er kramte einige Tabletten aus seiner Tasche und gab mir eine. »Nimm die«, sagte er, »und geh zeitig zu Bett. Kein Lesen unter der Bettdecke.«

Ich hielt die Tablette in der Hand, wo sie schmelzen würde, bis ich sie in der Toilette hinunterspülen konnte. Ich stand da in dem von Büchern gesäumten Zimmer. Später dachte ich, wie sehr das alles einer Kirche glich: mein Vater priesterähnlich in seiner Gedankenversenkung und Unnahbarkeit; die in meiner Hand schmelzende Tablette, das Sakrament; die Bücher, die er mir gab, heilige Texte voller Hinweise, zum Beispiel dem, wie man in einem Traum träumen konnte.

Ich versuchte es noch einmal. »Daddy?«

»Hmm?«

»Warum muss Mowgli sein Zuhause und seine Freunde und Familie verlassen?«

»Weil ...« – er stützte die Stirn auf die Fingerspitzen – »er von den Menschen lernen muss. Wie du von diesen Menschen hier lernen musst.«

Ich setzte mich. War's das?

»Aber er kehrt heim. Und du wirst auch heimkehren«, sagte er leise. »*Hic sunt leones.*« Er blickte wieder in den Raum, an dem ich keinen Anteil hatte.

Ich wartete, doch er sagte nichts mehr. »Was bedeutet das, Daddy?«

Er drehte sich um und sah nachgerade durch mich hindurch. Ich legte meine Hand auf die Bücherrücken, um zu spüren, dass es mich wirklich gab – ja, es gab mich.

»Es bedeutet, dass wir Löwen sind, du und ich.«

Und das klang wie ein Versprechen.

Als sie zu Bett gegangen waren, nahm ich meine Taschenlampe und schlich mich in den Keller, wobei ich den ganzen Weg hinunter die Luft anhielt, damit mich niemand hörte.

In der *Encyclopaedia Britannica* meines Vaters fand ich die Formulierung. *Hic sunt leones*: Forschungsreisende gebrauchten sie, um unbekannte Territorien zu bezeichnen, stand da.

Ich hatte gedacht, dass der Ort, an dem er gefangen war und wo ich keinen Platz hatte, vor meiner Geburt existiert hatte. Wir waren durch die Weizenfelder gewandert, an deren Rändern die verdunkelten Fabriken mit den ohnmächtigen Schornsteinen standen, als er mir erzählte, wie er, meine Mutter, ihr Bruder und andere wie sie mit Stipendien nach Deutschland, England, Amerika und Russland geschickt wurden, um Wissen und Bildung zu erwerben, damit sie bei ihrer Rückkehr helfen konnten, ihre neue Nation aufzubauen.

»Warum bist du dann immer noch hier?«, fragte ich und schob meine Hand in die seine.

»Es funktionierte nicht, wie sie es sich vorstellten«, sagte er und hielt meine Hand umschlossen wie zuvor. »Zu Hause pflegten sie zu sagen, nur der König habe Träume.«

»Warum nur er?«, fragte ich. Ich überlegte, wer »sie« waren, und machte bei jedem seiner Schritte zwei, bis ich schließlich längere Schritte machte.

»Weil er eins mit dem Staat war, und selbst wenn sein Volk träumte, träumte es für ihn. Außerdem habe ich ihnen nicht geglaubt«, sagte er leise und blieb stehen. Er schaute zu den großen, verblassten Schildern hinüber, die von den Rüstungswerken Mannesmann und Krupp kündeten, obwohl sie zu weit weg waren, als dass er sie entziffern konnte.

Ich zog an seiner Hand, weil ich nicht wollte, dass er dort stehen blieb und auf etwas schaute, was er nicht erkennen konnte. »Ich kann sie erkennen, Daddy«, sagte ich.

Hic sunt leones. Das bedeutete nicht, dass er wie ein Löwe in all seiner Macht heimkehren würde, sondern dass er der Unbekannte in einem unbekannten Land war, dass er verloren war – und ich mit ihm.

4

Ich stand neben Andrea. Obwohl sie Lehrerin war, ließ sie sich von uns mit dem Vornamen anreden und lachte, wenn etwas lustig war, statt wohlwollend zu schmunzeln wie die anderen Erwachsenen. Sie trug derbe Wanderschuhe, und ihre Haare waren dick und standen wie Zuckerwatte um ihren Kopf. Ich blickte auf meine eigenen glänzenden schwarzen Schuhe hinunter, die meine Zehen zusammendrückten, und strich meine entkräuselten Haare glatt, damit sie flach auf der Kopfhaut lagen. Die Dax-Pomade wischte ich an meinem Kleid ab. In meiner rechten Hand hielt ich eine Papierlaterne in Sonnenform. Sie hatte innen eine kleine Glühlampe, die ich mit einem Schalter am Plastikstock, an dem die Laterne hing, anschalten konnte. Einige der anderen Kinder hatten selbst gemachte Laternen. Sie stießen ihren Atem kräftig aus, um zu prüfen, ob er in der kalten Nachtluft zu sehen war. Sie stampften mit den Füßen und rieben sich die Hände, und ich wusste nicht, wie ich ihnen nahe sein konnte. Ich schaltete meine Laterne an.

»Weißt du, dass wir am Sankt-Martinstag Gans essen, weil Martin weglief und sich in einem Gänsestall versteckte, als sie ihn zum Bischof von Tours machen wollten?« Andrea sprach nur zu mir, aber sie sprach laut, mit ihrer Lehrerin-Erzählstimme, obwohl ich sie mit anderen Stimmen sprechen gehört hatte. »Er wollte nicht Bischof werden. Er wollte Mönch bleiben. Er meinte, das sei eine sehr große Aufgabe und er sei sehr klein. Aber als die anderen ihn suchten, machten die Gänse solchen Lärm, dass sie ihn entdeckten. So wurde er zum Bischof und dann zum Märtyrer.«

Ich wartete, bis sie fertig war, ehe ich mich umblickte. Inzwischen waren alle Mütter da, außer meiner. Sie kam immer zu spät. Sie traten von einem Fuß auf den anderen, schüttelten die Köpfe, rollten mit den Augen. Ich konnte nicht hören, was sie sagten, aber ich hörte den missbilligenden de-de-de-de-Rhythmus, in dem Deutsche sprachen, wenn etwas nicht nach Plan verlief.

Ich spürte, wie mein Gesicht plötzlich in der kalten Nachtluft heiß wurde, wartete auf die schmerzhaften Stiche des Frosts auf meinen Wangen und wünschte sie herbei, damit ich nicht spüren musste, wie die Mütteraugen an mir vorbeisahen. Ich stampfte mit den Füßen auf und rieb mir die Hände wie die anderen und sagte ihnen wortlos, dass ich am nächsten Tag an einer englischen Schule neu anfangen würde, weil sie unhöflich waren.

Da kam sie an, rennend, in einem dreieckigen Trenchcoat mit drei riesigen Knöpfen. Sie trug ihre Diana-Ross-Perücke mit den toupierten Haaren und dem Seitenscheitel, außerdem schwarze Lacklederschuhe mit einer goldenen Schnalle, die perfekt zu ihrer Handtasche passten. Die anderen Mütter hörten auf, von einem Fuß auf den anderen zu treten. Sie trugen alle Jeans und Parkas. Sie redete und lachte und wedelte mit den Händen, und alle sahen sie an, als hätte sie all die kleinen Lämpchen aus ihren Laternen genommen und für sich vereinnahmt, und ich wünschte mir, dass sie manchmal einfach das Licht ausknipsen würde.

Wir gingen los, unsere Laternen schaukelten im Takt unseres Gesangs. »*Ich geh mit meiner Laterne und meine Laterne mit mir. Dort oben leuchten die Sterne, und unten leuchten wir.*«

Meine Mutter redete immer noch, und alle anderen Mütter lachten, als sei sie die lustigste Person auf der Welt. Ich wusste nur, dass sie die lauteste war.

Ich schaute zu den Sternen hoch. Sie waren dort oben – und wir hier unten und leuchteten als Spiegelbild. Der Nacken tat mir weh. Ich schloss die Augen, hielt die Hand meiner Mutter fest, das Gesicht zum Himmel erhoben. Ich spürte die Sterne noch hinter meinen Lidern, obwohl ich sie nicht sehen konnte. Ich lief mit geschlossenen Augen, zuerst voller Furcht, mit Straßenlampen, Mauern, anderen Kindern zusammenzustoßen, doch ich ging weiter, und allmählich fühlte sich der Raum vor mir leer an. Sogar die Sterne waren hinter meinen Lidern verschwunden, und es war, als wären sie überhaupt nicht da.

»Wo bist du?«, fragte ich. »Kennst du mich?«

»Oh-ho, Maya, *adɛn?*«

Ihre Stimme war so weit weg wie die Stimmen der anderen Kinder, und ich wollte die Augen nicht aufmachen, wollte nicht die Sterne daran hindern zu antworten.

»*Nwaseasɛm kwa na wonim.*« Sie zog mich an der Hand.

Ich öffnete die Augen. Sie sah auf mich herunter, lächelte und schüttelte den Kopf. Sie sprach nur dann auf Twi zu mir, wenn sie Beschimpfungen ausstieß, und ich überlegte, ob einige Sprachen angriffslustiger als andere waren, wie einige andere mehr Komposita hatten. Der Mann, der auf einem Pferd vor der Prozession herritt, hatte bei den Wiesen nicht weit von unserem Haus angehalten. Dort loderte ein großes Feuer, bei dem schon die anderen Lehrer standen. Er hatte ein weißes Laken wie eine Toga um den Körper geschlungen und darüber einen roten Umhang, den er jetzt in zwei Hälften zerschnitt. Er gab die eine Hälfte einem anderen Mann in Unterhemd und Jeans, der sie um sich wickelte.

Andrea kam heran und stellte sich neben meine Mutter. »Das ist genau wie die Rituale, die ihr in eurem Land habt. Unsere Leute sangen und tanzten auch, aber wahrscheinlich nicht so gut wie eure.« Sie lächelte. »Sie trugen die Laternen, um die Winterdämonen zu vertreiben …«

»Ich bin Christin«, sagte meine Mutter und wandte sich ab. Ich sah Andrea an, wie sie hinter dem Rücken meiner Mutter dastand, blinzelte und nicht wusste, was sie sagen sollte. Als wir weggingen, drehte ich mich um, weil ich Andrea sagen wollte, sie müsse nicht Englisch sprechen, mit einer Stimme, von der sie annahm, sie würde meiner Mutter das Gefühl geben, zu Hause zu sein, weil meine Mutter schon wusste, wie sich zu Hause anfühlte.

Ich versuchte, die Leere hinter meinen Lidern zurückzuholen, doch sie war schon von den Worten meiner Mutter erfüllt. Hätte die törichte Deutsche neben irgendeiner der anderen Mütter gestanden und diesen Blödsinn über Dämonen erzählt? Und von ihr wurde erwartet, dass sie dort stand und sich solchen Un-fug von einer Frau anhörte, die keine anständigen Schuhe trug und nie einen Kamm benutzt hatte. Un-fug.

Wir liefen auf der Hauptstraße zwischen den Feldern entlang. Ich konnte die Leuchtzeichen der Industriebauten sehen, die mein Vater nicht gesehen hatte, das M von Mannesmann, das jetzt flackernd an und aus ging.

»Bis morgen dann«, hatte Andrea gesagt.

Meine Eltern hatten ihnen nicht einmal mitgeteilt, dass ich die Schule verlassen würde.

5

Miss Prest hatte eine Stimme, die weder aus ihrer Nase noch aus ihrer Kehle kam, sondern von irgendwo dazwischen. Sie stand neben mir vor der Klasse und stellte mich mit langen Sätzen vor, wie ein japanischer Dolmetscher, den ich im Fernsehen gesehen hatte, dessen Wortströme ein einfaches Ja oder Nein übertrugen. Sie sagte nicht: »Das ist Maya«, sondern sprach schnell, wobei sich ihr Mund fast gar nicht bewegte. Ich wollte ihr vom Druck in meiner Blase erzählen, wusste aber nicht, wie. Habe ich »Entschuldigung« oder »bitte« gesagt? Habe auch ich kaum den Mund bewegt wie sie oder verständlich gesprochen? Ich vollführte meinen »Pipitanz«, den sie nicht zu deuten wusste, obwohl meine Mutter es konnte. Ich presste die Beine zusammen, bewegte die Hüften leicht von einer Seite zur anderen, starrte in die Ferne und konzentrierte mich darauf, die Flüssigkeit nicht hinauszulassen. Sie sagte etwas und sah lächelnd auf mich herunter. Was wollte sie? Ich erwiderte ihr Lächeln – und in diesem Augenblick entspannten sich meine Muskeln. Was ich versucht hatte, bei mir zu behalten, kam herausgeschossen und wusch das Kratzige aus meinen neuen dicken grauen Wollstrumpfhosen, füllte den nicht vorhandenen Raum zwischen meinen Füßen und Schuhen und endete auf dem nach Desinfektionsmitteln riechenden, schmutzig aussehenden Linoleumboden.

Nachdem ich mich mit Sachen aus der Fundstelle umgezogen hatte, saß ich in der Teepause bei den Lehrern, ihre Unterhaltung bildete ein Hintergrundgeräusch.

Ich tauchte meinen Vollkornkeks in Milch, lutschte daran

und fragte mich, wo die anderen Kinder waren, ob sie mich leiden können würden oder ob ich auch hier abseits stehen würde. Als ich fertig war, durfte ich nach draußen. Nur ein oder zwei der anderen Gesichter interessierten mich.

Robert McNally hatte rotblondes Haar, das Gold barg wie die Haut meiner Mutter, obwohl seine Haut durchsichtig war und bedeckt mit rötlichen Punkten wie von einem Filzstift.

Tom Anderson, der am Vormittag lauter gelacht hatte als alle anderen in der Klasse, hatte kurzes stachliges Haar und teigig aussehende weißliche Hände. Er schrie jetzt: »Auf die Plätze, fertig, los!«

Alle rannten wild auf die Ecken des Spielplatzes zu, wieder zurück und quer darüber, stießen zusammen und kreischten. Ich rannte auch, in den zu großen Sachen aus der Fundstelle. Ich drehte mich um. Keiner befand sich hinter mir.

Ich hielt nach Roberts rotem Haar Ausschau. Er jagte ein Mädchen. Ihr Haar war lang und leuchtend und locker. Es schwang von einer Seite zur anderen, während sie lief und kreischte.

Jemand stieß mit mir zusammen. Ich rannte wieder los und kreischte wie das Mädchen. Ich wollte mich umdrehen und sie ansehen. Stattdessen lief ich und gab vor zu lachen, doch innerlich zog ich ein Gesicht, das ich später wiedererkannte, als ich Munchs *Schrei* sah. Alle blieben stehen. Robert McNally hatte sie gefangen.

Jetzt beobachtete ich sie. Wie ihr das leuchtende Haar auf das Heft floss, als sie schrieb. Wie ihre Sachen besser zueinanderpassten, auch wenn sie nicht so raffiniert wie meine waren. Wie ihre Nase leicht nach oben zeigte und ihre Haut stets nach Ferien in der Sonne aussah. In unserer Musikstunde saß ich neben ihr und beobachtete, wie sie die Worte zum Lied artikulierte. Ich tat es ihr gleich, und sie sah es und lächelte.

Bald verpaarten wir unsere kleinen Spielzeug-Ponys und kämmten ihnen die grellrosa- und purpurfarbenen Mähnen und Schwänze auf dem Schulspielplatz, hielten uns gegenseitig Butterblumen an die Haut und beobachteten ihren Widerschein. Während des Unterrichts schickten wir uns Botschaften, die lauteten: »Du bist meine beste Freundin« und »Du bist auch meine beste Freundin«.

Sie war meine beste Freundin, obwohl die Welt für sie nicht so widersprüchlich war. Ich wollte diese Schlichtheit, wie ich auch die durchsichtige Klarheit von Robert McNallys Haut durchdringen und mich dort widergespiegelt sehen wollte.

Als Christine mich zum Spielen nach der Schule zu sich nach Hause einlud, eroberten Szenen, in denen wir mit kleinen Ponys in der Hand rannten und lachten, meine Träume. Wenn die Lehrer mich im Unterricht wegen meiner Träumerei ermahnten, sah ich zu ihr hinüber, und wir hielten uns bei gesenktem Kopf die Hand vor den Mund und bebten vor unterdrücktem Lachen.

Wir stiegen aus dem Schulbus; ihre Mutter erwartete uns vor ihrem Zuhause. Es war ein weißes Einfamilienhaus. Ihre Mutter hatte dasselbe Haar wie Christine, nur dass es kürzer geschnitten war und graue Strähnen im Blond hatte. Ihr Haus war größer, und überall hingen Fotos von Christine und ihren Brüdern an den Wänden. Auf der Küchentheke stand nichts. An der Tür hingen Kränze aus getrockneten Blumen, und auf den Fensterbrettern waren in schlanken Vasen frische Blumen arrangiert. Christines Mutter versorgte uns mit Apfelschorle und Sandwiches, belegt mit dünnen Salamischeiben mit Pfefferrändern. Wir gingen in ihr Zimmer hoch, um dort mit ihrem riesigen Kaufmannsladen und mit ihren Barbies und Kens zu spielen. Wir legten uns auf den Fußboden und schauten hoch zu ihrer Zimmerdecke, die mit Sternen und Monden bedeckt war.

»Erzähl mir eine Geschichte«, sagte sie.
Ich dachte eine Weile nach und fing dann an. »Als meine Mutter klein war, wohnte sie in einem Palast, weil ihr Vater ein König war. Sie hatte jede Menge Geschwister, und wenn es Essenszeit war, schloss ihr Vater die Pforten des Palastes, und sie kamen alle zusammen und aßen aus einer riesigen Schüssel ...«
Sie richtete sich auf. »Das ist eine blöde Geschichte.«
Ich richtete mich auch auf. »Aber sie ist wahr.«
Jetzt sah sie zornig aus. »Du lügst«, sagte sie, »du lügst.«
»Nein. Ich lüge nicht. Es ist wahr.«
Sie war aufgestanden und ging auf die Tür zu. »Hör auf zu behaupten, dein Großvater war ein König. Das stimmt nicht. Sag es jetzt.«
Ich sah sie an. »Es ist wahr, er war König«, beharrte ich.
Sie öffnete die Tür, verschwand und warf sie heftig hinter sich zu.
Ich saß mitten im Zimmer. Nackte, geschlechtslose Barbies und Kens, kleine Plastikäpfel und Einkaufswagen lagen rings um mich herum. Ich hob eine Barbie auf, sah sie an und legte sie wieder hin. Ich ging zum Fenster und blickte hinaus auf ihren Garten hinterm Haus, der von den anderen Gärten durch große Bäume abgetrennt war. Die Tür ging auf, ich drehte mich um. Es war Christines Mutter.
Sie sah mich mit einem Ausdruck an, der an Misstrauen grenzte. »Das Abendessen ist fertig.«

Bei Tisch sprachen Christine und ich nicht miteinander. Ich saß neben ihrem Vater, der mich ausfragte, warum meine Familie hierhergekommen sei und was mein Vater mache und wie es in der Heimat sei.
Meist fiel es mir schwer, viele der fremden Dinge zu essen, aber jetzt war das Roastbeef wie weiches Fruchtfleisch. Ich aß kleine Stücke, und Christines Mutter lobte meine Tischmanieren.

»Möchtest du nach dem Essen einen Film ansehen?«, fragte sie.

»Ich glaube, ich sollte nach Hause gehen. Meine Eltern würden sich sonst Sorgen machen.« Christine sah ich nicht an. Wir verabschiedeten uns kaum.

Im Auto konnte ich auf die Fragen ihrer Mutter nur nicken und den Kopf schütteln.

Ich dachte an die Geschichten, die mir meine Mutter von meinem Großvater erzählte. Von dem Jungen, seiner Seele, seinem *kra*, der stets vor ihm herging und die Hand meines Großvaters hob, wenn Besucher kamen und sie schütteln wollten, denn die Hand war schwer von den Staatsjuwelen, die böse Geister abwehren sollten.

Wie sie – jünger als ich jetzt – den Leichnam meines Großvaters auf einem hölzernen Bett im Hof des Palastes aufgebahrt gesehen hatte, umgeben von Feuerschalen und Bäumen wie der Wald, aus dem unser Volk kam.

Vom glänzenden Gold in seinen Arm- und Fußreifen, im Kente-Tuch, das um seinen Körper gewickelt war, in der langen Pfeife, die sie neben seinen Mund gelegt hatten, in den Schwertern neben seinen Armen, den Sandalen an seinen Füßen; in seiner Haut und seinen Knochen.

Mitten in der Nacht weckte man sie auf. Meine Großmutter hatte meiner Mutter erzählt, dass er sich nachts in eine Katze verwandeln konnte und so die Geheimnisse der Leute, die sie hinter ihren Wänden und in ihren Betten flüsternd erzählten, hören konnte; dass er sich in den Leoparden verwandeln konnte, der ihm seinen Namen gegeben hatte, und weit hinaus in die Wälder und Savannen wandern und alles wahrnehmen konnte, was im Land geschah, und so dessen Harmonie erhielt.

Jetzt würden sie schließlich seine Verwandlung erleben, dachte meine Mutter.

Sie hatte nicht begriffen. Selbst dann nicht, als sie an dem

Göttlichen Trommler vorbeiging, der seine einsame Botschaft vom Verlust auf den sprechenden Trommeln hinaustrommelte. Sie hatte nicht begriffen. Selbst dann nicht, als sie alle hundertunddrei Geschwister schweigend um ihn herumstehen sah. Erst als die Frauen hereinkamen, alle dreiundvierzig, bekränzt mit Odumblättern, den grünen Tränen des Staates, mit schon kahl geschorenen Schädeln, die Arme um ihre Bäuche geschlungen und den Schmerz hinausschreiend, verstand sie.

Ihr war, als würden ihre Beine nachgeben, aber sie fiel nicht. Die Frauen sangen und tanzten ihre Trauer. Sie schloss sich ihnen an, obwohl ihr niemand die Klagegesänge beigebracht hatte: »Vater, nimm mich mit dorthin, wo du hingehst. Vater, lass mich nicht allein.« Aber er war fortgegangen und hatte sie verlassen und den Schirm mitgenommen, der nicht nur sie vor tödlich sengender Hitze beschützt hatte, sondern den ganzen Staat.

Meine Mutter stand in der Tür und winkte Christines Mutter, die nicht aus dem Auto ausstieg.

»Wie war's?«, fragte meine Mutter.

Ich ging auf dem Weg zu meinem Zimmer an ihr vorbei und zuckte mit den Schultern. »Okay.«

»Hast du Hunger?« Sie versuchte, mir ins Gesicht zu sehen.

»Wir haben gegessen«, sagte ich und lief die Treppe zum Badezimmer hoch.

Ich nahm ein Handtuch vom Ständer, legte es mir über den Kopf und fing an, vor dem Spiegel auf der Stelle zu laufen. Dabei beobachtete ich, wie das Handtuch von einer Seite zur anderen schwang.

Als es herunterfiel, lief ich weiter und stellte mir glänzendes, glattes Haar vor, das in meinem Rücken hin und her schwang, stellte mir vor, dass Robert McNally hinter mir herjagte.

Meine Mutter versuchte, die Tür zu öffnen. »Maya, was ist passiert? Geht's dir gut?«

Ich blieb stehen und bemühte mich, nicht außer Atem zu klingen. »Mir geht's gut«, sagte ich.

Ich schaute in den Spiegel, atmete ein und aus, versuchte, die schmerzende Luft zu beruhigen, die in mich hinein- und wieder herausfuhr, und fragte mich, wann ich je wissen würde, welche Geschichten ich wann erzählen durfte.

6

Ich stand neben meiner Mutter in der Neuapostolischen Kirche. Sie betete leise. Bruchstücke ihres Gebets drangen zu mir herunter. »Bedecke mein Kind mit Jesu Blut und halte deine Hände über sie, Herr ...«
Ihr Glaube war für mich etwas Erstaunliches. Sie glaubte immer, egal was passiert war und was geschehen könnte. Es war wie das Lachen, das immer in ihr war, bereit, herauszukommen, selbst wenn sie vielleicht traurig war. Mein Glaube war anders. Ich glaubte, dass alles, was sie durch ihren Glauben heraufbeschwor, geschehen würde. Ich fragte mich, was sie wusste und ich nicht, und warum ihre Furcht ihrem Glauben ebenbürtig war. Ich lehnte mich an sie und schaute mir die Darstellungen von biblischen Szenen in den farbigen Fenstern an, die Wände aus Stein und Backstein, den gefliesten Boden und die Holzbalken, die sich an der Decke kreuzten, und dachte bei mir, wie hässlich doch diese Kirche war.
Manchmal versenkte ich mich mit ihr in die Gesänge, aber nicht so wie nachts, wenn ich las oder ZDF sah, das tagsüber Programme zeigte, die einen wie diese Kirche und ihre Lieder erhoben wegen ihrer Vertrautheit, das sich jedoch nachts in eine Kapelle voller Fresken verwandelte, deren Schönheit etwas Unvergessliches in einem zurückließ. Nacht für Nacht ging ich hinunter, da ich mir schon genug Lesefutter einverleibt hatte, und schaltete den Fernseher an. Ich setzte mich so dicht davor, dass ich das Flüstern vom Bildschirm hören konnte, und weit genug davon entfernt, um die Untertitel zu erkennen, obwohl es auch gut war, nichts zu verstehen. Ich beobachtete

die Frauen auf dem Bildschirm, deren Namen wie ein Gedicht waren:
Monica Vitti,
Anna Karina,
Ingrid Bergman,
Catherine Deneuve.
Audrey Hepburn,
Katharine Hepburn,
Romy Schneider,
Grace Kelly.
Vergangene Nacht war zum ersten Mal Brigitte Bardot aufgetaucht. Ich rückte näher an den Fernseher heran, beobachtete, wie sie das Haar zurückwarf und die Hüften vorschob, wie ihr Schmollmund die Männer um den Verstand brachte. Doris Day und Sophia Loren waren die Heldinnen meiner Mutter. Sie ließ sogar ihre Namen in ihren Pass einfügen, zusammen mit einer Änderung ihres Geburtsjahrs, und sie richtete ihr exzentrisches Verhalten, ihr häusliches Leben und ihre sexuelle List nach ihnen aus. Doch hier war nun Brigitte Bardot. In drei Filmen, einer nach dem anderen. Als würde eine Meisterklasse stattfinden.
»*Tu vois mes pieds dans la glace?*«
»*Oui.*«
»*Tu les trouves jolis?*«
»*Oui, très!*«
Die Männer, die sie mit ihren Blicken verschlangen, waren unbedeutend, lediglich ein Spiegel dieser Frau. Sie hatten die Inkarnation des Verlangens geschaffen, doch nun verkörperte sie diese Gestalt so durch und durch, dass klar war, sie hatten ihre eigene Vernichtung provoziert, die geheime Macht dieser Frau war offensichtlich.
Ich legte mich hin und schloss die Augen, stellte mir vor, ich wäre sie, dasselbe lässig-wilde Haar, derselbe Schmollmund,

gestreiftes Top und Caprihosen. Als ich die Augen wieder aufmachte, waren die Bilder auf dem Fernsehschirm körnig, gedämpft; die Schauspieler nuschelten, nichts war wirklich zu verstehen. Der Teletext sagte mir, dieser neue Film sei *McCabe & Mrs. Miller*, und obwohl seine Ungewissheit und Tristesse zu dicht an das herankamen, was ich vom Leben wusste, in mich einzudringen drohten und mich schmerzhaft nach Luft ringen ließen, blieb ich dran und sah zu, wie die Männer durch die Grobheit der amerikanischen Neuen Welt wateten, durch den Schlamm und Dreck; auf die Abfindung warteten, den Lohn für die Entbehrungen. Und da war sie: die Schönheit, die Entschädigung.

Nur dass sie die gleiche Grobheit in sich hatte, denselben Schlamm und Dreck. Ich hatte sie vor einigen Nächten in einem Film mit demselben Schauspieler als Partner gesehen, doch nun war ihr Zusammenspiel von aller Technicolor-Leichtigkeit und Alltagsflucht entkleidet; nur ein roher machiavellistischer Wille zum Erfolg war übrig geblieben.

Und doch, als er zuletzt den Kopf auf ihre Brust bettete, im Bewusstsein, dass er sterben würde, und nur diese Eisscholle der Intimität, dieser kurze Moment der Verbindung ihm Halt gab, wurde etwas so gründlich geradegerückt, als wäre in dieser Hingabe das ganze Leben.

Er starb, einsam, unheroisch. Und sie blieb zurück, der Welt entrückt, jenseits von Gefühlen.

In der in die Länge gezogenen, hilflosen Stille seines Todes verbarg sich mehr wahres Leben, und darin war etwas von mir, leidenschaftslos, verbraucht, obwohl ich noch so neu auf der Erde war, und ich fragte mich, woher sie stammte, diese Distanziertheit, diese Sicht, die weder Fluch noch Schutz war.

Jetzt waren die Lieder gesungen, die Kollekte eingesammelt. Wir waren unterwegs zum Friseur.

Im Afroshop saß Paa Wilson, der Eigentümer, an der Ladentheke und verkaufte staubige Jamswurzeln und *fufu*-Pulver, junge grüne und reife gelbe Kochbananen, Haarcremes, Haarteile und Salben. Sein Geschäft war wie eine Erweiterung von zu Hause. Alle sprachen durcheinander Twi und schrien und lachten, als befänden sie sich nicht in einer Nebenstraße im Nordwesten Deutschlands, sondern in Legon oder Kokomlemle oder Teshie-Nungua.

Im Friseursalon lag überall auf dem Fußboden überflüssiges Haar von Zopfverlängerungen, obwohl eine der Mädchen es immerzu aufkehrte. Es flochten fast so viele Mädchen, wie Kundinnen da waren. Die Frau, die hier die Chefin war, hatte längere Nägel und Haare und hellere Haut als alle anderen, und sie kam zu meiner Mutter, doch meine Mutter sagte, sie solle zuerst mich drannehmen. Sie gab mir ein Fotoalbum, damit ich meinen Stil aussuchen konnte, und da sah ich Cornrows und Zöpfe und langes gerades Haar und asymmetrische Bobs; es gab Schwarz und Braun und Rot und Blond; es gab gerade Linien und Zickzacklinien und Rundbogen. Mein Haar war dick, und ich hatte Angst vorm Kämmen.

Die Chefin nahm ein Büschel meiner Haare in die Hand und drückte es. »*Eyɛ den*«, sagte sie, es ist hart.

Ich zeigte ihr, welchen Stil ich wollte: winzige, kaum wahrnehmbare Zöpfchen, die in langen, glänzenden Haarsträhnen endeten, die mir auf die Schultern fielen, ein abgestufter Schnitt, damit meine Frisur lässig-wild aussah. Sie führte mich zum Spiegel. Sie zog einen engzinkigen Kamm ruckartig schnell und schmerzhaft von den Wurzeln aufwärts durch mein Haar, und ich schloss die Augen und hielt mich am Sitz fest.

»*Hwɛ n'anim.*« Sie lachte über mich.

Ich hörte auch meine Mutter lachen. Ich öffnete die Augen und schaute in den Spiegel; sie ließ sich hinter mir das Haar waschen. Meine Schultern waren hochgezogen, und ich sah erschrocken aus. Die Frau beendete das Auskämmen. Die Augen brannten mir schon, doch nun ließen giftige Dämpfe sie tränen.

Sie benutzte eine stachlige Bürste, um mir die weiße Relaxer-Creme auf die Haarwurzeln aufzutragen, die schon empfindlich vom Kämmen waren. »Wenn es zu brennen anfängt, ruf mich, ja?«

Einige der Mädchen aßen *jollof*-Reiseintopf oder *gari* aus Tupperware-Schüsseln, und auf dem Fußboden rannten oder krochen Kinder herum. Im Fernseher in der Ecke lief eine amerikanische Seifenoper, *California Clan*; eine der Friseurinnen schaltete genau in dem Moment um, als wir entdecken sollten, ob Rick seine Frau wirklich mit seiner Schwiegermutter betrogen hatte.

Ein amerikanischer Prediger füllte den Monitor: groß, weißhaarig, majestätisch. »Denn der Herr ist mächtig«, sagte der Prediger.

»Jeesus, Amen, yes sir«, sagten die Frauen im Raum.

»Keiner ist mächtiger als er«, rief der Priester jetzt laut.

»Amen«, riefen die Frauen im Raum nun auch laut. Einige hatten die Augen geschlossen.

Ein Mann kam herein. Er hatte einen großen Koffer dabei, und als er ihn öffnete, purzelten goldene Sandalen mit Strass heraus, Stretch-Jeans, Polyesterpullover, verzierte Armbanduhren und billige Parfüms. Die Creme brannte mir auf dem Kopf. Die Friseurin probierte ein Paar Schuhe an.

»Es brennt«, sagte ich zu ihr und zeigte auf meine Haare.

»Gleich, meine Süße.« Sie schaute in den Spiegel. Die Risse in ihrem Fuß waren viel dunkler als der übrige Fuß. Ich sah in ihr Gesicht hoch. Die Bleiche hatte einen helleren Streifen vom Nacken aufwärts geschaffen, als würde ihr Kopf von einem anderen Körper stammen.

»Es brennt richtig toll.« Ich sah zu meiner Mutter hinüber.

»Kann sich nicht einer mal um mein kleines Mädchen kümmern?« Meine Mutter richtete sich aus der über den Koffer gebeugten Haltung auf, und eine der Frauen nahm mich mit zum Waschbecken und wusch die Creme aus.

Meine Locken waren fort, und meine Haare lagen glatt, flach und tot auf meinem Kopf. Die Frau fing an, sie trocken zu föhnen, und die heiße Luft brannte mir auf der Kopfhaut. Ich bat sie, die Temperatur zu senken.

»Oh-ho, *adɛn*?«, fragte sie.

»*Eyɛ meya.*« Es tat weh.

Sie sog Luft durch ihre Zähne und senkte die Temperatur, nahm einen Kamm und zerrte ihn durch meine Haare, während sie föhnte. »Cynthia«, rief sie, als sie fertig war.

Eine andere Frau kam mit drei verschiedenen Haarpäckchen. Das schmerzhafte Pochen in meiner Kopfhaut erschwerte das klare Sehen. Ich kniff die Augen zusammen. Eins war schwarz und lockig, das andere schwarz und glatt, das dritte braun und glatt.

»Das da«, sagte ich und zeigte auf das schwarze und glatte. Ich sah hinüber zu meiner Mutter; sie ließ sich ein Haarteil einfügen und lachte ihr kehliges kh-kh-kh-kh-kh-Lachen. Ich schlug meine *Drei Schwestern* auf, aber die drei Mädchen, die mir das Haar flochten, drückten meinen Kopf nach unten, sodass es unmöglich war zu lesen, und der aus drei Richtungen zerrende Schmerz erschwerte die Konzentration.

Ich schloss die Augen und versuchte, auf eine der Geräuschquellen zu hören – auf den Fernseher, das Radio, auf die Kinder und Frauen. Sie redeten davon, dass der Präsident unseres Landes eine Kuh lebendig begraben hatte, um sich Macht zu verschaffen.

»*Adɛn*?«, sagte meine Mutter. »*Adɛn na moreyɛ saa?*«

Alle Frauen stimmten zu, hmm, keine wusste, warum.

»*Abayisɛm*, Teufelswerk.«

Jemand stellte das Radio laut, sodass es sogar den Prediger übertönte.

Meine Mutter fing an zu singen, »Amazing Grace«, ihre Stimme vibrierte auf den Aaaa wie die einer Opernsängerin, doch sie tat es vorsätzlich.

Die Frauen, die mir die Haare flochten, und alle Frauen im Salon stimmten mit ein. »*Twas grace that taught my heart to fear and grace my fears relieved*«, sangen sie, doch ihre Ängste wurden nicht gemildert. Sie glaubten so stark an den Teufel und an Hexen, wie sie an Gott und Gnade glaubten. Es war wie beim deutschen Wort *Ehrfurcht*, eine Gnade, die erschreckte, wenn sie gewährt wurde.

Meine Mutter stand auf. Sie sah aus wie Doris Day und Sophia Loren und sie selbst – alles auf einmal.

Meine Flechten waren fest und schwer, und meine Kopfhaut fühlte sich an, als würde sie von einem Zehn-Tonnen-Laster von mir weggezogen.

Eine Frau sprühte Glanzspray auf die Flechten und rieb mir stark riechende, klebrige grüne Dax-Pomade auf die Kopfhaut.

»*Wo ho yɛ fɛ paa*«, sagte sie und lächelte mich an.

»Meine süße Kleine«, sagte meine Mutter und kniff mir in die Wange.

Ich lächelte alle an, und meine Kopfhaut brannte. Meine Haare waren jetzt lang und schwangen hinter mir hin und her. Ich blickte im Spiegel hoch zu den Frauen, die so stolz auf mich herunterblickten, und mein Lächeln war nicht nur in meinem Gesicht. Umgeben von all dem Lärm des Fernsehers und Radios, der Kinder und der schwatzenden Frauen und trotz des Spannungsgefühls und der klopfenden Schmerzen auf meinem Kopf wusste ich, dass ich jetzt sicher war.

7

Maya. Heute Nacht kommt eine Überraschung.« Meine Mutter flüsterte, als ich auf der Küchentheke saß. Eine Überraschung, sagte sie, und doch verriet sie mir jedes Mal vorher, was ich zu Weihnachten geschenkt bekam, konnte sich nicht abgewöhnen, die Preisschilder daran zu lassen.

Sie sang: »*You are my sunshine, my only sunshine, you make me happy when skies are grey, you'll never know, dear, how much I love you. Please don't take my sunshine away.*«

Ich sprang herunter und drückte ihr von hinten mit den Armen die Luft ab.

»*Ajeii*«, sagte sie und löste mit einer Hand meine Arme.

»Was ist es?«, fragte ich.

»Es ist eine Überraschung«, sagte sie.

»Mummy.« Ich stützte die Hände auf die Hüften und bedachte sie mit einem auffordernden Blick.

»Törichtes Mädchen.«

Sie wollte es mir nicht verraten.

In dieser Nacht konnte ich in Erwartung dessen, was kommen sollte, nicht schlafen. Ich rieb die von der Perücke meiner Mutter abgeschnittenen Enden gegen meine Wange, doch weder der Rhythmus noch die Textur brachten mir den Schlaf. Ich kniete mich hin und sah hinaus, bis die dunklen Umrisse vertraut wurden. Ich stand auf und sprang weit genug von meinem Bett weg, damit keine Arme von dort unten nach mir greifen konnten. Ich hielt den Atem an, als ich die Treppe nach unten schlich, damit mich niemand hörte. Ich schaute in das vordere Zimmer, aber alles war still. Ich ging in die Küche.

Dort, vor der offenen Kühlschranktür, stand ein Junge, dunkel wie ich, mit einer Brille und einer Kette mit einem goldenen Kreuz auf der nackten Brust. Er hatte Schlafanzughosen meines Vaters an, die ihm zu groß waren, und er schaute in den Kühlschrank hinein. Ich stand da und betrachtete ihn. Er drehte sich nach mir um, schloss die Kühlschranktür, ging an mir vorbei die Treppe hoch und in das Gästezimmer. Das war die Überraschung? Ein neugieriger Junge?

Meine Mutter sagte mir, er heiße Kojo und sei der Sohn ihres Bruders. Er werde jetzt bei uns wohnen, und ich solle ihn wie einen Bruder behandeln. Er roch wie der Inhalt unserer Schrankkoffer, in denen wir Kleider für unsere endgültige Heimkehr aufbewahrten.

Als wir in den Bus stiegen, um zur Schule zu fahren, starrten sie uns an, zwei Braune statt einer. Ich hoffte, dass ich mich nicht für ihn schämen musste.

In der Pause ging ich vorsichtig und langsam in den Schulhof, weil ich nicht wollte, dass er mich fand, weil ich nicht bei ihm stehen wollte. Alle drängten sich dort offenbar um etwas Besonderes. Ich ging etwas schneller, sah, dass es Kojo war. Ich hatte noch genügend Zeit, umzukehren, keiner hatte mich gesehen. Doch ich blieb stehen, wo ich war, und beobachtete ihn. Er redete, und sie sahen zu, als wäre er ein Lehrer oder Prediger. Einige drängelten, um dichter an ihn heranzukommen. Ich trat näher.

»Manchmal kommen die Leoparden sogar in die Post, und die Angestellten müssen auf die Schaltertische springen, bis sie sich genügend umgesehen haben«, sagte er gerade.

Die Klingel ertönte. Tom Anderson war näher an Kojo herangerückt. »Was für ein Stuss!«, sagte er laut.

Kojo drehte sich um, sah ihn an, hob dann die Hand und versetzte ihm eine derbe Ohrfeige. Alle redeten und kicherten und drängelten. Ein Lehrer kam, und langsam gingen alle nach drinnen. Ich betrachtete das Ganze aus einiger Entfernung. Ich beobachtete und fragte mich, wie es sein konnte, dass Kojo an seinem ersten Tag die normale Ordnung der Dinge so völlig umgestoßen hatte.

Ich beobachtete ihn weiter und nach außen hin war ich im Vorteil. Wenn er in mein Zimmer kam, gab ich vor zu lesen. Wenn er seine Wange an meine legte, stieß ich ihn weg und wischte mir seine Wärme aus dem Gesicht. Und doch kroch seine Gegenwart in meine Einsamkeit.

Er zeigte mir, wie man heimliche Löcher in die Süßigkeitenpackungen im Schrank bohrt, bis sie schließlich leer waren und wir entdeckt wurden. Wir durchwühlten die Schubladen und Kleidungstaschen im Haus nach Pfennigen und kauften Papiertüten, gefüllt mit glänzend schwarzer Lakritze, sauren vielfarbigen Zungen und weißen Schaummäusen, die wir aßen, bis uns schlecht wurde. Wir bauten ausgeklügelte Systeme von Verliesen und Drachen im Vorgarten meiner Mutter, bis er in seiner Begeisterung den Kopf ihrer hochgeschätzten Sonnenblume abschnitt, die inzwischen fast so groß wie ich war. Danach wurden wir von den Freuden ihres Gartens für immer ausgeschlossen. Wir fuhren mit dem Rad durch unser Viertel und gewannen überall Freunde, von deren Existenz ich nichts gewusst hatte.

In eins ihrer Häuser gingen wir zu einer Geburtstagsfeier; die Mädchen spielten draußen, und die Jungen verschwanden im Haus. Ich suchte sie und fand Kojo an der Küchentheke, die Hände im Geburtstagskuchen des Mädchens.

»Was machst du da?«, fragte ich. »Hast du das alles gegessen?« Der Kuchen war fast verschwunden. Ich sah die anderen Jungen an, die händeweise Pralinen und Streusel aßen.

»Sch«, sagte Kojo und grinste. »Los«, sagte er zu den Jungen.

Wir fuhren mit dem Rad die ganze Strecke bis zum großen Park; ich schaute nach vorn auf sie und auf mich in Latzhosen, als wir den großen Hügel hochfuhren, hoch, hoch. Ich wollte mir keine Gedanken über das Mädchen machen, dessen Geburtstagskuchen jetzt verschwunden war. Ich wollte mit ihnen mithalten. »Guckt mal!«, schrie ich ihnen zu. »Guckt mal her!« Alle Jungen drehten sich um und sahen zu, als ich ganz oben das Rad umdrehte und hinunterraste, schneller und schneller, freier und freier. »Guckt mal ...« Mein Rad fuhr über einen großen Stein. Ich wurde noch schneller, versuchte zu bremsen, kam aber nicht zum Stehen. Dann warf ich mich zur Seite und krachte zu Boden. Mein Rad fiel um. Ich konnte nichts mehr hören. Ich sah, wie das Licht durch das Laub des Baums schien und sich dröhnend mit dem Schmerz in Kopf und Brustkorb und in meiner Nase vermischte.

Und da war Kojo, der sich über mich beugte, und da waren die anderen; jetzt konnte ich sie sehen, die nicht zu dicht bei mir standen – irgendwo zwischen Schock und Gelächter. Würde auch Kojo lachen, wie bestimmt meine Eltern? Und mich ein dummes Mädchen nennen? Mich vor ihnen allen beschämen? Mir das Gefühl geben, im Boden versinken zu müssen?

Er kam zu mir und richtete mich auf. »Setz dich hin, Maya«, sagte er, »setz dich hin, atme tief. Kannst du mich hören?«

Ich nickte, inzwischen mehr bewegt von der Angst und Panik in seinem Gesicht als vom eigenen Schmerz.

Er las mir Steinchen aus der Hand, die sich hineingedrückt hatten. Er sagte mir, ich würde wieder in Ordnung kommen, nichts würde mir jetzt mehr passieren, wo er nun da war, dass er mich beschützen werde und dass er jeden, der mir wehzutun versuchen würde, umbringen werde, in tausend Stücke reißen werde; ich solle es ihm nur sagen, er würde sie ermorden. Er sprach jetzt so heftig und schnell, dass seine Stimme ganz hoch wurde. Dann fing er plötzlich an zu weinen, ohne Vorwarnung, mit bebender Brust. Ich sah ihn an und die Jungen, die um uns herumstanden.

Keiner sagte etwas. Sie zogen ihn hoch, zogen mich hoch und hoben mein verbogenes Fahrrad auf.

Wir gingen langsam zum Haus zurück, und Kojo stützte mich auf eine Weise, die nervte. Ich bin kein Krüppel, wollte ich sagen, doch ich ließ ihn gewähren.

Zu Hause sagte ich nichts von dem Sturz. Ich wusste, dass Kojo Schwierigkeiten bekommen würde, und ich wollte das nicht.

Im Gelände hinter unserem Haus fanden wir Stücke von Sperrholz und fingen an, ein Raumschiff zu bauen, das uns ins Weltall bringen würde. Wir nagelten den Boden, die Seiten und das Dach zusammen. Es fing an zu hageln. Die anderen wollten nach Hause gehen.

»Hagel ist für diese Wände wie Sekundenkleber«, erklärte ihnen Kojo, doch sie machten sich schon zur Abfahrt bereit. »Schwächlinge!«, rief er ihnen hinterher, doch sie kehrten nicht um.

Kojo lief langsam, kickte Steinchen vor sich her und reckte das Gesicht in den Hagel, der mir allmählich wehtat.

»Ich will nach Hause«, sagte ich.

»Warte. Guck mal.« Er blieb bei einem zurückgelassenen alten gelben VW Käfer stehen. Er probierte die Türen aus und öffnete die Beifahrertür für mich. »Perfekt«, sagte er.

Der Sitz war unter mir wacklig, und ich versuchte, den Geruch nach Moder, Feuchtigkeit und Gefahr nicht einzuatmen.

Kojo setzte sich hinter das Lenkrad. »Wir machen eine Tour durch Europa und Amerika, doch zuerst …« Er langte in seine Jeansjacke und holte ein Zigarettenpäckchen mit rotem Verschluss heraus.

»Wo hast du die denn her?«

Er steckte sich eine in den Mund und holte ein Feuerzeug aus der Tasche. »Ich habe Mummy im Bad überrascht, nachdem sie

und Dad letzte Woche gestritten haben. Sie saß auf der Toilette und hat geraucht. Ich habe sie aus ihrer Tasche genommen. Was soll sie sagen?« Er holte noch etwas aus seiner Jacke. »Das ist für dich.« Es war ein Fläschchen mit dunkelrotem Lipgloss. Ich rollte mir etwas davon auf die Lippen. »Sehe ich wie Donna Summer aus?«
»Nein, du siehst wie fettige Chips aus.« Er zündete die Zigarette an und reichte sie dann mir.
Ich sog den Rauch in den Mund, stieß ihn schnell aus und lächelte. Mir war nicht nach Lächeln zumute. Ich hatte Angst.
»Diese ganzen Geschichten, die du erzählst«, sagte ich, »die sind nicht wahr, oder?«
Er sah mich so lange an, dass es so schien, als wäre er mit offenen Augen eingeschlafen. »Unsere Sprache verbirgt es«, sagte er schließlich, »es ist verborgen im Tanz, in den Trommeln, in den Stoffen.« Er lehnte sich zurück, obwohl sich der Wagen mit Rauch füllte und Hagel aufs Dach prasselte.

Ich musterte sein ernstes Gesicht hinter seiner neuen, feuchten Brille. Er sah aus wie Clark Kent, und bei ihm musste ich nie so tun, als wisse ich nicht so viel, wie ich wusste. Nachts träumte ich, dass er Superman sei, doch jetzt kroch die Feuchtigkeit von außen herein, oder vielleicht war es andersherum.

»Ich wuchs auf und stand hinter dem Göttlichen Trommler, Odomankomakyerεma Kwasi Pipim, beobachtete, wie er die Geschichte unseres Staates auf den Trommeln verkündete.«

Er sprach leise, sodass ich mich vorbeugen musste, um ihn im Lärm des Hagels zu verstehen.

»Kwasi Pipims Augen waren so verhüllt wie die Trommelschlägel in seiner Hand«, sagte er, seine Haut war so schwarz wie der Teer, mit dem man sie anmalte, seine Hände waren so ledern wie die Elefantenohren, die die Trommeln überspannten, seine Adern traten so stark hervor wie die Eingeweide, die sie festbanden. Die Trommeln und ihre Wahrheiten gingen in ihn ein und vereinnahmten ihn so vollständig, dass er mit ihnen verschmolz.

Er brachte mir bei, die *atumpan*-Trommeln zu schlagen, deren Klang so ähnlich wie der unserer Akan-Wörter ist. Er brachte mir bei, die *fontomfrom* zu schlagen, die größer als ich war, als ich anfing. Er brachte mir bei, die Haut der *twene* zu kratzen, die klingt wie das Knurren des Leoparden, der der Trommel seine Haut gab. Wir alle lernten von ihm, aber nicht allen wurden die Geheimnisse der Trommeln verraten. Nur denen, die durch Geburt das Recht auf Wissen hatten, wurden die Bedeutungen hinter den Klängen erklärt, und denen, die beharrlich blieben.

»Hör mal!« Er fing an, mit den Fingern auf dem Armaturenbrett zu trommeln. »Du hörst die Trommel-Orchester, und du hörst nur unharmonischen Lärm und noch mehr Lärm, aber wenn du genau hinhörst, dann bist du mittendrin. Du hörst nur den Taktschlag, doch ich sage dir, was er bedeutet.«

Er sprach im Takt der Schläge.

»Ɔkwan atware asuo
Asuo atware ɔkwan
Opanin ne hwan?
Yɛbɔɔ kwan no kɔtoo asuo no.
Asuo no firi tete.
Asuo no firi Odomankoma ɔbɔadeɛ.

Der Weg kreuzt den Fluss
Der Fluss kreuzt den Weg
Welcher von beiden war zuerst da?
Wir schufen den Weg und fanden den Fluss.
Der Fluss kam aus lang, lang vergangener Zeit.
Der Fluss kam aus der Ewigkeit.«

Er sagte mir, das berichte von unserem beständigen Streben nach Wissen, von unserer Unwissenheit angesichts des Todes.

»Dann bedankt sich der Trommler beim Geist des Baums, den er für die Trommel fällt, bei der Erde, die ihn hervorbringt, und in der Sprache der Trommeln kannst du auch die Sprache dieser Dinge hören, der Bäume, der Erde, aber du musst genau hinhören – und du wirst das alles hören, und dann wirst du es wissen.«

Ich sah ihn an und nickte. Es war dieses Wissen, was ihm die Macht verlieh, die Ordnung der Dinge umzustoßen. Konnte ich diese Geheimnisse und Codes lernen, obwohl ich nicht in unserem Land aufgewachsen war? Konnte ich sie mit derselben Überzeugungskraft erzählen, damit auch mir geglaubt wurde? Brigitte Bardot stand mir vor Augen, wie sie Gestalt, Aussehen und Gesten meisterhaft beherrschte. Wenn ich sowohl das eine als auch das andere lernen konnte, würde auch ich berühmt und könnte verborgen halten, was am heiligsten war, bis es gefahrlos offenbart werden konnte.

»Es gibt ein Buch«, sagte Kojo.

»Ein Buch?«

»Unser Großvater wusste, dass eine Zeit kommen würde, in der alle unsere Geheimnisse vergessen wären. Wenn die Jungen nicht länger von den Alten lernen wollten. Er war Mitglied einer Gesellschaft der Ältesten weltweit. Wie er sich in eine Katze verwandeln konnte, so hüllte er sich auch in diesen Deckmantel. Er lernte von ihnen, wie man die heiligsten Weisheiten bewacht, sodass man sie nur ansehen musste, damit die Macht wiederhergestellt wurde. Er versuchte, sie das zu lehren, unsere Väter und Mütter, wie man von einer Welt in die andere wechselt und sich das Beste aus beiden nimmt. Er schickte sie auf die besten Schulen und Universitäten, schulte sie in den alten und den neuen Wegen, aber sie waren zu schwach. Keiner konnte so wie er das Gleichgewicht aufrechterhalten, und als er starb, brach alles auseinander. Er beauftragte meinen Vater, das Buch zu schreiben, um die Geheimnisse unseres Königreichs zu bewahren.«

»Für alle zugänglich? Nach so langer Zeit?«

»Es ist noch verschlüsselt.«

»Wo ist es?«

»Deshalb erzähle ich es dir. Jeder von ihnen, von den Ältesten, brachte ein Buch in einer Bibliothek unter ...«

»In einer Bibliothek? Wo?«

»In Amerika.«

»Amerika?« Ich verschränkte die Arme und schaute aus dem Fenster. Ich hatte ihm geglaubt, bis hierher.

»Warum nicht Amerika? Sollte es Russland sein mit seinen weinenden Schwestern?«

»Wenigstens hat Russland Tiefe und Melancholie und Seele. Amerika hat fette Leute und zu viel Essen.«

»Ha, und was ist mit Michael Jackson und Apollo 16? Du denkst, Russland ist besser, nur weil seine Menschen leiden? Sie leiden auch in Amerika.«

»Nur nach Art der Beach Boys, nicht wahrhaftig.«

»Wer sagt, dass die Menschen leiden müssen, damit es Wahrheit gibt? Wir wären die wahrhaftigsten Menschen auf der Welt, wenn es so wäre.«

»Aber das sind wir. Du weißt, dass es so ist.«

Er wandte den Blick ab.

»Ich kann einfach nicht glauben, dass diese Bibliothek existiert. Und wenn sie existiert, dann nur, weil es die größte und beste sein muss. Weil all diese Informationen eine Form der Kontrolle sind, nicht wegen irgendeiner idealen Symmetrie.«

»Wer hat denn etwas von idealer Symmetrie gesagt?« Er verschränkte nun ebenfalls die Arme. »Du wirst mir also nicht helfen?«

»Doch ...«

»Du musst es mit deiner ganzen Kraft tun, mit allem, was du hast, sonst bedeutet es nichts.«

»Werde ich. Will ich.«

»Mein Vater fertigte eine Kopie des Buches für unser Volk an. Jetzt ist es an der Zeit. Ich erzähle dir das, weil du für dieses Wissen geboren wurdest. Du hast gefragt, ob wahr ist, was ich gesagt habe ... Wenn ich ›ich‹ auf den Trommeln sage, dann bin es nicht nur ich, Kojo, sondern es ist auch mein Vater, mein Großvater, der *sunsum*, der Geist in uns allen. Unsere Geschichten sind nicht wie deine Büchergeschichten, die sich nicht verändern, ob sie nun wahr sind oder nicht. Unsere werden bei jedem Erzählen neu geboren, und wenn sie nicht wahr wären, dann werden sie wahr, und wenn sie wahr wären, dann könnten sie sich ändern.«

Ich sah ihn an und wollte fragen, wie diese Änderung in das Buch hineingeschrieben wurde, fragte aber stattdessen: »Wer sind wir, Kojo, und wer bist du?«

Er lächelte. »Du, *oburoni*.«

Ich kniff ihn kräftig in den Arm. »Ich bin keine *oburoni*.«

»*Aich*.« Er machte meine Hand los und rieb sich den Arm. »Du verstehst nicht, wovon ich spreche, und sie auch nicht, aber sie werden verstehen.«

Ich schaute aus dem Fenster. Ich wollte ihm sagen, dass ich verstand, dass ich, soweit ich mich zurückerinnern konnte, gefühlt hatte, dass uns etwas verloren gegangen war, dass ich aufgerufen war, es zurückzubringen, und dass seit seiner Ankunft dieser Aufruf, in all seiner Lautlosigkeit, klarer geworden war; aber es war dunkel geworden.

8

»Was in Gottes Namen habt ihr euch dabei gedacht, heh?« Meine Mutter schrie schon, bevor sie uns zu sehen bekam. »Wir haben bei der Polizei angerufen ...«

»Findest du das lustig?« Der Zorn in der Stimme meines Vaters war deutlich zu hören. »Du hältst dein großes Maul, wenn deine Mutter mit dir spricht.«

»Ich hab gar nichts gesagt«, sagte Kojo, ehe ich ihn daran hindern konnte.

Mein Vater packte ihn beim Ohr. »Ich habe deine verdammte dämliche Bosheit verdammt satt.« Er schleuderte seine braune Ledersandale vom Fuß. »Du mit deinem frechen Maul. Du verdammter Narr. Wer hat dir beigebracht, mir zu widersprechen?«

Oben im Haus schloss ich die Augen und barg den Kopf im Schoß meiner Mutter.

»Er muss bestraft werden, sonst gerät er später in Schwierigkeiten.« Sie strich mir sanft übers Haar.

Ich schlug ihre Hand weg. Ich wollte mich bei ihr verstecken, nicht von ihr berührt werden.

Ich hörte ihn die Treppe heraufkommen. Ich stand auf und ging in mein Zimmer. Unsere übliche Zubettgehzeit war schon vorüber. Ich machte meine Nachttischlampe aus und schaltete unter der Bettdecke die Taschenlampe an. Ich schlug *Die drei Schwestern* auf und las, bis ich den Rauch und den Hagel, die Dunkelheit und den Hausschuh meines Vaters vergessen hatte. Meine Augen taten mir allmählich weh, und ich schloss sie und vergaß beinah, Kojo zu besuchen. Ich riss sie auf und ging in sein Zimmer.

Mit dem Gesicht nach unten schlug er den Kopf auf das Kissen, mit einer Heftigkeit, die mich erschreckte.
»Kojo.« Ich trat zu ihm. »Kojo.«
Er hatte die Augen geschlossen und schlief.
»Kojo!« Jetzt schüttelte ich ihn. »Wach auf, Kojo, wach auf!«, schrie ich ihm ins Ohr.
Meine Eltern standen in der Tür.
»*Oh yei*«, sagte mein Vater.
Meine Mutter legte Kojo eine Hand auf den Hinterkopf.
»Sch«, sagte sie. »Sch.«
Kojo öffnete die verschlafenen Augen. »Heh?« Er sah zu uns hoch.
»Du musst lernen, ruhig zu schlafen«, sagte mein Vater. »Dreh dich um und liege auf dem Rücken.«
Kojo drehte sich schwerfällig um und schlief wieder ein.
Wir standen alle drei da und sahen auf ihn hinunter.
»Warum macht er das?«, fragte ich.
Ohne seine Brille sah er jetzt seltsam aus.
»Er ist hyperaktiv«, sagte mein Vater. »Wenn er sich jetzt nicht beruhigt, wird er anfangen, sich selbst Schaden zuzufügen.«
Ich legte eine Hand in die meines Vaters und sah zu, wie meine Mutter die herabgerutschte Bettdecke wieder über Kojo breitete und ihm die Stirn streichelte, um ihn zu beruhigen.

Wir standen noch unter Strafmaßnahmen, und es war uns verboten worden, zur Party der Amankwahs zu gehen, obwohl wir wussten, dass Onkel Guggisberg dort sein würde, der, wie Kojo sagte, mehr als jeder andere von unserer Geschichte wusste.

Kojo war jetzt in meinem Zimmer, nahm die Bücher von meinem Nachttisch und forderte mich auf, sie um Erlaubnis zu bitten.

»Warum ich?« Ich nahm ihm die Bücher weg, eins nach dem anderen, und stapelte sie auf dem Fußboden.

»Weil sie Ja sagen werden, wenn du sie bittest. Du weißt dich immer zu benehmen. Und du siehst süß aus. Mach schon. Bitte sie.«

Er saß neben dem Stapel und schlug die Bücher auf, als wolle er lesen.

Ich stand auf, um dem Gefühl zu entkommen, ich müsse schreien und ihm die Bücher aus den Händen reißen und sie im Garten vergraben, wo sie nichts von ihrer Macht verlieren würden, aber ich wusste, dass ihn das verletzen würde. Ich stand vor dem Spiegel und dachte an Tante Amankwahs Sohn Anthony, an die Fotos von ihm an den Wänden ihres Wohnzimmers, auf denen er die rot-weißen Farben des Nationalteams trug und das einzige schwarze Gesicht unter lauter weißen war. Seine Fußballtrophäen, die die Teller und Gläser in den Glasschränken winzig erscheinen ließen, standen über dem Fernseher Wache. Sie waren der Beweis dafür, dass er diese Welt erobert hatte, dass mehr möglich war. Als er mich bei einer von Tante Amankwahs Partys auf seinen Schoß setzte und mir sagte, dass er mich heiraten werde, wenn ich erwachsen sei, wusste ich, dass es nun wenigstens eine Gewissheit gab. Ich machte einen Schmollmund: *Tu les trouves jolies mes fesses?* Über meine Schulter konnte ich sehen, wie Kojo mein Buch falsch herum bog. »Okay, ich bitte sie.« Ich entriss ihm das Buch und nahm wenigstens das eine mit nach unten.

Mein Vater war im Wohnzimmer. Er hatte die dünnen vielfarbigen Stäbe mit Gummis darum in seinem Haar, die ihm Jheri-Locken à la Michael Jackson einbringen würden. Er sah sich eine aufgezeichnete Episode von *Dynasty* an und war völlig versunken ins Fernsehen.

Ich wartete und dachte dabei, wenn mein Vater Blake Carrington, der Paterfamilias, war und meine Mutter Alexis Colby in all ihrer mächtigen und glamourösen Launenhaftigkeit, wer war dann Krystle, die beruhigende, besänftigende Gegenwart mit dem Polarfuchshaar, im Leben meines Vaters?

Auf dem Bildschirm war jetzt schwarz-weißes Flimmern zu sehen. Er hielt schon die Fernbedienung in der Hand. Es lief bereits die Ankündigung von *Dallas*. Ich würde es nicht schaffen, ihn von Bobby Ewing abzulenken.

»Daddy«, sagte ich schnell.

Er suchte nach dem Play-Knopf.

»Daddy, findest du nicht, es wäre besser, wenn wir alle heute Abend hingingen? Zusammen? Als eine Familie, meine ich? Wir sind jetzt Kojos Familie, und er gehört zu unserer, und alle werden dort mit ihren Kindern sein, und sie werden ständig fragen, wo sind die Kinder, und wie geht es ihnen ... Was würdest du dann zur Erklärung sagen? Wäre es nicht viel leichter, wenn wir einfach alle hingehen würden?«

Er hatte jetzt den Play-Knopf gefunden, und sein Finger schwebte darüber. Er sah noch immer auf den Bildschirm. »Ja, du hast vermutlich recht«, sagte er.

Ich sprang auf und rannte los, bevor er es sich anders überlegen konnte.

Als mein Vater rückwärts aus der Einfahrt fuhr, blickte er nach hinten und stieß ein wenig zurück, blickte wieder nach hinten und stieß etwas zurück, bremste und fuhr an, bis Kojo und ich unser Gelächter nicht länger unterdrücken konnten.

»Errgh«, machte er und wedelte verärgert mit der Hand, »hört auf damit.« Er bog links auf die Hauptstraße und ließ das Lenkrad durch beide Hände gleiten.

An der Tankstelle öffneten Kojo und ich unsere Türen und atmeten den Benzindunst tief ein, der nach Komfort und neuen Wagensitzen roch. Auf der Autobahn errieten wir die Modelle der BMWs, Mercedes, VWs, die an uns vorbeischossen, und diskutierten die Vorzüge der Motorstärken und der Leichtigkeit der Karosserie. Jedes Mal wenn ein Porsche vorbeikam, deutete Kojo darauf und sagte: »Das ist mein Auto.« Mit meiner Mutter sprach er über die Villen und Autos, die wir eines Tages besitzen würden. Ich beobachtete sie vom Rücksitz und dachte, dass es keine Schlechtigkeit in Kojo gab. Dass er nicht den Eingeschnappten spielte, wie ich es getan hätte, nach dem, was geschehen war. Dass er die Welt nicht betrachtete, als wären die Menschen Spielzeugsoldaten auf einem Schlachtfeld. Ich hörte zu, wie sie redeten und träumten und lachten, und ich wollte sie anfassen, doch ich war auf dem Rücksitz angeschnallt und zu weit weg von ihnen. Mein Vater schaute vorsichtig in den Rückspiegel und kroch ab und zu an einem anderen Auto vorbei.

In Bonn-Bad Godesberg fuhren wir in das Villenviertel, vorbei an den großen Häusern von Diplomaten und Regierungsbeamten bis zur Wohnung von Tante Amankwah. Ich war mir nicht sicher, ob sie meine richtige Tante war, ein entferntes Familienmitglied oder eine Freundin meiner Mutter, doch immer wenn sie, wie auch alle anderen Mitglieder der Familie meiner Mutter, zusammenkamen, lachten und sprachen sie lauter und tranken und aßen mehr, als ich jemals für möglich gehalten hätte.

Meine Mutter fing sofort beim Hereingehen an, gleichzeitig laut zu lachen und zu reden. Auch Kojo verschwand. Ich blieb bei meinem Vater, während er Hände schüttelte und sich leise unterhielt.

Auf einem langen Tisch befand sich roter *jollof*-Reis mit Rindfleisch, *kontomire*-Eintopf mit Jamswurzel, *fufu* in Palmnusssuppe, gebratenes Hühnchen, *bofrot*-Gebäck, Salate in weißer Salatsoße und jede erdenkliche Art von Alkohol. Mein Vater und ich setzten uns auf das Sofa und blickten uns in dem lärmerfüllten Raum um.

Da war Onkel Guggisberg mit den seltsam herabgezogenen Mundwinkeln, die offenbar so viele in der Familie meiner Mutter hatten. Als er zu uns herübersah, lächelte ich. Er runzelte die Stirn, kam zu uns und setzte sich neben meinen Vater. »Wann gehst du nach Hause, Kwabena?«, schrie Onkel Guggisberg. Er war schon betrunken, und alle anderen schrien genauso wie er.

»Errgh«, sagte mein Vater. Wir hätten es vor dem Staatsstreich geplant, hätten schon das Auto und andere Dinge hingeschickt, aber nun würden wir abwarten.

»Worauf wartest du?«

»Lass mich in Ruhe«, sagte mein Vater, »und du, worauf wartest du denn?«

Nun schwenkte Onkel Guggisberg sein Glas, sodass Whisky herausschwappte. »Darauf, dass unsere Zeit kommt. Sind wir nicht ausgebildet worden, um unser Land zu Wohlstand zu führen …? Und sie werfen uns unsere Privilegiertheit vor, als wäre sie unehrenhaft.« Er sprach mit einem sonoren englischen Akzent und spie die Verschlusslaute feucht aus, sodass mein Vater immer weiter zurückwich.

»Hör mal«, sagte mein Vater, »ihr hattet eure Chance mit eurem Oxford-Englisch und eurer ganzen Gelehrtheit. Nkrumah hat gewonnen, weil er zu den Bauern und Marktfrauen in ihrer Sprache gesprochen hat, nicht weil ihr um euren euch gebührenden Platz betrogen wurdet. Ihr habt kein Recht durch Geburt, nur weil ihr königlicher Abstammung seid oder zu einer sogenannten Bildungselite gehört. Für keinen wird die Zeit kommen, der nicht lernt, Balsam für jeden Mann und jede Frau im Land zu finden.«

Onkel Guggisberg beugte sich dicht zu Vaters Gesicht und spuckte beim Sprechen. »Du warst immer verbittert, Kwabena. Wenn du nicht selbst zu dieser sogenannten Elite gehört hättest, hätte man dir nie erlaubt, meine Schwester zu heiraten.«

Und genau da hörten wir sie. Ich wunderte mich darüber, wie es möglich war, dass wir sie bisher nicht beachtet hatten. Sie saß auf dem Sofa, redete laut, stürzte ein sehr volles Glas Whisky hinunter, warf den Kopf zurück und lachte mit weit offenem Mund. Einer der Ärzte zog sie jetzt hoch, und sie fing an zu tanzen. Das Zimmer teilte sich für sie und jubelte ihr zu, als würde sie gleich mit einem Preis gekrönt. Ihre Mundwinkel waren nach Familienart in totaler Selbstgefälligkeit nach unten gezogen. Sie schwenkte die Hüften von einer Seite zur anderen, während sie sich bewegte. Sie bildeten jetzt einen Kreis um sie und hielten lobend zwei Finger über ihren Kopf. Der Mann, der sie vom Sitz hochgezogen hatte, kam jetzt, um mit ihr zu tanzen, und sie schraubten sich mit kleinen Hüftbewegungen nach unten und wieder hinauf.

Ich sah meinen Vater an. Er wirkte unglücklich, als sei ihm nicht wohl in seiner Haut. Mir stieg das Blut ins Gesicht, und ich wünschte, dass nicht alle sie ansahen, dass sie nicht immer die Lauteste, die Schönste sein musste, die Sonne, um die wir alle kreisten. Dass wir uns nicht in ihren Schatten ducken mussten, um zu existieren. Und dass sie einmal, nur ein einziges Mal, still sein würde.

Dann driftete die Aufmerksamkeit des Zimmers anderswohin. Anthony war hereingekommen. Der Mann, der mir gesagt hatte, er würde mich eines Tages heiraten, während ich in einem Kleid, das meine Mutter für mich ausgesucht hatte, dort saß und das Unbehagen meines Vaters teilte, schien nicht willkommen. Ich beobachtete, wie er jedem die Hand gab, lächelnd wie ein Präsident, und immer näher kam. Ich war an der Reihe. Ich versuchte, sein Lächeln durch die Hitze in meinem Gesicht zu erwidern, erwachsener als das Kind zu wirken, das ich war, ich wollte meine Haare zurückschütteln und einen Schmollmund machen. Er drehte sich um und flüsterte seinem hübschen italienisch aussehenden Freund mit nach hinten gegeltem Haar, der mit ihm hereingekommen war, zu: »Ist sie nicht hübsch?«

Der Freund nickte langsam und sagte dann: »Aber sie weiß es.«

Sie gingen weiter und ließen mich verwirrt zurück. Viele Jahre lang fragte ich mich, was er damit gemeint hatte, was ich wisse. Ob es bedeutete, ich wisse, dass Anthony mich für hübsch hielt, oder ich wisse, dass ich hübsch sei. Er hatte es wie einen Tadel gesagt. Warum sagten sie es mir, wenn ich es nicht wissen sollte? Sollte ich mit derselben gespielten Bescheidenheit mit den Schultern zucken, mit der ich auf den Mann im Kaufhaus reagiert hatte? Stimmte, was mein Vater sagte? Würde ich durchs Leben gehen müssen, Nichtwissen und Bescheidenheit heuchelnd? Würde ich mich kleiner machen müssen, damit Männer brillieren konnten, mich gegen Wände drücken und verschämt lächeln müssen, wenn sie mir sagten, ich sei hübsch, als hätte ich das nicht schon Hunderte Mal gehört? Würde ich jedes Mal so tun müssen, als bedeute das mehr, als dass ich dem Schönheitsideal von irgendjemandem entsprach, wo es innerlich doch nichts bedeutete?

Ich beobachtete, wie mein Vater meine Mutter geflissentlich nicht ansah, und nun wollte ich, dass sie laut war. Ich wollte mit ihr laut sein und tanzen, statt zu lächeln und etwas vorzuheucheln und vorsichtig zurückzuweichen, und ich fragte mich, ob ich den Mut dazu hätte.

Aus dem Zimmer nebenan kam ein Schrei. Jody Amankwah tauchte auf und hielt ihre großen weißen Puppen samt ihren abgetrennten blond behaarten Köpfen in den Händen. Im Hintergrund sah ich Kojo aus dem Zimmer gucken und lächeln.

»Warum hast du das getan?«, fragte ich ihn im Dunkeln.

»Es hat Spaß gemacht«, flüsterte er, übertönt von ihrem Geschrei, dann: »Ich habe nicht nachgedacht.«

Sie schrien den ganzen Weg zurück zum Auto. Mein Vater beschimpfte Kojo und sagte, die ganze Familie meiner Mutter hielte sich für etwas Besseres.

»Weil es stimmt«, sagte meine Mutter. »Wer bist du denn?«, fragte sie mit herabgezogenen Mundwinkeln, und so ging es weiter.

Ich sah hinaus auf die Autoscheinwerfer, auf vorbeisausende, unbekannte Menschen. Als wir zu Hause ankamen, folgte mir Kojo in mein Zimmer. Er wartete auf seine Bestrafung, doch sie waren zu sehr damit beschäftigt, sich anzuschreien.

Kojo rückte dichter an mich heran und fing an, Verschlusslaute in mein Ohr zu produzieren – *ttttttttt* – dieselben Laute, die Onkel Guggisberg produziert hatte, nur ohne aufzuhören, ununterbrochen.

»Hör auf, Kojo«, sagte ich ruhig, da ich wusste, mein Ärger würde ihn anstacheln.

Ttttt, machte er weiter, *ttttt*.

Ich stieß ihn weg. »Hör auf!«

Aus dem Schlafzimmer unserer Eltern kam ein lauter Knall.

Kojo schwieg. Wir schlichen uns zu ihrer Tür.

Meine Mutter schrie. »*Awurade*, oh Gott!«

Wir schauten hinein.

Mein Vater holte seine Sachen aus dem Schrank, legte sie aufs Bett und sagte, er werde nicht zulassen, dass meine Mutter ihn ruiniere.

Sie weinte und versuchte, ihn aufzuhalten. Seine Miene drückte Entschlossenheit aus.

Er machte die Tür vor unserer Nase zu, und wir standen am Ende des Korridors und warteten.

Er kam heraus. Seine Schritte hallten auf dem Boden. Er hatte seine Hausschuhe nicht angezogen. Er verabschiedete sich nicht, als er ging.

Kojo und ich traten ins Zimmer zu meiner Mutter. Sie saß

mit gesenktem Kopf auf dem Bett, Tränen tropften in den kurzflorigen beigen Teppich. Wir knieten uns neben sie und fingen beide im Chor laut zu schluchzen an.

»Oh-ho«, sagte meine Mutter und lachte durch ihre Tränen hinter den vorgehaltenen Händen.

»Es wird alles wieder gut, Mama«, sagte Kojo. »Bald wird alles wieder, wie es war, besser, und wir werden zu Hause sein.«

Ich drückte mein Gesicht an ihr feuchtes, um die Tränen zu stillen, und ich schaute hinunter in den offenen Koffer auf dem Fußboden, angefüllt mit der Schuld der blau-gold gerandeten Teller.

Ich hockte mich hin, hielt immer noch die Hand meiner Mutter, spürte die Kälte unter meiner Haut und fragte mich, ob es mir gelingen würde, die Ursache zu begreifen, bevor alles zu Bruch ging.

TEIL II

9

Als Kojo, meine Mutter und ich in England ankamen, war alles neu – neue Gepflogenheiten, neue Chiffren, neue Schuluniformen; unsere Namen waren in Kursivschrift auf Etiketten gestickt, die sogar in Socken eingenäht wurden; marineblaue Acrylpullover und Röcke für den Winter, gemusterte, geknöpfte Baumwollkleider für den Sommer; grün-weiße weiche Turnschuhe für Tennis, harte Spikeschuhe für Hockey, steife glänzende Lederhalbschuhe für jeden Tag. England war das Land, von dem wir geträumt hatten, aber als wir dorthin kamen, träumte ich wieder von Deutschland. Von ordentlichen Straßen. Von gebundenen Büchern und klassischen Schallplatten in festen Schutzhüllen in der Kellerbibliothek meines Vaters. Vom dunkelbeigen steifen Teppich, der immer wie neu roch.

Meine Mutter begann eine Arbeit in einem Labor und kaufte einen alten, abgenutzten gelben Golf, kein Auto einer Arztgattin oder einer Prinzessin, und arbeitete jeden Tag, manchmal auch nachts. Nie fragten wir sie oder eine meiner Tanten, was genau sie arbeiteten. Sie hat mir einmal erzählt, als sie nach Europa kamen, habe sie keiner jemals gefragt, was sie jetzt machten oder wie tief sie sich herabließen, um ihre Kinder in guten Schulen unterzubringen, ganz gleich wie viele Abschlüsse oder welches Prestige sie daheim gehabt hatten.

Ich wusste da noch nicht, dass unsere Familie zerbrochen war und meine Eltern ab jetzt nur noch miteinander redeten, um sich über Schulgebühren und Hypotheken zu streiten. Frühmorgens legte ich das Thermometer auf den Heizkörper und blieb im Bett, um meinen Vater herbeizurufen.

Statt seiner kam ein Arzt, der nicht mein Vater war, sondern ein Mr. Smith.

Ich musterte Mr. Smith misstrauisch, sowohl wegen seines fehlenden Titels als auch wegen seines Namens.

Er setzte sich neben mich auf die Bettkante. Seine Hose und Jacke waren so muffig wie alles andere um uns herum, und ich betete, dass ich nicht davon angesteckt werden möge.

Kojo und ich sahen zu, als er ein Lineal vom Beistelltisch nahm und es an seiner Hose abwischte.

Kojo klappte ungläubig der Mund auf, als Mr. Smith das Lineal auf meine Zunge legte.

Ich sah Kojo an und wie der Arzt, der sich Mister nannte, seine Zunge herausstreckte und Aaaaaah sagte, während er mir in den Hals schaute.

Der groteske Anblick unserer drei offenen Münder war so komisch, dass mir der Bauch vor unterdrücktem Lachen wehtat.

Noch bevor Mr. Smith es aussprach, wusste ich, dass ich kommenden Montag meine Schuluniform, die weder dick noch robust genug war, anziehen und in die Schule gehen musste.

Ich umschlang die Knie mit den Armen und zog mir die Bettdecke über den Kopf.

Irgendwo darunter befand sich ein Buch, das wir lesen würden.

Ich öffnete einen Spalt, damit Licht hereinkam.

Auf dem Buchdeckel waren Mädchen mit blasser Haut und noch blasseren Kleidern, die lange Perlenketten um den Hals geschlungen und in den Haaren hatten.

Mit dem Finger fuhr ich die Umrisse ihrer Empirekleider entlang.

Das Buch war von Jane Austen, und alle Unterhaltungen fanden in Salons statt, wie in den russischen Büchern, die ich gelesen hatte. Doch statt über Politik und Krieg schienen sie unaufhörlich über Heiraten und Tee zu reden.

»Maya!« Die Stimme meiner Mutter unterbrach meine Lektüre.

Ich schloss die Lücke in der Bettdecke und bewegte mich nicht.

Die Tür wurde aufgerissen. »Mädchen, warum machst du mir nur das Leben so schwer, ah?«

Ich zog die Bettdecke noch enger um mich.

Die Luft war heiß und feucht.

»Steh auf!« Sie zerrte an der Decke. »Aufstehen, habe ich gesagt! Soll ich deinetwegen zu spät kommen, huh? *Kwaseasɛm kwa.*« Noch beim Hinausgehen redete sie.

Ich schlug die Decke zurück.

Die Luft war eisig.

Ich zählte bis zehn.

Hoch, hoch zum Badezimmer.

Zu den altmodischen Armaturen.

Zur Tapete mit blauen Nelken.

Zum dazu passenden blassblauen Waschbecken.

Ich ließ Badewasser ein und setzte mich auf den Toilettendeckel.

Auch der war kalt, wie alles in diesem Land.

Sogar das warme Wasser versiegte oft, während man die Wanne füllen wollte.

Ich drehte den Hahn zu, stieg in das zu heiße Wasser, barg den Kopf auf den Knien und wartete darauf, dass es abkühlte.

Auch hier fühlte sich alles feucht an.

Es war nicht die saubere Nässe deutscher Badezimmer, sondern die unangenehme Feuchtigkeit, die in der Tapete, den geblümten Sofas und den Gardinen hing und einen Geruch nach alten Frauen verströmte.

»*Awurade!*« Sie stand über der Wanne, eine Flasche Dettol

in der Hand, und sah mich an. »Soll ich deinetwegen Schande über mich bringen?«

Ich bedeckte mich mit den Händen. »Was machst du eigentlich hier? Warum bist du hereingekommen? Ich bin in der Wanne!«

Sie rührte sich nicht. »Gott, sag mir, was habe ich getan, um dieses Teufelskind zu verdienen?«

Was machte sie mit der Flasche in der Hand? Warum war sie so dumm und widerwärtig und laut?

»Wenn ich das Teufelskind bin«, schrie ich aus tiefstem Herzen, sodass meine Stimme fast wie Husten klang, »was bist dann du?«

»Ich warne dich«, ihr Finger zeigte auf mein Gesicht, »nimm dich in Acht. Nimm dich sehr in Acht, hmmm.«

Sie ließ die Tür offen stehen.

Ein kalter Luftzug kam herein, strich mir über die Knie, das Gesicht, das Haar, gesellte sich zum Hass in meinem Bauch, der jetzt größer war als die Traurigkeit und der Zorn über das Verlorene.

Ich drehte den Hahn auf, ließ kaltes Wasser ein und legte mich in die Wanne, bis mir die Zähne klapperten.

Ich dachte, dass sie ein Scheusal war, schlimmer als die in Märchen.

Dass es kein Wunder war, dass mein Vater sie verlassen hatte.

Meinen Hass auf sie spürte ich in mir, unaufhörlich, und ich wusste, ich würde sie bestrafen, langsam, sodass sie mich nicht daran hindern konnte, sodass sie es nicht einmal bemerken würde.

Ich sah hinüber zum roten Lippenstift meiner Mutter, dem braun-goldenen Make-up, den großen mit Diamanten besetzten Ohrringen, dem pudrigen Parfüm und dem Bouclé-Kostüm, so unpassend im staubigen gelben Golf, den sie fuhr. Ich sah an mir hinunter, die ich als ihre Tochter noch unpassender gekleidet war.

Kojo hatte mich über Attobrah informiert, der auserwählt war, unser nächster König zu sein. Wenn er den Schemel bestieg, erzählte er mir, war es möglich, dass wir wieder einen schwarzen Schemel haben würden. Die drei vorher waren alle weiß gewesen.

Weiß, wie die großen Gebäude in London, an denen wir jetzt vorbeifuhren.

Breite Straßen mit Bäumen. Viertel mit Namen wie Victoria, Kensington, Knightsbridge.

Weiß, sagte er mir, sei die Farbe der Unschuld und des Anfangs.

Aber wenn ein König gut war – mehr als gut, wenn er edel und klug war und unser Volk weiterbrachte –, dann würde sein Schemel nach seinem Tod geschwärzt.

Die Straßen wurden schmaler.

Die Menschen hatten nicht mehr nur eine Hautfarbe, gehörten nicht einer Schicht, einem Volk an, und überall gab es Billigläden und Hähnchenteile.

Schwarz, sagte er, sei die Farbe des Wissens und des Endes.

Obwohl Kojo sich nicht mehr richtig an Attobrah erinnern konnte, erzählte man sich Gutes von ihm: dass er klug sei und sich in Dingen des Hofes auskannte. Wenn er es schaffte, würde das den Anfang von Veränderungen für uns alle bedeuten. So stand es geschrieben.

Wir kamen bei Onkel Guggisbergs Häuserblock in einem Sozialwohnungsviertel mit hohen, dunkelgrauen Häusern an. Drinnen waren die Teppiche dick und wie die Tapeten mit wirbligen Mustern versehen.

Ich kam kaum durch den Andrang von Familienmitgliedern, die in farbenfrohe Kente-Tücher mit asymmetrischen Ornamenten gekleidet waren.

Meine Mutter drängte sich durch und öffnete eine Tür.
Wir folgten ihr.
In der Mitte des Zimmers hockte ein junger, glatt rasierter Mann und blickte zu Boden. Rings um ihn saßen ältere Männer. Meine Mutter ging zunächst im Zimmer herum und gab jedem die Hand, Kojo und ich hinterher, ringsherum, bis wir uns schließlich setzten.

Sie sprachen ein Twi, das so kompliziert und ausgefeilt war, dass man dem Geflecht der Worte nur schwer folgen konnte, daher beobachtete ich Attobrah, der den Kopf schüttelte und sagte: »*Meyɛ Kristoni*, ich bin Christ«, und dabei auf seine Hände hinuntersah.

Er lehnte ab.

Ich sah Kojo an, doch er blickte geradeaus.

Mein Onkel erhob sich und sprach.

Alle anderen fingen gleichzeitig zu sprechen an, meine Mutter am leidenschaftlichsten.

Unser gescheiterter auserwählter König wirkte immer ängstlicher.

Könnte ich doch nur seinen Platz einnehmen und kühn an der Spitze unseres Geschlechts stehen, unsere versteckten, veräußerten Kräfte finden und sie wiederherstellen, damit sie mehr als neu, damit sie erfüllt wären.

Doch da saß er auf einem Plastikstuhl, der, wenn er nur wollte, ein goldener Schemel hätte sein können; und er scheute zurück, als wäre er ein Schauspieler, der sich davor fürchtete, auf die Bühne zu gehen.

Die Männer standen auf – um die alte Frau zu befragen, sagten sie.

Auch Kojo ging aus dem Zimmer.

Ich sah aus dem Fenster, während die Männer in ihren königlichen Gewändern auf dem Balkon der Sozialwohnung in Croydon standen und leise miteinander sprachen.

Ich fragte meine Mutter, mit welcher alten Frau sie sprachen.

Sie schlug sich mit der Hand auf den Mund. »*Wopɛ saa dodo*«, flüsterte sie mir zu, »dir gefallen diese Sachen zu sehr.« Laut sagte sie: »Dieses kleine Mädchen ist zu neugierig …«

Die Männer, die im Zimmer geblieben waren, lachten leise.

»Für ein kleines Mädchen stellt sie große Fragen«, sagte einer.

»Sprichst du Twi?« Er drehte sich zu mir um. »*Wo ho te sɛn?*«

»*Eyɛ*«, sagte ich.

Sie fingen alle wieder an zu lachen.

Ich biss mir auf die Zunge.

Blut sammelte sich in meinem Mund.

Meine Mutter lachte am lautesten.

Ich drückte meine Stirn an sie.

Sie verzog den Mund nach rechts und zwinkerte mir zu, Freundschaft vortäuschend.

Aber ich war weder ihre Vertraute noch ihre Freundin.

Die Königsmacher kamen zurück ins Zimmer.

Kojo war nicht unter ihnen.

Sie sprachen durch den Mann, den sie zum *ɔkyeame*, zum Sprecher, ernannt hatten.

Attobrah wiederholte leise: »Ich habe es euch schon gesagt: Ich bin Christ.«

Meine Mutter setzte sich neben ihn. »*Mesrɛ wo*, ich bitte dich, Papa.«

Ich hasste es, wie sie ihn bat und dabei ihre rechte Hand mit der Handfläche nach oben in die Handfläche der linken Hand klatschte und die Mundwinkel flehentlich bittend nach unten zog. *Mesrɛ wo, Papa.*

Sie nannte ihn Papa, obwohl seine Seele nicht aus Gold gemacht war, obwohl er bereit war, seinen Anspruch auf den Schemel des Königs aufzugeben, wie auch alle Weisheit von alters her.

Und dennoch beschwor meine Mutter den jungen Mann mit Brille, mehr Buchhalter als König, sprach ihn mit lobenden Titeln an, derer er nicht würdig war.
Mein Onkel stand auf und ging aus dem Raum.
Die Männer folgten ihm.
Die Tür zum Korridor stand offen.
Ich folgte meiner Mutter nach draußen und sah mich nach Kojo um.
Er saß in Onkel Guggisbergs Zimmer auf dem Bett und hatte ein Buch in der Hand.
Ringsumher stapelten sich Bücher auf dem Fußboden unter Fotos meines Großvaters.
Kojo knöpfte sein Hemd auf und stopfte das Buch, das er in der Hand hielt, in seine Hose.
»Was machst du da?«
Er ging an mir vorbei, ohne aufzusehen, und als ich mich neben ihn stellen wollte, bewegte er sich weg.
Als wir dann aufbrachen, war es draußen schon dunkel.
Wir blieben bei Tante Eastham, die von uns nach dem Londoner Viertel benannt wurde, wo sie wohnte.
Als wir bei unserer Doppelhaushälfte ankamen, ging Kojo hoch in sein Zimmer und setzte sich auf die pinkfarbene Frotteebettdecke, auf dem Schoß das offene Notizbuch, gezeichnet von Flecken und Löchern.
»Was ist das?« Ich setzte mich neben ihn.
Kojo sagte nichts.
Ich stützte mein Kinn auf seine Schulter und las.

Du wurdest als stilles Kind geboren.
Einen Augenblick lang schwieg der Lärm der Welt, es herrschte dieser vollkommene Frieden, der gewöhnlich eher auf den Tod als auf die Geburt folgt. Daher verwechselte ich die Freudenrufe der Frauen mit denen des Schreckens, als ich

im steinernen Hof vor der Ratskammer stand, die von den Höflingen in eine Wochenstube verwandelt worden war, als deine Geburt kurz bevorstand, und lauschte. Auch deine Mutter war still ...

»Für wen ist das?«, fragte ich.
Kojo blätterte zur letzten Seite, wo die Schrift teilweise unleserlich war.

Ich wollte zu dir zurückkehren.
  Hier haben die Straßen Nummern. Niemand weiß, wessen Vater mütterlicherseits und Mutter väterlicherseits im Haus an der Ecke gewohnt hat. Niemand kennt meinen Namen, meine Vergangenheit, meine vergessene Zukunft ... Wenn ich doch nur wüsste, wie ich für deine Freiheit von dieser unentrinnbaren Abwesenheit beten soll ... Nutze meine Fehler, meine Erinnerungen als Zeichen. Wie ich es mit der Weisheit meines Vaters getan habe. Und dann vergiss, wie ich es nicht konnte ...

Ich sah die Konzentration in Kojos erschöpft wirkendem Gesicht. »Ist es dein Vater, Kojo? Ist das *Das Buch der Geschichten*?«
  Er schlug das Buch zu. »Es ist nicht ... genug. Es ist nicht, wonach wir gesucht haben.« Seine Stimme klang heiser wie die eines Erwachsenen. »Wir werden es ändern müssen.«
  »Ändern?«, fragte ich, doch ich klopfte an eine verschlossene Tür, und meine Mutter kam schon die Treppe herauf.
  Kojo versteckte das Buch unter der Matratze. »Geh ins Bett«, sagte er.

Ich ging aus dem Zimmer und legte mich neben meine Mutter. Ich schlief schon ein, obwohl mir das Herz heftig klopfte, als etwas Dunkles zu meiner Seite des Betts geflogen kam.

Ich wollte schreien, mich bewegen, konnte es aber nicht.
Ich wollte meine Mutter rufen.
Ich nahm alle Kraft zusammen.
»Mummy«, sagte ich schweigend, immer wieder, bis Lautlosigkeit zur Stimme wurde.
»Ja?« Sie setzte sich sofort auf. »Was ist?«
Ich erzählte ihr von dem Ding, das ins Bett geflogen war.
Sie legte mir eine Hand auf die Stirn und fing an zu beten.
»Bedecke dieses Kind mit Jesu Blut, beschütze es.« Sie sank wieder zurück. »Ich wusste, dass sie eine Hexe ist.«
»Wer?«
»Egal.«
»Du meinst Tante Eastham? Wie kann sie eine Hexe sein? Sie ist deine Schwester ... Du denkst, alle sind böse.«
»Es gibt Dinge, die du nicht verstehen kannst und wirst. Deshalb warne ich dich und deinen Bruder. Ihr wisst nicht, womit ihr es zu tun habt.«
Ich drehte ihr den Rücken zu.

Ich dachte an das Buch unter Kojos Matratze, wie man seine Codes entschlüsseln konnte, und auch die von England. Ich dachte an die Fotos von meinem Großvater und sehnte mich nach der Gewissheit seiner Gegenwart, danach, zu seinen Füßen zu sitzen, den mit Gold bedeckten Arm zu stützen, damit er sich nicht anstrengen musste, den Schirm zu halten, der ihn vor der sengenden Sonne schützen würde. Ich dachte an das Lachen meiner Onkel, dass sie meine Stärke nicht sehen konnten und dass das eigentlich keine Rolle spielte.

10

Meine Mutter saß vorn im Auto und schrie uns auf dem Rücksitz an.
Sie schrie jetzt ständig.
Auch Kojo schrie.
Draußen in der Öffentlichkeit probierten sie ihre neuen Stimmen aus.
Meine Mutter ein reizendes Lachen mit geschlossenem Mund.
Kojo eine Flüsterstimme, die sich so sehr von der mir bekannten unterschied, dass es mich jedes Mal überraschte.
Ich lehnte meinen Kopf ans Fenster, drückte meine Wange dagegen.
Kojo sprach zu mir, doch es schien keine Rolle zu spielen, ob ich zuhörte.
Ich drehte mich zu ihm um.
Er hatte seine neue marineblaue Hose an, ein Cordjackett und einen gestreiften Schlips.
»… muss man sogar Münzen in den Stromzähler werfen!« Es war seine laute Stimme für zu Hause. »Als wäre das ein Dritte-Welt-Land. Und schau dir bloß diese kleinen, kleinen Häuser an, zusammengedrängt wie *kenkey*. Ist dies das Empire, von dem sie immer gesprochen haben? Die ganzen *petey-petey* alten Möbel. Wart's ab, bis ich das allen daheim erzähle …« Er rückte näher und fing an, mir ins Ohr zu flüstern. »Denk dran, was ich dir gesagt habe. Ich werde nicht immer bei dir sein, deshalb musst du daran denken, verstehst du?«
»Ja«, ich stieß ihn weg, »ich verstehe.«

»Worüber sprecht ihr zwei, hmm?«, sagte meine Mutter in den Rückspiegel. Neben ihr auf dem Beifahrersitz lag ein kleiner silberner Koffer.

Wir fuhren bei großartigen, gotisch aussehenden Gebäuden vor, durch die turmspitzengekrönten Innenhöfe drängten sich Jungen wie eine Armee in Corduniform, die verschiedenfarbig gestreifte Wollschals und die gleiche blaue Uniform wie Kojo trugen.

Ihre Väter und Mütter, hochgewachsen, dünn und teuer gekleidet in Blazern und gewachsten Allwetterjacken, bewegten sich langsamer, fast still.

Ich wollte, dass meine Mutter weiterfuhr, doch sie hatte schon angehalten.

»Kojo ...« Ich hielt mich an seinem Arm fest.

»Was?« Er hatte schon die Hand auf dem Türgriff.

»Benimm dich. Mach keinen Ärger.«

Er öffnete die Tür. »Wovon sprichst du eigentlich?«

»Dass du manchmal uralt bist ... und manchmal ein kleiner Junge.«

Er stürzte sich mit seinem vollen Gewicht auf mich, dann stieg er aus.

Ich schloss die Augen, spürte das kalte Fenster an meiner Wange, den Druck seines Körpers gegen meine Seite und wusste, dass ich ihn noch spüren würde, nachdem er gegangen war.

»*Oh-ho, wopε saa dodo*«, schrie meine Mutter mich von draußen an.

Ich stieg schnell aus, damit sie aufhörte.

»Ihr wartet hier beim Auto auf mich«, sagte sie und rannte los, als sei es zur Schau, lächelte im Vorbeilaufen nach allen Seiten zu den großen, blonden, gepflegten Eltern, ihr Schal wehte hinter ihr her, die Tasche in ihrer Hand war offen.

»Komm«, sagte Kojo.

»Wohin gehen wir?«
Er zuckte mit den Schultern. »Ich weiß es nicht.«
Wir gingen durch den von Jungen bevölkerten viereckigen Hof, vorbei an Säulen und einer großen Holztür.
»Was wohl da drinnen ist?«, sagte ich.
»Guck mal!« Er zeigte auf Jungen, die die Hände voller Süßigkeiten hatten. Sie kamen durch einen Torbogen rechts vom Hof. Dahinter befand sich über einem Ladentisch eine Tafel, auf der *Tuck Shop* geschrieben stand. Hinter dem Tisch waren beschriftete Gläser, mit Namen und Farben, die mir nichts sagten.

Harte Anisbonbons, *Black Jacks* in schwarz-weißem Bonbonpapier, karamellbraune Highland-Toffees, große Stücke goldene, luftige Honigwaben, scharfe pinkfarbene Wham-Riegel mit grünen und gelben Einsprengseln.
»Was wollen wir nehmen?« Kojos Blicke wanderten hin und her.
»Hast du überhaupt Geld?«
»Na klar.« Er zog die Schultern zurück und drängte sich in die Meute der Jungen, zeigte auf verschiedene Süßigkeiten, als hätte er die ganzen Jahre schon diese und nicht »Veilchenbonbons« und »Weiße Mäuse« gekauft.

Wir gingen ans Ende des Hofes, vorbei an einer langen Kapelle mit Turmspitze und farbigen Fenstern, und ließen uns am Rand einer großen, mit weißen Markierungen versehenen Rasenfläche nieder.

Kojo schüttete die Süßigkeiten in unsere Handflächen.

Mit Brausepulver gefüllte fliegende Untertassen schmolzen uns im Mund.

Wir tauchten Lakritzstangen in weißes Brausepulver und leckten uns das Pulver von den Händen.

Vielfarbige Dauerlutscher hinderten uns am Reden, bis wir die Farbschichten tief in die Backentaschen gesaugt hatten.

Ich lachte über Kojos konzentriertes Gesicht.
»Sch, hörst du das?«, fragte er mit einer vom Lutscher dicken Wange.
»Was?« Ich lauschte dem Lärm der Jungen im Hof, der jetzt leiser geworden war. Dahinter hörte man Orgelspiel und eine einzelne dünne, hohe Stimme. Ich stand auf. »Komm, wir gehen hin und hören zu.«
Wir stiegen die Stufen zur Kapelle hoch. »Geh nicht rein«, sagte Kojo.
»Ich gelobe dir, mein Land ...«, sang die Stimme.
»Ist das ein Junge oder ein Mädchen?«, fragte ich, dann fiel mir ein, dass hier keine Mädchen waren.
Kojo sagte nichts.
»... über alle irdischen Dinge, vollständig und ganz und perfekt, den Dienst meiner Liebe ...«
Die Jungenstimme war klar und stark, und ich dachte an Dr. Larteys Sohn in seiner rot-weißen Chorrobe.
»Ich hörte meine Heimat rufen von weit überm Meer, über die Wasserwüste hinweg ruft und ruft sie mich.«
»Hast du das gehört?«, fragte Kojo und zog mich die Stufen hinunter. »›Ich hörte meine Heimat rufen‹ ... das ist ein Zeichen. Ich habe dir gesagt, wir müssen jetzt nahe an ihn herankommen, bevor er den Königsschemel besteigt.«
Ich beherrschte mich, sagte ihm nicht, was ich von Attobrah hielt, und folgte ihm zurück durch den Hof, der nun leerer war.
»Wir sollten wieder zum Auto gehen.«
Er öffnete die große Holztür, an der wir vorher schon vorbeigekommen waren, und ging hinein.
Ich folgte ihm. Es war der größte Raum, in dem ich je gewesen war, die Decke war sehr weit oben, Holzbalken liefen quer über sie hinweg und trafen sich in der Mitte.
Kojo setzte sich auf eine der langen Bänke bei den Tischen, die sich über die ganze Hallenlänge erstreckten. »Es ist nicht

die Geschichte, nach der wir gesucht haben«, sagte er. »Er spricht nur von seinem eigenen Leben.«
Ich wartete. »Was fehlt also?«
»Alles«, sagte Kojo. »Und am Ende ...«
»Am Ende, was?«
»Ich weiß nicht, was passiert ist – hat er aufgegeben.«
»Was nun?«
»Wir ändern es.«
»Was meinst du mit ›ändern‹? Was passiert, wenn wir es gemacht haben?«
»Wir zeigen es ihnen.«
»Haben sie es nicht schon gelesen?«
Kojo sah mich an. »Hast du denn nichts gelernt? Wir sagen ihnen einfach, was wahr ist, und sie werden es glauben.«
»Wie werden wir ihnen erklären, dass wir das Buch haben?«
»Wir sagen ihnen die Wahrheit. Wir sagen ihnen, dass wir uns die Bücher in London angesehen haben, dass wir es gefunden und mitgenommen haben.«
»Wann werden wir das tun?«
Er zuckte mit den Schultern. »Deine Schrift ist besser als meine, und du bist besser im Nachahmen.«
»Was meinst du damit? Besser im Nachahmen wovon?«
»Von allem. Ihren Stimmen. Ihren Angewohnheiten.«
»Das wollten wir ja tun. Das hast du gesagt.«
Er schaute zu den Wänden hinauf, die mit Holz statt Papier verkleidet waren, an denen Porträts alter Männer nebeneinander hingen, jedes davon angestrahlt und wie mit einem Heiligenschein versehen. »Eines Tages werden wir unsere Gesichter sehen.«
»Hier?«
»Überall.«
»Wir sollten jetzt gehen.«
Er nickte, rührte sich jedoch nicht.

Hinter ihm tauchte unter einem Bogen am Hallenende ein Mann auf. »Was ... macht ihr hier?« Er bewegte sich ruhig, doch sein Ton war scharf.

Kojo drehte sich um, dann stellte er sich kerzengerade hin.

»Entschuldigen Sie, Sir. Wir haben uns nur umgeschaut.«

»Und wer bist du?« Er trug ein grünes Tweedjackett und hatte eine Trillerpfeife um den Hals hängen, sein braunes Haar hatte einen straffen Seitenscheitel.

»Entschuldigung, Sir?«

»Name. Haus.« Seine Stimme presste mir die Rippen zusammen wie ein Korsett.

»Kojo Mensah. Hallows.«

»Mein Revier.« Er stand da und sah Kojo an, dann wandte er sich zum Gehen.

»Sir, Sir, bevor Sie gehen ...« Kojo trat auf ihn zu und blieb stehen. »Ich habe mich gefragt, Sir. Ich weiß, die Regeln verlangen, dass wir fragen müssen, wenn wir Beurlaubungen haben wollen, ich weiß, es ist früh dafür, Sir, aber ich habe mich gefragt, ob ich für das nächste Wochenende um eine bitten könnte.«

Der Mann lächelte, ehe er sich umdrehte und wieder aus der Halle ging, und ich wusste, im Gegensatz zu Kojo, dieses Lächeln bedeutete, Kojo würde am nächsten Wochenende nicht nach Hause kommen. Und ich hoffte, dass dies das Schlimmste wäre, was er uns wegnehmen konnte, obwohl das Lächeln etwas anderes sagte.

»Wir wollen zum Auto zurück, Kojo.« Ich bewegte mich auf die Tür zu.

Kojo stand immer noch mitten in der Halle. »Du weißt doch, dass es gut gehen wird, oder?«

Ich schüttelte den Kopf. »Nein.«

»Als mein Vater fortgegangen ist, wussten wir, dass er nicht zurückkommen würde, aber wir wussten nicht, dass meine

Mutter auch aufgeben würde, dass meine Schwestern ...« Er sah wieder aus wie ein kleiner Junge und nicht wie der Kommandeur einer großen unsichtbaren Armee. Ich wusste, dass dies nicht das Ende war, dass alles noch viel besser werden würde, aber ich konnte es ihm nicht sagen.

»Komm schon.« Ich nahm ihn bei der Hand. »Es wird spät.«

11

In diesem Sommer holte meine Mutter Kwame, Kojos Bruder, zu uns – nicht seine Schwestern, von denen Kojo oft sprach; nicht Saba, seine Lieblingsschwester, die auf eine gute Internatsschule in Ghana ging und die ich später kennenlernen und zunächst lieben würde, dann ihrer überdrüssig werden und sie danach wieder aus der Distanz lieben würde. Meine Mutter hatte viele Cousins bei uns daheim aufgenommen – in Deutschland, in England, später in Ghana; sie hatte sich um Pässe, Visa, Flugtickets, Kleidung gekümmert. Einige blieben Wochen, andere Monate, manche sogar Jahre, obwohl nur Kojo wirklich eins ihrer Kinder wurde, ihr Patensohn, den sie beschützte.

Kwame kam mit langen Michael-Jackson-Locken, weißen Westen, einer Lederjacke, einem Kreuz um den Hals, einer vernarbten Brandwunde an der Hand, die von einem Unfall in der Kindheit stammte, und einem tiefen, fast sarkastischen Lachen, das an Barry White erinnerte. Er fing bei McDonald's zu arbeiten an, und an den Abenden, wenn meine Mutter bis spät im Labor war, betreute er mich mit Fernsehen, Chips und Coca-Cola.

An einem solchen Abend lag ich neben ihm auf dem Bett meiner Mutter. Er steckte sich die Hand in die Hose, und mit der anderen berührte er mich, presste mich immer stärker an sich, sodass ich kaum mehr Luft bekam, bis es aufhörte.

Bald danach ging er fort, und ich träumte den Traum des Vergessens, aber die wunde Stelle in meinem Bauch wuchs, sodass mir das Atmen wehtat. Ich schlang die Arme um mich, um den Schmerz einzudämmen, und biss mir auf die Zunge.

Bei der Versammlung in meiner neuen Schule sagte uns die Direktorin mit ihrer Margaret-Thatcher-Stimme, wie viel Glück wir hatten, nicht nur die Klügsten des Landes zu sein, sondern auch unsere Vorzüge miteinander teilen zu können.

Die älteren Mädchen zeigten uns die Tennis- und die Korbballplätze, die Hockeyfelder, den Swimmingpool, die Naturwissenschaftsräume, die Kunsträume und die Aula.

Sie berührten mein Haar, streichelten mich und ließen mich reihum auf ihrem Schoß sitzen wie eine Puppe.

Ich beobachtete sie, um die Codes mitzubekommen, die sie nicht preisgaben, und sah, dass die Mädchen am beliebtesten waren, die gut bei sportlichen Spielen waren.

Ich beobachtete ihre bemühte Unbekümmertheit, über welche Mädchen sie lachten und wie sie ihre Schuluniformen mit offenen Knöpfen, losen Schlipsen und hochgerafften Röcken trugen.

Ich konnte die Leidenschaft, die sie für das Herumschlagen eines Balls mit einem Stock oder das Befördern eines größeren Balls in ein Netz oder für das Besiegen einer gegnerischen Schulmannschaft aufbrachten, nicht vortäuschen, und doch wurde ich immer als Erste für jede Mannschaft gewählt.

Ich wäre so gern unsichtbar gewesen, fiel aber zu sehr auf, um keine besondere Rolle zu spielen, jetzt vor allem durch ihre Neugier; später vielleicht durch ihren Spott oder durch Respekt.

Nach dem Mittagessen zeigten uns die Internatsschülerinnen unserer Klasse den Internatstrakt.

Ich schaute mich in der Küche nach Anzeichen für mitternächtliche Feten um, sah aber nur riesige Grillvorrichtungen, geschwärzt von Jahrhunderten, in denen Mädchen Käsetoasts zubereitet hatten. Die oberen Zimmer hatten schräge Wände mit zwei Einzelbetten und Schreibtischen. Es herrschte eine Ordnung, die Behaglichkeit versprach. In den Schlafsälen unten standen zwölf schmale Betten, manche kahl, andere beherbergten ganze Plüschtierfamilien.

Die Mädchen nahmen uns mit hinaus auf die Feuertreppe. Ich blickte hinunter in das Gelände.

Ich schloss die Augen.

Wenn ich nun hinunterfiele? Was würde mich aufhalten? Die anderen Mädchen schwatzten und lachten.

Ich war einer Panik nahe, stützte meine Hand gegen die Wand, hielt mich an einem Haken fest.

Daran hing eine Kette, die an der Treppe befestigt war.

Mein Rücken drückte sich gegen den eines anderen Mädchens.

Ich sah mich um; es war Lucinda.

Sie war klein und dünn und nicht besonders gut beim Sport, nahm aber irgendwie für sich in Anspruch, den weniger beliebten Mädchen Titel wie »Flittchen« und »Schlampe« zu verleihen.

Sie drehte sich nach mir um. »Pass auf«, sagte sie und zeigte auf meine Hand.

Ich sah ihr in die Augen. Sie waren klar, blau und hart, der Blick fest.

»Pass auf«, sagte sie noch einmal.

Ich löste allmählich die Kette vom Haken. Etwas an ihrer Unsicherheit ließ meine Panik abklingen.

»Was machst du da?« Sie sah auf meine Hand, dann mir wieder ins Gesicht.

Es krachte, als die Eisenleiter auf dem Boden aufschlug.

Das Schwatzen der Mädchen wurde von erschrecktem Luftholen abgelöst.

»Oh mein Gott. Warum hast du das gemacht?«

Ich drehte mich um und blickte nach unten.

Ein Arm zog mich von der Feuerleiter und durchs Fenster zurück ins Zimmer. »Hier, tu dir das unter die Augen.« Es war

Lucindas Stimme, in der entweder Kameradschaft oder Heiterkeit lag. Sie hielt ein Döschen in der Hand.
»Was ist das?« Es roch nach Vicks Rub.
»Tigerbalsam, schnell. Davon musst du weinen.«
Schwere Tritte näherten sich der Tür.
Ich fuhr mit dem Finger in das rote Döschen und rieb mir die Salbe unter die Augen.
Sie brannten.
Ich rieb sie in die Haut rings um die Wangenknochen und stand blinzelnd mit dem Gesicht zur Tür gewandt.
Miss Hunter, mit fetten Knöcheln und schlaffem Haar, trat ein. »Wer hat das zu verantworten?«
Die Mädchen beobachteten mich.
Ich hatte beinah mein Stichwort verpasst.
Ich rieb mir die klebrigen Tränen aus dem Gesicht. »Ich weiß nicht, was passiert ist, wir haben nur dort gestanden auf … Und dann … dann …«
»Komm lieber mal mit.« Die Tür schloss sich hinter ihr.
Ich schaute mich um.
Die meisten Mädchen hielten sich die Hände vor den Mund. Nur Lucinda lächelte nicht.
Ich folgte Miss Hunter die Treppe hinunter in ihr Studierzimmer.
Sie schloss geräuschvoll die Tür hinter mir. »Nun?«
Ich öffnete den Mund.
»Lügen ist zwecklos. Ich kann den Tigerbalsam von hier aus riechen.«
Ich wollte lachen, weil sie sich wie ein Polizist aufspielte, und ihr sagen, sie solle lieber nicht Englisch unterrichten, weil sie Wörter, ganze Sätze und Abschnitte tötete, nur durch ihr lautes Vorlesen, aber ich sagte nichts.
Sie kam dicht an mein Gesicht und sagte mir, sie wisse, was ich vorhätte.

Ich verschränkte die Arme.

Sie konnte gar nichts machen. Wie laut sie auch wurde, wie sehr sie auch schimpfte, wie rot die trockene Haut ihres Gesichts auch wurde, ich würde nicht zurückschreien.

Sie öffnete die Tür und warf einen Blick zurück, ehe sie sie zuschlug.

Ich setzte mich.

Etwas später kam eine gebeugte, runzlige Frau mit einem haarlosen Hund, der seine Hoden über den Boden schleifte, herein. »Du gehst jetzt besser«, sagte sie.

Ich nickte, stand auf und ging an ihr vorbei. Als sie mir die Tür aufhielt, lächelte ich nicht.

12

Zu Hause wählte ich Kojos Nummer. »Wie läuft es mit dem Buch?«
»Es läuft.«
»Hast du schon die Änderungen eingebracht?«
»Noch nicht, ich bereite es vor.«
»Brauchst du meine Hilfe?«
»Weißt du, was das alles bedeutet?«
»Was bedeutet es?«
»Dass wir noch besser zuhören und hinsehen müssen. Diese Leute sind die Herren der Erzählung.«
»Welche Leute?«
»Hör zu. Das ist nichts weiter als eine kleine beschissene Insel, die nicht einmal richtig funktioniert. Es ist ein kaltes, nasses Dritte-Welt-Land, aber sie haben uns glauben gemacht, dass sie so mächtig sind. Wir müssen herausfinden, wie sie das bewerkstelligt haben.«
»Wann, glaubst du, werden wir heimgehen?«
»Wenn wir genug gelernt haben«, sagte er.
Ich fragte mich, was er gedacht hatte, welche Heimat ich gemeint hatte.
»*Veni, vidi, vici.* Denk daran. Ich kam, ich sah, ich siegte.«
»Du schreist«, sagte ich ruhig. »Wie ist es dort bei dir?«
»Sie nennen mich Master Kojo, und ich bin ein *fag*, ein Diener.«
»Was heißt das?«
»Wir müssen für die älteren Jungen rumrennen. Wenn jemand nicht schnell genug rennt, wird er mit dem Kopf in

die Toilettenschüssel getaucht oder mit dem Feuerlöscher besprüht.«
»Das hört sich an, als sei es ein richtig netter Ort.«
»Geht schon in Ordnung. Sie mögen mich. Ich bin bei gewissen Dingen gut. Sie wollen mich in ihren Teams haben. Ich werde in null Komma nichts der König hier.«
»Wie nett.«
»Nett, wirklich? Was ist mit deinem Wortschatz passiert? Hast du überhaupt irgendwelche Bücher gelesen, seit wir angekommen sind? Du solltest öfter aus dem Bett raus, du faules *coon*.«
»Du weißt aber schon, dass das ein rassistisches Wort ist?«
»Stimmt genau, mein pedantisches Würmchen.«
»*Coon*? Wirklich? Hast du das dort gelernt?«
»Nein, das kommt direkt aus dem Mutterland, kolonialer Komplex.«
»Ich dachte, das hier sei das Mutterland.«
»Kommt darauf an, wo du stehst, Maya. Wir werden es schaffen. Wir müssen immer im Auge behalten, was wir tun. Sie waren verwirrt, unsere Eltern, sie haben eine Menge Scheiße verinnerlicht. Wenn wir die Dinge zurechtrücken, wird wieder alles in Ordnung kommen.«
»Das glaubst du doch nicht im Ernst?«
»Wenn du weiter im Bett bleibst, wirst du fieser, dazu blöder und hässlicher.«
»Besten Dank.«
»Es braucht dir nicht zu gefallen, könnte es aber. Begraben will ich Cäsar, nicht ihn preisen.«
»Was soll das denn heißen?«
»Warum findest du es nicht heraus, wenn du wieder clever bist?«
»Ich bin zu Lucindas Geburtstagsparty eingeladen ... Nächstes Wochenende.«

»Heureka. Wenn du in ihr Haus kommst, beobachte alles. Besonders ihre Rituale. Wenn du kannst, mach dir Notizen.«

»Wonach sollte ich Ausschau halten – nach dem Code für einen geheimen Safe?«

»Lucinda ist die, deren Mutter eine Lady ist? Und ihr Vater ist Politiker im Oberhaus?«

»Und?«

»Das sind die Leute, die wir beobachten und von denen wir lernen müssen. Sie wissen, wie es geht.«

»Soll das heißen, du willst, dass ich lernen soll, wie man andere kolonialisiert?«

»Nein, ich will, dass du Hexerei lernst. Wie man Leute glauben macht, man hätte etwas, wenn man in Wirklichkeit nichts hat.«

»Und dann?«

»Dann bist du geschützt, dann kann man dir nichts mehr wegnehmen.«

»Und wie nimmt man etwas von nichts weg?«

»Wir sind es nicht, die nichts haben, sie sind es.«

»Wenn wir also Nehmer werden, werden wir auch nichts haben, doch wir können anderen gegenüber wenigstens so tun, als hätten wir etwas?«

»Hör auf, so begriffsstutzig zu sein. Du weißt doch, was ich meine.«

»Da bin ich mir nicht sicher. Versuchen wir nicht schon allzu sehr, wie sie zu sein? Können wir nicht damit aufhören und unseren eigenen Weg gehen?«

Kojo fing an zu schreien. »Maya! Das haben wir gemacht, als sie gekommen sind!«

Ich hielt den Hörer weg vom Ohr.

»Das haben wir gemacht. So läuft es auf der Welt nicht. So funktionieren die Dinge nicht. Die Welt ist nicht so beschaffen, dass ich in Frieden mit meinem Spielzeug spielen kann, und du mit deinem. Du willst mein Spielzeug haben, und wenn ich darauf nicht vorbereitet bin, werde ich es verlieren und nichts mehr haben, während du mir erzählst, es sei das Beste, was mir je geschehen sei, dass es mir weggenommen wurde. Nichts ist vorbei, Maya. Wir werden immer und immer wieder unser Spielzeug verlieren, wenn wir es nicht zu beschützen lernen, verstehst du? Verstehst du, dass wir, um uns zu schützen, lernen müssen, wie die Spielzeugräuber vorzugehen?«

Ich wollte den Hörer fallen lassen, doch stattdessen hielt ich ihn mir wieder ans Ohr. »Erzähl mir mehr ... Bist du happy?«

»Es ist okay. Die Jungen sind nette Kerle. Ich bin am engsten befreundet mit einem Jungen, der Peregrine heißt, und mit einem aus dem Kennedy-Clan. Wir spielen Rugby, kriegen auf Partys alle Mädchen.«

»Was für Mädchen?«

»Hübsche englische Schulmädchen. Sie sind total verrückt nach mir, was Sergeant gar nicht gefällt.«

»Dein Erzieher? Was hat er damit zu tun?«

»Er hat Angst, dass ich gekommen bin, um ihre Frauen und Töchter zu stehlen, am Kopf des Tisches zu sitzen, meine Füße in ihre Pantoffeln zu stecken und sie mir am Herd zu wärmen.«

»Und das hast du nicht vor?«

»Nur vorübergehend.« Er lachte, aber sein Lachen klang nicht echt.

»Geht es dir gut, Kojo?«

»Yeah. Ich vermisse unser Zuhause. Es war leichter. Ich hatte dort nicht das Gefühl, ständig auf der Hut sein zu müssen wie hier.«

»Ich weiß, wovon du sprichst.« Ich dachte an Sankt Martin, der sich allein im Gänsestall versteckte. »Wenigstens haben wir uns.«

»Und Ma. Sie versteht das auch, auf andere Weise. Deshalb

animiert sie uns, Tennis zu spielen und Klavierunterricht zu nehmen, und kauft uns all die Klamotten. Sie begreift das.«
»Und Pa?«
»Er hat mehr Angst. Ich glaube, er lässt sich unterkriegen.«
Ich sagte nichts.
»Kleine? Geht's dir gut? Ich muss los. Lass dich von ihnen nicht unterkriegen.«
»Nein. Ich bin sowieso viel stärker als du.«
»Deshalb läufst du auch immer heulend zu Mummy, wenn ich auf deinem Kopf sitze?«
»Das ist Taktik. Du solltest dir auch eine aneignen.«
»Sagte der Schüler zum Lehrer.«
»Sagte die Birke zum Baumstumpf.«

Ich stellte fest, dass Lucindas Haus Türmchen und einen langen Kiesweg zum Eingang hatte, dass ihre Eltern von Flügeln statt von Zimmern redeten, dass ihre Mutter »ooofully« statt »awfully« sagte und ihre Hunde mit geräuchertem Lachs und Brathähnchen von denselben Tellern mit dem schweren Silberbesteck fütterte, von denen auch wir aßen.

Die Flügel waren kalt und rochen nach feuchten Hunden, obwohl in jedem von ihnen große Feuer brannten. Wollene Decken und Bücher lagen überall auf den tiefen Sofas und auf allen Oberflächen herum, und die Wände waren mit intensiven Farben gestrichen, wie Blutrot, Dottergelb und Olivgrün.

Wir saßen auf den Sofas und auf dem Fußboden im Wohnzimmer der Kinder und sahen einen Film, dessen Hauptdarsteller ein Pferd war, das für Rennen gezüchtet worden war. Im letzten Rennen trieb der Jockey das Pferd so hart an, dass sein Huf halb abging, und trotzdem rannte es und gewann.

Lucindas Vater, dickbäuchig, mit Gobelin-Hausschuhen und einer selbstsicheren tiefen und sehr lauten Stimme, knipste das Licht an.

Alle im Zimmer weinten, außer mir.

In dieser Nacht drängten wir uns alle auf dem Bett in Lucindas Zimmer zusammen, obwohl uns Zimmer in den verschiedenen Flügeln zugewiesen worden waren. Ich beobachtete, wie Josephine auf dem Bett kniete und Lucinda die Haare bürstete und flocht.

»Mir fällt auf, dass du viel mit Anna sprichst«, sagte Lucinda zu mir.

Ich sagte nichts.

»Sie tut mir wirklich leid«, sagte sie. »Das tut weh!« Sie stieß Josephine den Ellbogen in die Seite und riss ihr Haar weg, dann wandte sie sich wieder an mich. »Sie lädt sich immer selbst zu unseren Partys ein und taucht überall auf, obwohl keiner ihr gesagt hat, sie solle kommen. Sie hat sich beinah auch hierher eingeladen. Und hast du mitbekommen, dass sie richtig doofe Sachen sagt? Wie ›Toilette‹ für ›Klo‹, und sie nennt ein Sofa Couch ...«

Josephine lachte.

Ich sah sie an und wünschte mir, Lucinda würde ihr wieder den Ellbogen in die Seite stoßen.

Josephine sah mich an und nahm einen meiner Zöpfe in die Finger und drückte ihn. »He, wie kommt es, dass deine Haare alle paar Wochen anders sind? Plötzlich sind sie viel länger.«

»Wir haben in Ghana diese ganz besondere Tinktur«, sagte ich langsam. »Die lässt unsere Haare richtig lang, richtig schnell wachsen. Sie wuchsen einmal von hier« – ich zeigte mit der Hand auf mein Kinn – »bis dahin« – ich berührte meine rechte Schulter – »in nur einer Woche.«

»Echt?« Ihre Stimmen klangen hoch vor Verwunderung. »Wow.«

Kojo hatte recht. Man konnte Geschichten ändern, und es wurde einem immer noch geglaubt.

Ganz mechanisch redete, aß, lachte, schlief ich, und während ich wartete, perfektionierte ich die Schutzhülle ihrer Angewohnheiten. Ich lernte es, im Wald hinter der Schule zu stehen, während Charlotte, die zum dritten Mal die Klasse wiederholte und die Größte von uns war, rauchte und während Juliet, die allmählich schon Brüste bekam, von Jungen redete. Ich lernte, sonntagmorgens auf dem Boden des 7-Eleven-Ladens zu sitzen und mit Sarah, die hübsch, klug und sportlich war und deren Eltern in London wohnten, die Kirche zu schwänzen. Ich lernte die Choreografie, Essen von meinem Teller in eine Papierserviette unter dem Tisch gleiten zu lassen, mich zu entschuldigen und es im Klo runterzuspülen. Im Unterricht fand ich noch immer keinen Zugang zur manierierten indirekten Welt von Jane Austen, wo die Menschen ständig Tee tranken und nicht das sagten, was sie meinten. Ich vermisste die klaren direkten Worte von Rilke und Goethe. Sogar die Blumigkeit von Balzac und Zola im Französischunterricht entschädigte nicht, und alle Lehrerinnen schienen darauf aus, sowohl die Dinge, die man hasste, als auch diejenigen, die man liebte, zu töten. Alle außer Mrs. Lilley, mit ihrem langen kastanienbraunen Haar, das sie mit Alice-Bändern aus blauem Samt oder braunen Schildpattreifen zurückhielt, mit ihren geraden Röcken, Blusen mit tiefem Ausschnitt und hochgeschlossenen Pullovern. Sie tätschelte uns, metaphorisch gesprochen, nicht den Kopf oder schüttelte herablassend den ihren, wenn wir sprachen, sondern nickte ernsthaft und lächelte manchmal fast unmerklich. Wir lasen Auszüge aus dem bibeldicken Band von Simon Schama über die Französische Revolution als Hausaufgabe. Es war, als ob auf diesen Seiten jede Wendung, jeder Machtkampf vor meinen Augen ausgefochten wurde, und ich wartete ungeduldig jeden Tag darauf, dass er zu Ende ging, damit nachts seine Worte lebendig werden konnten und ich die geheime Leidenschaft im hintersten Winkel des Herzens von jedem

Protagonisten kennenlernte. Ich sah, wie die Vergangenheit mit Worten zum Leben erweckt und durchlebt werden konnte. Wenn ich vortrug, beschwerten sich die anderen Mädchen über meine guten Zensuren, obwohl ich kein einziges Datum gelernt hatte. Trotz ihrer Intelligenz begriffen nur wenige, dass wir der Geschichte nur einen Sinn geben und zusätzlich ein paar Fakten lernen und einstreuen mussten. Das würde nicht in jedem Fach funktionieren, doch ich musste nicht überall erfolgreich sein.

Dennoch war die Geschichte, die ich erzählte, nicht gut genug für das, was wir planten. Ich hatte zu lernen, wie man Bilder mit Worten schafft. Im Kunstunterricht durchsuchte ich die Regale nach Büchern mit »Revolution« im Titel und schlug eines auf.

Camilla Gray war einundzwanzig, als sie ihre bahnbrechende Forschung über russische Kunst begann, stand darin. *Sie veröffentlichte das Buch fünf Jahre danach und starb tragisch mit fünfunddreißig ...*

Ich nahm das Buch mit an meinen Platz und blätterte zur letzten Seite.

Zum ersten Mal seit dem Mittelalter waren der Künstler und seine Kunst eng mit dem Alltagsleben verbunden, die Kunst bekam eine Arbeitsaufgabe ...

Ich suchte nach einem Foto von ihr. Es gab keins, obwohl zu lesen war, dass sie Tänzerin gewesen sei, bevor sie das Buch geschrieben hatte. Ich sah mir die Darstellung einer großen Menschenmenge auf einem Platz an ... *Eine Nachstellung des Sturms auf das Winterpalais.*

»Was machst du da?« Miss Pettisome, unsere Kunstlehrerin, trug immer die gleichen schwarzen Tücher, kombiniert mit Mänteln in Primärfarben, die formlosen Morgenmänteln glichen und deren Ärmel viel zu weit waren.

Ich klappte das Buch zu. »Ich schau mich nur um.«

»Du solltest an deinem Projekt arbeiten. Nicht dich umschauen.«

Der Kunstblock füllte sich mit Kopien von Monets *Seerosen*, da Vincis *Mona Lisa*, Rodins *Kuss*.

Miss Pettisome hatte uns beauftragt, einen Künstler zu finden, den wir kopieren konnten. »Das ist richtig. Findet einen Künstler, der euch inspiriert, und kopiert sein Werk, fälscht, plagiiert, stehlt. Wenn ihr eure eigene kleine Abänderung hinzufügen wollt, macht das unbedingt.« Sie erläuterte, dass der Philosoph Platon die Kunst nur als armselige Kopie der gegenständlichen Welt betrachtete, die ihrerseits bereits nur ein Schatten der Wirklichkeit war. »Er nannte es Mimesis. Mumpitz, sage ich.« Sie warf ihre Arme beim Sprechen theatralisch in die Luft. »Kopiert, so viel ihr wollt, und habt keine Angst, euch von der ›Wirklichkeit‹ zu entfernen, was immer das auch bedeutet. Kopieren verschafft euch Formbeherrschung.«

»Haben wir das Buch von Platon hier?«, fragte ich, als sie bei mir stand.

»Du bist zu jung für eine Lektüre von Platon, meine Liebe.«

»Kann ich in die Bücherei gehen? Alle bearbeiten schon alle anderen.«

»Hast du hier nicht genug, um dir die Zeit zu vertreiben? … Das würde ich doch meinen.«

Ich stand auf, Camilla Gray in der Hand.

»Uh-uh-uh … Wo willst du denn damit hin?«

»Darf ich? Ich bringe es zurück.«

Ich stürzte hinaus, ehe sie Nein sagen konnte, durch das Schulgelände, vorbei an den Mädchen in kurzen Röcken, die Hockey spielten, und in die Bibliothek. Ich setzte mich ans Fenster und schlug das Buch wieder auf.

Eine Nachstellung des Sturms auf das Winterpalais.

Sie hatten Tausende rekrutiert, um die Erstürmung wieder aufzuführen, und den Platz mit riesigen Skulpturen dekoriert.

Ich blätterte um. Da war eine Konstruktion, schief, doch aufrecht, aus Eisenstangen gefertigt, die hoch aufragten, sich umeinander wanden: Tatlins *Denkmal für die Dritte Internationale*.

Es war wie die Feste, von denen mir Kojo erzählt hatte, bei denen sie Ereignisse aus der Vergangenheit nachspielten, um die Ordnung wiederherzustellen.

Das mussten wir tun. Wiederherstellen, was geschehen war; nicht nur auf den Buchseiten, sondern auch im Leben.

»Was machst du denn hier drinnen, du seltsames Wesen?« Es war Josephine, mit Lucinda und Charlotte.

»Ich suche etwas.« Ich legte die Hand auf das Buch.

Lucinda nahm es hoch. »*Das russische Kunstexperiment.*« Sie warf das Buch zurück auf den Tisch. »Komm schon. Es ist Mittagspause.«

»Ich kann nicht. Ich muss das machen. Wir müssen es machen ... in unserer Freizeit ...«

»Du weißt, wo du uns findest, wenn es dir langweilig wird.«

»Yeah, ich langweile mich schon ...« Ich zuckte mit den Schultern, sah zu, wie sie hinausgingen – doch es war ihre Welt, die von außen so kostbar wirkte und die in Wirklichkeit so löchrig war, die mich langweilte.

Ich stand auf, durchforstete die Bibliothek nach Platons *Republik* und suchte den Abschnitt, von dem Miss Pettisome gesprochen hatte.

Die Sonne sei das Licht der Wahrheit, stand da, und unser Alltag Schatten auf den Wänden der Höhle, in der wir gefangen seien, Schatten, die wir für die Wirklichkeit hielten.

Die Philosophenkönige konnten hinausklettern und den anderen, die entweder zu dämlich oder zu faul oder zu ängstlich waren, ihre Weisheit und Klarheit weitergeben.

Die Philosophenkönige, die Gold in ihrer Seele hatten, wie mein Großvater, Kojo und ich.

Miss Pettisome hatte uns erzählt, dass Künstler in Platons Republik verbannt seien, weil sie Kopien von Objekten anfertigten, die selbst Kopien der Wirklichkeit waren. Aber für Camillas Künstler wurden naturalistische Bäume und Landschaften auf drei oder vier Farben reduziert, und dann auf Linien, als solle alles, was überflüssig war, beseitigt werden, um nur das zu behalten, was notwendig und wahr war. Das glich unseren Geschichten, die nur weitergaben, was wesentlich war.

Kojo hatte mir erzählt, dass sie die Zeit aushebelten, dass in ihnen die Vergangenheit und die Zukunft in die Gegenwart hineingezogen wurden, sodass Alter und Datum keine Rolle spielten; alles fiel in eins, das sie alle enthielt.

Er sagte mir, die Weise, in der sie hierzulande Geschichten erzählten, wo eins nach dem anderen geschieht und ein Datum auf das andere folgt, sei ganz falsch.

So funktionierte es nicht wirklich, sie brachten alles durcheinander, aber wir wussten es besser.

Ich fertigte eine Skizze von Tatlins *Denkmal* an und schaute dann aus dem Fenster.

Die Mädchen in ihren Hockeyröcken kamen ins Blickfeld, wie sie rannten und gegen den Ball schlugen.

Was, wenn wir es tun würden? Was, wenn es uns wirklich gelänge, hinauszuklettern, und dort wäre nichts?

Die Mädchen kamen nun hereingeströmt, die Mittagspause war fast vorbei.

Ich schritt durch die Gänge, öffnete Bücher, fuhr mit der flachen Hand über die Seiten, atmete den vertrauten Geruch gebundenen Papiers.

Ich nahm ein Buch über van Gogh zur Hand, betrachtete seine dicken, gequälten, beinahe chaotischen Pinselstriche, Schicht über Schicht aufgetragen, auf eine Weise, die dennoch seltsam ruhig war.

Mit den Fingern zeichnete ich die Wirbel und Kurven seiner Sonnen nach und schlug das Buch zu.
Das würde genügen.

13

Nach der Schule wartete ich draußen auf das Auto meiner Mutter, doch ich wusste, es würde lange nach allen anderen kommen.

Ich blickte auf die backsteinrote Mauer des Schulgebäudes, die die Welt ausschloss, und überlegte, wie es sein würde, wenn ich über sie hinweg kletterte und die Distanz überwände.

Ich dachte an Kojo und an all die Geheimnisse, die er in dem Notizbuch entdeckte, das er mir vorenthielt, und daran, dass ich ihm jetzt sagen konnte, was wir tun mussten.

Als der gelbe Golf meiner Mutter herangefahren kam und anhielt, waren zwei Köpfe statt einem im Wagen.

Neben meiner Mutter saß Kojo.

Ich ging zum Auto, doch ich öffnete die Tür nicht.

Meine Mutter schrie.

Auch Kojo schrie.

Aber es war nicht ihr übliches Schreien um des Schreiens willen.

»Ich habe es nicht getan!« Das war Kojo. »Ich habe gesagt, dass ich es nicht getan habe.«

Ich stieg schließlich ein und schloss die Tür, ihr Geschrei dröhnte mir im Kopf.

»Er hat gesagt, dass er es nicht getan hat«, schrie ich. »Hast du nicht gehört?«

Der Zorn meiner Mutter richtete sich gegen mich. »Du denkst, weil du jetzt eine großartige Schulbildung hast, dass du besser bist als ich, wie? Jetzt bin ich eine dumme Frau? Jetzt bin ich blöd? Wer bezahlt denn deine Schule, wie?«

Ich weinte innerlich und hatte einen dicken Kloß im Hals. Die Stimme meiner Mutter war jetzt so laut, dass Vorbeifahrende aus ihren Autos auf uns schauten, obwohl die Fenster geschlossen waren. Sie schrie auf dem ganzen Weg nach Hause, und schrie noch weiter, sogar dann noch, als Kojo und ich die Treppe hinauf in mein Zimmer gingen.

Er saß auf dem Bett, ich auf dem Fußboden und erzählte ihm von Simon Schama und Platon und Camilla Gray, wie wir die Vergangenheit ändern konnten, weil die Zukunft so klar vor unseren Augen stand; wie unsere Worte und die im Notizbuch die Vergangenheit wieder lebendig machen und so die Gegenwart verändern würden.

Kojo schüttelte den Kopf. »Es ist egal«, sagte er.

»Du musst mir erzählen, was passiert ist, Kojo. Wenn du's mir nicht erzählst, kann ich nicht helfen.«

»Jemand hat an die Wand des Junior Common Room geschrieben: ›Sergeant fickt Jane‹«, sagte er.

Jane, die hübsche Schulkrankenschwester.

Sergeant glaubte, es sei Kojo gewesen. Mitten in der Nacht holte er ihn aus dem Bett, befahl ihm, sich sofort anzuziehen.

Draußen war es noch dunkel, und einige der anderen Jungen hatten aus ihren gestreiften Pyjamas unter kratzigen Decken hervorgelugt.

Kojos Schuhe knarrten auf den Dielenbohlen; das war der einzige Laut, als Sergeant mit verschränkten Armen im hellen Türrahmen stand.

Sergeant hatte auf die gleiche Weise die Wangen eingesaugt, wie er es an den Tagen machte, wenn er Kojo einen Auftrag gab und Kojo ihn nicht erledigte.

Roll deine Ärmel herunter.
Da, wo ich herkomme, ist es heiß, Sir.
Spuck deinen Kaugummi aus.

Kann ich nicht, es ist wie eine heilige Tradition in meinem Land, Sir.

Sergeant zerrte ihn hinunter auf die Aschenbahn, indem er ihn bei seinem dichten, wolligen Haar packte, und Kojo sagte, er habe an seinem Gesichtsausdruck gesehen, dass er die Berührung verabscheute, und er hoffte, der Schmutz und das Dax-Wachs werde ihm an den Fingern kleben bleiben.

Es regnete, den weichen, nicht nachlassenden Regen von England, nicht die kräftige Art von daheim, der sein Kommen mit Blitzen und Donnergrollen ankündigte, und er rutschte schon in seinen Schuluniform-Schuhen.

Das Unbehagen beim ersten Tragen des steifen Kricketdress und des gestreiften Rugbyhemds war nichts verglichen mit der durchweichten Schwere der langen marineblauen Cordhosen, des Hemds und Pullovers, die ihm im Regen am Körper klebten.

Sergeant stand da, sah ihn an und schrie, als wäre er beim Kadettendrill. »Sag es …«, schrie er. »Sag es …«

Aber das konnte er nicht, sagte Kojo, vor allem weil er nicht wusste, was Sergeant von ihm hören wollte, und zum anderen, weil er es nicht wollte.

Sie standen dort eine Ewigkeit, Sergeant und er, beide wurden nass, und dann blies Sergeant in seine Pfeife, die ihm um den Hals hing wie eine Hundemarke, selbst wenn er sonntags sein gesprenkeltes grünes Tweedjackett anhatte.

Kojo wusste, dass er rennen sollte, also rannte er, im Schlamm ausrutschend.

Sergeant blies wieder in seine Pfeife, und Kojo glitt auf dem Gras aus, als er anhielt und zurückrannte. Als er bei Sergeant ankam, ertönte wieder die Pfeife.

Er rannte kaum, weil er so sehr rutschte, deshalb bückte er sich, um die Schuhe auszuziehen, und Sergeant blies immer wieder heftig und schnell in seine Pfeife.

Er war barfuß. Er rannte. Hin und her, hin und her, und immer noch blies Sergeant in seine Pfeife. Es sah fast wie ein Moonwalk aus.
Jetzt brüllte Sergeant. »Lauf, du verdammter Kanake! Lauf!« Und Kojo wusste, dass er das eigentlich nicht sagen durfte, weder »verdammt« noch »Kanake«, aber er war nicht befugt, darauf hinzuweisen.
Sergeant lief jetzt neben ihm her und blies ihm mit seiner Pfeife ins Gesicht, und Kojo wendete und lief zurück, wieder zurück, hin und zurück, hin und wieder zurück.
Sergeant wusste nicht, dass Kojo jede Nacht mit dem Kopf auf sein Kissen schlug, dass zu Hause Mummy ihm den Kopf hielt und ihm beruhigend *schsch* ins Ohr flüsterte, dass ihn die Jungen in der Schule ausgelacht hatten, bis er es ihnen zeigte und sie damit aufhörten. Dass er immer noch mit dem Kopf aufschlug. Er wusste also, was Ausdauer war. Er konnte durchhalten.
»Du wirst mich mit deinem Gepfeife und deinen Beleidigungen nicht fertigmachen«, sagte er zu einem unsichtbaren Sergeant, und sein Gesicht war verschlossener, als ich es je gesehen hatte.
Sergeant. Verdammter Sergeant. Verdammte Jane. Rhythmisch gingen ihm die Worte durch den Kopf. Er wünschte, er hätte das geschrieben, weil es so gut war, und er lächelte bei dem Gedanken.
Sergeant sah es, durch den herabströmenden Regen und durch seinen Schweiß. »Runter auf Hände und Knie!«, brüllte er.
Kojo hielt an. Ihm war, als würde er gleich ohnmächtig.
»Runter auf Hände und Knie! Jetzt!«
Er wusste nicht, woher er die Kraft nahm, doch er dachte daran, wie er sich als Kind vor seinem Vater in Kaba zu Boden geworfen hatte.

Wie er mit dem Gesicht nach unten auf dem importierten Kies im Palasthof lag und wartete, bis er die Erlaubnis zum Aufstehen bekam.

Er dachte an seine Schwestern.

Daran, wie er aus dem Bad kam, sein Handtuch wegriss und vor ihnen tanzte und mit dem Po wackelte.

Wie sie ihn jagten und fingen und niederhielten.

Wie alle drei ihn niederhielten und ihn auslachten, als er sich zu befreien versuchte.

Er war immer noch auf Händen und Knien, aber das Gelächter seiner Schwestern klang ihm in den Ohren, und der Anblick der schwieligen Füße und Schlangenhautsandalen seines Vaters stand ihm vor Augen.

Er spürte etwas hochsteigen, und er musste sich hinlegen oder aufstehen.

Seine Hände rutschten über den Schlamm, und in seinem Brustkorb arbeitete es.

Er wollte aufstehen, doch Sergeant drückte ihm seinen Riesenfuß auf den Rücken, Sergeant drückte ihm das Gesicht in den Schlamm, und genau da zerbrach etwas in ihm.

Etwas zerbrach, und er weinte, und er schlug Sergeant, er schlug ihn mit der Faust und der Kraft, die ihm geblieben war, und er wusste nicht, ob er weinte, weil Sergeant gewonnen hatte oder weil etwas in ihm zerbrochen war.

14

Nachdem Kojo zu Bett gegangen war, kam Mutter in mein Zimmer. »Maya, ich muss dir ein Geheimnis erzählen«, sagte sie, und wie immer schien sie ihre vorherige Stimmung vergessen zu haben.

Bei ihrer letzten derartigen Offenbarung ging es um ihre Affäre mit dem ghanaischen Botschafter in London, den sie seit ihrer Jugend kannte und der, wie sie behauptete, unverheiratet geblieben sei, damit er sie heiraten konnte. Ich wollte keine weiteren Geheimnisse hören.

Sie fing an, mir zu erzählen, dass nach dem Tod ihres Vaters die anderen Frauen seine Schätze unter sich aufteilten oder seinen Neffen und Nachfolger heirateten, aber meine Großmutter wollte das nicht.

Es gab eine Wende in den Geschicken der Familie, des Königreichs, als würde der Tod ihres Vaters nicht nur das Gleichgewicht des Königreichs, sondern des ganzen Landes zerstören.

»Das weiß ich schon«, sagte ich.

Aber sie fuhr fort.

Als Nkrumah an die Macht kam, verschaffte er den Jungen und Vielversprechenden Stipendien, damit sie ins Ausland gehen und Bildung erwerben und dann zurückkommen konnten, um zu führen.

Einer ihrer Brüder, dem ihr Umgang nicht gefiel, half ihr dabei, dafür ausgewählt zu werden.

Vor ihrer Abreise ging sie mit ihrer Mutter zu einem Propheten, der ihr mitteilte, dass sie eines Tages als First Lady ganz in Weiß zurückkommen werde, aber das wusste sie schon.

Sie wusste, dass sie bei ihrer Geburt die einzige von ihren Geschwistern war, die in weißem Lace-Stoff und rotem Samt vor dem Palast der Öffentlichkeit präsentiert wurde, und das geschah, weil sie mit dem Zeichen der Größe geboren worden war.

Während sie Apfelsinen auf der Straße verkaufte und in den Häusern ihrer älteren, reicheren Brüder aushalf, wusste sie, dass sie eines Tages die Reichste, die Bedeutendste von ihnen allen sein würde.

Und nun hatte ein Mann, der sie gesucht hatte, sie gefunden.

Nii Tetteh, ein Freund ihres Bruders, der frühere Finanzminister, versuchte, Zugang zu all dem Geld zu erlangen, das sie, die Gründer der Nation, für das Land zurückgelegt hatten, und er brauchte dabei ihre Hilfe.

Sie waren bei den Banken in der Schweiz gewesen, würden zu den Kaimaninseln reisen; und sehr bald würde sie als die First Lady heimkehren, die sie von Geburt aus sein sollte.

»Und der Botschafter?«, fragte ich.

»Oh-ho, du nun wieder.«

»Was heißt das?«

»Ich kehre heim.«

»Als First Lady?«

»Noch nicht. Wir bereiten uns vor.«

»Und wir?«

»Du bleibst in der Schule. Kojo geht zu deinem Vater, und du bleibst hier im Internat.«

»Warum hier?«

»Dir gefällt es doch? Du hast Freundinnen.«

Ich zuckte mit den Schultern. »Ich glaube schon.«

In der Schule brachte ich Farbschicht um Farbschicht auf den Karton, fügte den Baumrinden Silber, Blau, Grün und Bronze hinzu; legte gelb-, violett- und ockerfarbigen Boden an.

»Nicht ganz bei der Sache, wie?« Es war Miss Pettisome. Ich legte meinen Pinsel hin.
»Wasch ihn aus.« Miss Pettisome zeigte auf den Pinsel. Ich nahm ihn wieder in die Hand und überlegte, ob ich kämpfen sollte. Ich ging jedoch zum Spülbecken.
»Helloooo.« Anna, die wie immer herumhüpfte, wie sie auch immer wiehernd lachte.
Ich sah sie an, das stämmige und gutmütige Mädchen.
»Anna ... ich wollte dir etwas sagen ...«
»Ja? Ist dieser Unterricht nicht wundervoll? Mir gefällt übrigens, was du machst; es ist so ... dicht.«
»Danke. Anna«, ich legte den Pinsel hin, »du weißt, wie ... wie du dich manchmal selbst einlädst ... selbst wenn jemand vielsagend blickt, kommst du einfach und setzt dich dazu ...« An ihrem Gesichtsausdruck sah ich, dass es nicht ankam. »Die anderen, sie mögen das nicht. Sie reden darüber. Ich dachte, vielleicht sollte einer dir das sagen, damit du Bescheid weißt, damit du nicht ... Alle mögen dich eigentlich, es ist nur, dass ...« Ich brach ab.

Auf Annas Gesicht zeigte sich ganz plötzlich ein Ausdruck, den ich vorher noch nicht gesehen hatte, ein so beunruhigter Ausdruck, dass ich mir wünschte, sie würde wiehernd lachen oder mir zu dicht auf die Pelle rücken.

»Es tut mir leid. Ich wollte dich nicht verletzen. Ich dachte, du würdest es wissen wollen. Es ist nur ... Ich würde ...«

»Danke, das ist wirklich lieb.«

»Ich wollte nicht ...« Ich wollte sie nicht länger ansehen. Ich nahm meine Pinsel, nur halb reingewaschen von ihrer gelben und blauen Farbe, steckte sie in das Glasgefäß und stapfte aus dem Zimmer.

Als es zur nächsten Stunde läutete, ging ich zum Klassenzimmer, um meine Bücher zu holen; die anderen waren schon dort.

Ich klappte mein Pult auf.

»Das war richtig gemein, was du mit Anna gemacht hast«, sagte Josephine und klappte mein Pult zu. »Was bildest du dir ein?«

»Du hältst dich für etwas Besonderes, stimmt's? Du hältst dich für jemand Besseren?« Lucindas Gesichtsausdruck war streng und hart. »Bist du nicht. Du bist nicht der Nabel der Welt.«

Ich spürte die Hitze im Magen, unter der Haut. »Ich dachte ... ich dachte ...«

Ihr rosiges englisches Gesicht kam dicht an meines. »Was hast du gedacht?« Ich registrierte, wie gut sie das *th* ausspuckte, während ich immer noch *s* und *th* verwechselte.

»Vielleicht sollte ich dir auch etwas sagen ... Weißt du, der einzige Grund, warum alle dich leiden können ... ist, weil du schwarz bist.«

Sie gingen weg.

Ich setzte mich an das geschlossene Pult.

Was, wenn du wirklich alles zusammennähmst, all deine Kraft und Einsicht, und aus der Höhle klettertest – und wenn du draußen wärst, dich nur noch hinlegen und sterben wolltest?

Lucindas Grausamkeit. Charlottes Rauchen. Juliets Ferkeleien. Die Jungen in Kojos Schule.

Sie alle konnten sich alles Mögliche herausnehmen, weil die stummen Porträts ihrer Vorfahren noch immer an den eichengetäfelten Wänden der großen Halle hingen.

Sie würden ein angenehmes Leben haben.

So war es seit Jahrhunderten – und würde es weitere Jahrhunderte lang sein.

Aber wenigstens wusste ich, wo Kojo jetzt zurück nach Deutschland ging, dass ich es auch tun würde.

TEIL III

15

Meine Mutter reiste nach Ghana ab, und Kojo und ich fuhren nach Deutschland. Wir wurden beide in katholische Schulen geschickt; die von Kojo befand sich in einem Kloster auf dem Land, meine in einem Nonnenkloster in der Stadt.

Jede Woche wählte unser Geschichtslehrer drei aus unserer Klasse – Angelika, Zinaida und mich, vielleicht weil wir ihn am häufigsten mit den Wechselfällen der Geschichte herausforderten –, die zu ihm nach Hause kommen, an entgegengesetzten Ecken stehen und die Zeilen von Goethes drei Schicksalsgöttinnen, Atropos, Lachesis und Klotho, laut rufen mussten.

Sein Plan war, wie er uns mitteilte, dass wir in weiße Laken gekleidet an den Kronleuchtern in der Schule hängen sollten.

Das Haus war groß und hatte hohe Decken.

Ich war allein in einem der Zimmer, leer bis auf einen Holzstuhl und einen Tisch.

Aus einem der anderen Zimmer ertönte laut Angelikas Stimme: »*Des Menschen Seele gleicht dem Wasser: Vom Himmel kommt es, zum Himmel steigt es.*«

»Lauter«, schrie Herrn Geissmann von der anderen Seite des Hauses.

»*Und wieder nieder zur Erde muß es, ewig wechselnd.*«

»Zinaida ...«, forderte er sie auf.

»*Seele des Menschen, wie gleichst du dem Wasser!*«, erwiderte Zinaida mit Nachdruck.

»Lauter!«

»*Schicksal des Menschen, wie gleichst du dem Wind!*«

Ich ging die Steinstufen des Hauses hinunter. Als Nächste

wäre ich dran, und ich wollte nicht schreien. Ich war nicht sicher, welche Verletzungen zusammen mit meiner Stimme aus meinem tiefsten Inneren auftauchen würden. Ich öffnete die schwere Tür und ging auf die Straße hinaus. Die Herbstluft hing dunkel über der Stadt und verhüllte jede Hoffnung, die der Sommer geschaffen hatte. Das Haus befand sich in der Altstadt, die Straßen hatten Kopfsteinpflaster und waren holprig. Ich blickte zurück, um zu sehen, ob er mir nach draußen gefolgt war. Menschen bewegten sich auf mich zu und drohten, mir zu nahe zu kommen, aber Herr Geissmann war nicht unter ihnen. Er war zu groß und dünn und alt, glich zu sehr einer Gestalt aus Märchen, um übersehen zu werden. Sein schütter werdendes Haar war auf eine Weise zurückgekämmt, die eher liebenswert als lächerlich war, sein gelbliches Gebiss rutschte im Mund herum, und die vorderste Reihe wurde während seines Unterrichts unablässig mit seiner Spucke getauft.

Er sprach zu uns über Goethes Idee einer Weltliteratur, in der alle Literaturen der Welt gleichwertig Seite an Seite standen.

Ich wollte ihm sagen, das setze voraus, dass alle Geschichten der Welt vergleichbar wären, und berücksichtige nicht, dass einige widerrechtlich angeeignet oder für primitiv erklärt worden waren; oder dass einige geschrieben, andere erzählt oder getrommelt worden waren; oder dass manchmal die Veränderung von Farbe, Ton und Rhythmus beim Überschreiten von Grenzen beeinflusste, wie diese Geschichten bei ihrer Ankunft aufgenommen wurden.

Die Geschichte meines Königreichs war überwiegend durch seine Artefakte erzählt worden; ihre Darbietungsweise und ihre Bedeutung wurden unterwegs entstellt, vernachlässigt, gingen verloren. Jetzt war es an uns, an Kojo und mir, sie wiederherzustellen, Geschichten zu schaffen, die neben all den anderen Bestand hatten.

Ich setzte mich auf die Terrasse vor einem Eingang. Mir blieb eine Stunde, bis ich mich rückmelden musste. Herr Geissmann würde ihnen nicht verraten, dass ich früher gegangen war. Er erträumte sich für mich eine Zukunft als ARD-Sprecherin, die die Nachrichten in einem makellosen Hochdeutsch verlas als die Deutschen selbst, aber ich konnte mir nichts Furchterregenderes vorstellen, als mich in diese eingeschränkte, sterile Welt einzuordnen.

Ich dachte an die Geschichten, die mir meine Mutter von meiner Geburt hinein in diese Welt des bleichen Mondes erzählt hatte: weißblonde Krankenschwestern, weiße Korridore, weiße Wände, weiße Böden in der Kinderabteilung des Marienkrankenhauses in Bad Godesberg. Und mitten im grellen Weiß die warme braune Haut, das dunkelbraune Haar und die Schreie aus meinem braun-rötlichen Mund. Die Erleichterung und Freude, die aus den brillengerahmten Augen meines Vaters leuchteten, als er sein neugeborenes Kind hielt, als er es der schweißgetränkten, blutverschmierten Frau reichte, die auf dem Bett lag und lachte, immer nur lachte, trotz aller Schmerzen.

Ich stellte mir vor, wie er durch die weiß gekachelten Korridore zum Bad ging, der dunkelbraune Mann, mit einem weißen Lächeln zwischen den Lippen. Vorbei am deutschen Arzt, der uns später oft zu Hause besuchte und der ein Krankenhaus im Land hatte, das er als Deutsch-Togoland bezeichnete, wo sie immer noch Deutsch sprachen. Ins Bad, wo auch alles weiß war; dort packte mein Vater den Rand des Waschbeckens, wollte auf die Knie sinken, hatte jedoch wie immer Angst davor, was die Deutschen von ihm halten würden.

Ich öffnete meinen Rucksack und nahm das Buch meines Onkels heraus. Kojo hatte es mir schließlich überlassen.

Die Abschnitte, die er hervorgehoben hatte, die harten Fakten:

Der Tod unseres Großvaters, Verhaftungen, ein Gerichtsfall, der Krieg, ein Freund – Felix, der ein Freiheitskämpfer war, Politik in London.

Die übersprang ich, wie ich es auch mit den Kriegsszenen in *Krieg und Frieden* getan hatte, und blätterte stattdessen zu denen, die von unserer Familie erzählten: Von unserer Großmutter, von meiner Mutter, die er Yaa nannte, von meinem Vater, den er Kwamena nannte, und von Kojos Mutter Amba ... Ich schaute auf die Uhr. Es war schon viel zu spät. Ich würde Probleme bekommen. Ich steckte das Buch in den Rucksack und rannte los. Als ich am Tor ankam, blieb ich stehen. Da stand jemand. Es war Zinaida.

Sie war erst vor ein paar Monaten angekommen, abgesetzt von ihrer Mutter, die enge Lederhosen und eine rote Bolero-Jacke trug und eine dunkelblonde Bobfrisur hatte, genau wie Zinaida. Sie wirkte jünger als der Rest von uns, so zart und dünn, dass ich mir Gedanken machte, ob sie vielleicht magersüchtig war wie Mariana, die nur Kaugummi kaute, ab und zu Suppe aß und überall Haare im Gesicht und am Körper hatte, aber das war nicht der Fall; es war die nervöse Energie in ihr, die offenbar alles aufzehrte, das hineinkam. Ihr ständiges gequältes Lachen ging mir auf die Nerven. Sie war einzigartig: hochgradig verletzlich und dennoch lebenslustig. Sie hatte sich auch über mich Gedanken gemacht, erzählte sie mir später; hatte von irgendjemandem gehört, dass mein Vater plastischer Chirurg sei, dass ich meine Haut und Wangen mit einer Schönheitsoperation hatte optimieren lassen.

»Und das hast du geglaubt?«, fragte ich sie amüsiert.

»Komm«, sagte sie jetzt, »ich habe beinah zwanzig Minuten gewartet.« Sie erzählte mir, dass Angelika nicht warten wollte, dass sie aber nicht ohne mich hatte reingehen wollen.

Ich drückte ihre Hand.

Wir gingen einander bei der Hand haltend an der Nonne an der Pforte vorbei; vorbei an einer der Nonnen, die weniger finster blickte als Schwester Maria Amabilis in ihrer schwarzen Tracht, mit ihrer fleckigen weiß-rosa Haut und den trampelnden Sandalen, unsere Erzieherin, die uns achtzehn Internatsschülerinnen in einer Reihe jeden Morgen zum Gebet führte, während wir Rosenkränze durch die Finger gleiten ließen – *Heilige Maria, Mutter Gottes, bitte für uns Sünder, jetzt und in der Stunde unseres Todes* – und um Vergebung für unsere Sünden beteten, für den Schmutz, der uns schon vor unserer Geburt anhaftete.

Jeden Morgen schloss ich die Augen und versuchte, mich in meine Sünde hineinzufühlen, fühlte mich jedoch nur leer und gelangweilt – vom Mangel an Heiligkeit, an Schönheit, an Geheimnis; von den Nonnen und den anderen Mädchen.

Der nächste Tag war Samstag. Wir durften hinaus in die Hauptstraßen der Stadt. Wir blieben beim einzigen Geschäft stehen, wo die Kleidung nicht so aussah, als wäre sie ausschließlich für Frauen über fünfzig gemacht. Die Verkäuferinnen musterten uns von oben bis unten. Wir holten Sachen von der Stange und hielten sie uns gegenseitig an. Zinaida wollte ein Kleidungsstück anprobieren, aber die Verkäuferin nannte ihr den Preis, und sie hängte es zurück.

Draußen zeigte sie mir das Lederarmband, das sie in ihrer Hand versteckt hatte. Im nächsten Geschäft stieß sie mich an, als sie eine dünne Kette in ihren Ärmel schob.

Ich bemühte mich, beim Verlassen des Geschäfts langsam zu gehen, doch wir hüpften und rannten beide, als wir weiter unten auf der Straße waren. Wir gingen um die Ecke in ein anderes Geschäft, probierten T-Shirts und Jeans an, zogen unsere eigenen Sachen darüber. Meine Beine und Hände fühlten sich blutleer an, als wir mit den Rolltreppen nach oben und nach unten fuhren, Sachen hochhielten, nickten oder den

Kopf schüttelten, immer frechere Methoden entdeckten, Dinge zu verstecken, die wir nicht brauchten: eine Schreibunterlage, einen Brieföffner für meinen Vater, ein Armband für meine Mutter, Spielkarten für Kojo.

Zurück in der Schule zogen wir uns bis auf die Jeans aus und liefen zu den Badezimmern hoch. Wir schlossen uns in der einzigen Kabine mit einer Wanne ein, setzten uns einander gegenüber ins heiße Wasser und warteten darauf, dass die Jeans auf unsere Kleidergröße schrumpften.

Es klopfte an der Tür.

Dann war Schwester Maria Amabilis' leicht kreischende Stimme zu hören: »Ich weiß, was ihr da drin macht. Ich weiß es.«

Wir ließen das Badewasser ab, hielten den Stöpsel dabei so fest, dass es nahezu geräuschlos ablief. Wir zogen die nassen Jeans aus und die trockenen Sachen an, dabei lachten wir leise, als würden wir nach Luft schnappen, bis uns der Bauch vor Angst wehtat.

Doch sie klopfte immer noch.

Wir warteten, lauschten, bis es still war, gaben uns dann Zeichen. Ich würde zuerst rausgehen. Langsam öffneten wir die Tür ohne Quietschen.

Ihre breite hässliche schwarze Sandale war sofort zwischen Tür und Rahmen und verhinderte, dass wir wieder zumachten. Ihre rosa Hände mit den dicken Adern, wie Oktopusse, griffen nach unseren Armen. Sie kniff jede von uns heftig, und der Schmerz glich einem Boxhieb.

»Aua«, sagte Zinaida und verbat sich das mit hoher hasserfüllter Stimme.

Doch sie hielt uns immer noch fest und sagte uns mit einer Stimme wie eine Ohrfeige, wir wären verdorbene Mädchen, weil wir das getan hätten, und trotz unserer nicht geschrumpften Jeans, die durchweicht in der Ecke lagen, schämte ich mich.

16

Wenn wir übers Wochenende nach Hause fuhren, telefonierten Zinaida und ich stundenlang miteinander, obwohl wir uns erst kurz zuvor gesehen hatten, sahen die gleichen Fernsehprogramme, rieten um die Wette, welche Reklame zu welcher Marke gehörte.

Ich kletterte aus dem Fenster der Wohnung und ließ mich auf den Boden hinunter. Im Dunkeln lief ich den Weg entlang, den ich viele Male gegangen war, aber nur selten nachts, und dann immer mit meinem Vater oder Kojo. Obwohl ich Angst hatte, ging ich erhobenen Hauptes und starrte herausfordernd zurück auf die Deutschen, die mich anstarrten, und tat so, als wäre ein ghanaisches Mädchen nachts allein auf den Straßen dieses Kuhdorfs, dieses Kleinstädtchens an der Grenze zum Industriegebiet ein vollkommen normaler Anblick. Ich stand an der Bushaltestelle auf dem Marktplatz – vor dem Pizzawagen, der lockere italienische Pizza verkaufte, neben der Brathähnchenbude, die schwitzende ganze Hähnchen auf einem Drehgrill briet, gegenüber der Bäckerei, die mit Körnern bestreute Brote, gezuckerte Berliner und Amerikaner mit Zuckerguss verkaufte – und wartete.

Der Bus war fast leer. Mein Herz schlug schnell, wie jetzt beinah immer, als wäre der Puls des Lebens selbst unregelmäßig geworden.

Ich dachte an die Version meines Vaters, die Kojos Vater in dem Buch beschrieben hatte, und konnte sie nicht mit dem Mann zusammenbringen, den ich kannte, mit dem, dessen Versprechen von Licht zu Schatten verblasst war.

Ich stieg aus dem Bus, folgte Zinaidas Hinweisen und ging durch die leeren dunklen Straßen mit sorgfältig gepflegten Gärten, die sorgfältig gebauten Häuser umrahmten, auf die selbstsichere Arroganz von Jamie zu – Jamie, der unter Bäumen saß und Bücher las, während die anderen Jungen Ball spielten.

Am Ende der Sackgasse stand ein gepflegtes weißes Haus, eines, das man nicht verbergen musste, sondern als Fassade nutzen, davor zum Abschied winken und nur hoffen konnte, die Eltern würden wegfahren, bevor man bei der Eingangstür ankam.

Aus dem Untergeschoss drang die französische Musik vom Film *La Boum – Die Fete*. Ich wusste, die Jungen und Mädchen würden Blues tanzen und sich dabei französische Kultiviertheit und Lässigkeit zum Vorbild nehmen.

Ich stieß die Tür auf und stieg die abgedunkelte Treppe hinunter, suchte unter all den Körpern nach der Sicherheit von Zinaidas Gestalt.

Dort saß sie auf einem Stuhl und beugte sich über Sebastian, den sie mochte, der aber, immer wenn ich da war, deutlich erkennen ließ, dass er mich mochte.

Gewöhnlich war es Zinaida mit ihrer blonden Bobfrisur, dem hellen Teint und ihrer schon gereiften Erfahrung mit dem anderen Geschlecht, nach der sich die Jungen sehnten.

Er sah mich vor Zinaida und kam auf mich zu.

Ich wusste nicht, was ich mit seiner Zuneigung anfangen sollte.

Ich hielt nach Jamie Ausschau, dem blauäugigen arischen Dichterprinzen, der die vertraute Selbstsicherheit und Nonchalance hatte, die ich von Kojos Freunden kannte. Als wir vor der Eisbahn saßen, die sonntags zur Tagesdisco wurde, erlaubte es ihm diese Haltung zu sagen, dass er später niemals Schwarze in seiner Firma einstellen würde.

Zinaida hatte mich angesehen. »Maya ist schwarz«, sagte sie.
»Das ist etwas anderes«, erwiderte er. »Mein Vater stellt auch keine Schwarzen ein.«

Und dennoch sehnte ich mich nach dem Unmöglichen, von dem ich wusste, wenn es einträfe, würde es mich starr und stumm machen.

Sebastian stand neben mir und stieß mich mit der Schulter an. »Möchtest du Schieber tanzen?«, fragte er.

»Nein, danke«, sagte ich und stellte mich neben Zinaida.

Sie kam mit dem Mund dicht an mein Ohr. »Er hat nach meiner Nummer gefragt.«

Ich sah sie an, wollte fragen: Sebastian?, war aber zu überrascht.

»Wir fahren beide in den Ferien nach Mallorca.« Sie hakte sich bei mir ein.

Ich sah sie an. Von wem sprach sie?

Sie deutete mit dem Kopf in Jamies Richtung.

Ich ließ meinen Arm erschlaffen, damit sie nichts mehr zum Festhalten hatte.

Sebastian kam auf uns zu, sein Mund war zu einem breiten, unsicheren Lächeln verzogen.

Ich spürte, wie Zinaidas Energie in seine Richtung ging.

Ich zwang mich die Treppe hoch, auf die Straße hinaus, in Richtung der Bushaltestelle, von der ich in Erwartung einer Art von Erlösung gekommen war. Das Atmen fiel mir schwer.

In der Wohnung war es still. Als ich langsam, nahezu geräuschlos die Tür aufschloss, stand mein Vater im dunklen Korridor, als hätte er auf mich gewartet.

»Ich habe dir gesagt, du sollst nicht ausgehen. Du bist trotzdem gegangen«, sagte er, ohne die Stimme zu erheben.

Ich antwortete nicht, drehte mich um und ging ins Schlafzimmer, stand hinter der geschlossenen Tür und hielt die Luft an.

Ich legte mich aufs Bett, holte das Buch meines Onkels unter der Matratze hervor und schlug es auf einer Seite auf, die ich markiert hatte, suchte nach Hinweisen, wie ich überleben konnte.

Er wusste es nicht.

Ich stand auf und begab mich ins Wohnzimmer. Es war noch nicht hell. Mein Vater war unterwegs zur Klinik. Ich schaltete den Fernseher an.

Es lief ein Film über eine Gruppe französischer Männer, Lebemänner und Fresssäcke. Sie hatten sich in einem großen Haus eingeschlossen, um sich zu Tode zu fressen und zu ficken. Ich schaltete den Ton leiser; die Geräusche ihrer Perversionen und Exzesse drohten aus dem Fernseher zu quellen.

Ich schaltete um.

Auf ZDF stellte eine Gruppe sehr normal aussehender Männer ihre Neigungen aus; ein Mann über fünfzig in einem Babystrampler saß in einem riesigen Kinderbett, saugte am Daumen und heulte, bis er verhauen wurde.

Auf RTL liefen pummelige Teenager im Benny-Hill-Stil an Stränden entlang und versuchten zu Begleitmusik, so schnell mit so vielen Mädchen zu schlafen, wie sie es schafften.

Auf ARD das Gesicht einer schönen Frau in Großaufnahme und Schwarz-Weiß, der Wind zauste ihr blondes Haar, als sie auf einer mit Stechginster bewachsenen Klippe stand. Ich studierte ihre Schönheit, die Bewegung ihres Körpers und sah hinunter auf meine Brüste, die anfingen, leichte Erhebungen unter meinem T-Shirt zu bilden.

Ich ging ins Bad und füllte die Wanne mit heißem Wasser, lag darin, bis die Haut an meinen Fingerspitzen blass, weich und runzlig wurde, füllte immer wieder Wasser nach; genoss das endlose Fließen des deutschen Warmwassers; vertrieb die Erinnerung an die britische Begrenztheit, das kalte Badewasser, das Hockeytraining am frühen Morgen, die löchrigen

Kaschmirpullover, die Reichtum und Unbekümmertheit verkündeten, selbst gewolltes stoisches Erdulden, Kojo, meine Mutter. Ich zog mich an und lief zum selben Marktplatz, wo ich vor Stunden gewesen war. In einer Telefonzelle wählte ich ihre Nummer. Ich sollte ihr nicht unsere Nummer von zu Hause geben, damit sie ihn nicht belästigte, sagte mein Vater. Es war nicht nötig, »Hallo« oder »Wie geht's?« zu sagen.
»Ruf mich an, Mummy. In zehn Minuten bin ich zu Hause.«
»Darling, was ist passiert?«
»Nichts.«
»Oh-ho, ich kann es hören. Hast du gegessen?«, fragte sie; die ewige Sorge, die davon ausging, dass alles, selbst ein schmerzendes Herz, mit einer Mahlzeit geheilt werden könne.

Ich lief nach Hause und hörte das Telefon klingeln, noch ehe ich die Tür aufgeschlossen hatte.

Ich erzählte ihr von einer Freundin, die ich liebte und die, aus Gründen, die ich nicht erklären konnte, versucht hatte, mir etwas wegzunehmen, das ich liebte, und wie weh das tat.

»Darling«, sagte meine Mutter mit einer Stimme, die ruhiger und tiefer war als die mir vertraute, »was Gott dir gegeben hat, kann dir keiner wegnehmen.«

Ich nickte und hielt mir das Telefon an die Wange, selbst als sie schon weg war. Das Geräusch, das von der anderen Seite der geschlossenen Tür kam, durchbrach die Stille.

Ich stand auf und öffnete sie schnell, damit ich nicht erschreckt wurde von dem, was dahinter war.

Mein Vater und ich waren beide überrascht, einander plötzlich gegenüberzustehen.

Er, mit dem Ausdruck angespannten Lauschens; seine Augen kündeten von Verletztsein und Verrat.

Ich, die ich die Verwirrung wegzuzwinkern versuchte, die mir heiß durch den Körper lief.

17

Es gelang mir, Zinaida tagelang aus dem Weg zu gehen, indem ich Krankheit vortäuschte und nicht zu Unterrichtsstunden erschien, in denen wir beide sein sollten, und indem ich vorgab, sie nicht zu hören, wenn sie sprach.

Doch sie kam trotzdem in mein Zimmer, als ich mit dem Buch meines Onkels auf dem Bett lag, und hatte ein in zerknittertes Seidenpapier eingewickeltes Geschenk in der Hand. Ich zögerte, hielt an meiner Geschichte des Stolzes fest, die sie für immer ausschloss, dann streckte ich die Hand aus und nahm es.

Etliche Minuten grinsten wir breit und einfältig.

Obschon ich noch andere Freundinnen hatte, war Zinaida in meinen Gedanken immer die erste.

Es war nicht nur, dass wir unsere Kleidung aufeinander abstimmten oder in Gesellschaft der anderen so aufgekratzt waren, dass unsere Stimmen oft in einem schrillen, atemlosen Wortschwall und in Gelächter zusammenflossen, oder dass wir ein ausgefeiltes Ritual des Händeschüttelns hatten, das nur uns gehörte.

Ich hatte davor schon solche Freundinnen und würde sie auch danach haben. Doch mit ihrer Weigerung, mich gehen zu lassen, schuf sie ein Zuhause, das für immer das meine war.

Sie beugte sich zu mir und flüsterte mir ins Ohr, obwohl sonst keiner im Zimmer war. Sie hatte um eine Beurlaubung gebeten. Sie würde Max treffen und würde es so einrichten, dass ich mitkommen konnte, und Max würde Sebastian mitbringen, und wir würden alle viel Spaß haben.

Sie schien ihre frühere Zuneigung zu Sebastian schon vergessen zu haben und gönnte ihn mir von Herzen. Ich sagte ihr, dass ich etwas zu Ende bringen müsse. Sie schaute auf das Buch. Sie fragte mich nie danach, etwas in meinem Benehmen sagte ihr, dass es kein Gesprächsthema war.

Ich hatte Kojo versprochen, dass ich bald fertig damit sein würde. Er hatte recht, es war ein Buch, das nur von persönlichen Niederlagen handelte. Wir aber wollten ein Buch mit Siegen.

Was würden wir mit unserer Geschichte anfangen, wenn sie endlich aufgeschrieben war? Das fragte ich Kojo immer wieder. Das Umschreiben war nur der erste Schritt.

»Warte es ab«, sagte Kojo stets, als wäre er um Jahrhunderte älter, »warte es ab.«

Ich schlug den ersten Teil auf, den ich gekennzeichnet hatte, und atmete die Enge in meiner Brust fort. Obwohl es lange vorbei war, fühlte es sich an, als erschaffe ich die Gegenwart neu, allein dadurch, dass ich Bescheid wusste.

Die Jungen holten uns vor der schweren Tür der hinteren Pforte ab.

Max war groß, schlaksig und picklig. Zinaida hatte schon früher von ihm als Freund gesprochen, doch er war immer fort auf seiner Internatsschule und ich hatte ihn nie getroffen. Sie rannte auf ihn zu, sprang hoch und wickelte ihre Beine um ihn wie ein Monchichi. Ihre Lippen klebten auf seinen, und er zauste ihr das Haar wie in einem der Liebesfilme, die spätnachts im Fernsehen liefen.

Ich sah Sebastian nicht an, obwohl ich die Hitze seiner Energie zu mir strömen fühlte.

Stundenlang wanderten wir in der Stadt herum, holten uns ein Eis und gingen zu McDonald's, bis es Zeit zur Rückkehr war. Wir standen vor der Tür, an der er mich abgeholt hatte;

er in einer großen Kapuzenjacke, in der seine Gestalt geradezu ertrank, und grünen Jeans, und ich überlegte, ob die Jungen ihre Jeans zusammen färbten wie wir oder ob sie es daheim allein machten. Er trug die gleichen Vans wie alle anderen, und um seinen Hals hing eine Kette, die zu einem viel Älteren zu passen schien. Er sah ohne sein Skateboard nur halb wie er selbst aus.
»Also dann gute Nacht«, sagte ich. In seinen Augen sah ich eine Mischung aus Angst und Erregung, die sich auf mich übertrug.
Er rückte näher, bis sein Körper ganz nah bei mir war, und drückte sich an mich.
Mir schlug das Herz bis zum Hals.
Seine Lippen waren trocken.
Als ich wieder in der Schule war, läutete das Telefon fast zeitgleich mit meinem Erreichen der obersten Treppenstufe.
Jemand rief meinen Namen.
Als ich den Hörer aufnahm, war es seine Stimme am anderen Ende der Leitung.
»Warte kurz.« Ich rief Zinaida. Ich hielt den Hörer zwischen uns, damit sie mithören konnte.
Er stammelte etwas.
Wir fingen beide lautlos zu kichern an.
Es entstand eine Pause. »Ist da noch jemand?«
Ich hatte die Hand über meinem lachenden Mund und forderte sie gestikulierend auf, den Hörer zu nehmen.
Sie öffnete den Mund. Gelächter brach heraus. Sie hielt sich den Bauch. »Er hat aufgelegt.«
Ich lachte weiter, so laut ich konnte, ihr Gelächter imitierend, und hoffte, dass sie nicht bemerken würde, wie hohl und falsch das klang.
Als das Telefon wieder für mich klingelte, dachte ich, er könnte es sein – der, wie sie auch, nicht aufgeben wollte –, doch er war es nicht.

»Hallo?« Es war die Stimme meines Vaters, vorsichtig.
»Dad?«
»Ich habe dir vertraut«, sagte er. »Ich habe dir gesagt, dass du ihr nicht unsere Nummer geben sollst. Ich weiß, was ich tue.«
»Sie ist meine Mutter. Ich bin immer noch ihr Kind.«
Er machte eine Pause. »Mit Kojo ist etwas passiert. Er ist aus der Schule verschwunden. Deine Mutter sitzt gerade im Flugzeug. Ich hole sie vom Flughafen ab.«
»Kojo ist verschwunden? Wohin?«
»Wir wissen es nicht.«
»Was ist passiert? Holst du mich auch ab?«
Ich war noch mit dem Gefühl beschäftigt, das sich zwischen meinen Beinen geregt hatte.

Ich hatte Kojo wegen Zinaida vernachlässigt, hatte Seiten im Buch übersprungen, hatte nicht genug aufgepasst.

Ich saß dort, gelähmt von der Erkenntnis, dass das Ganze irgendwie meine Schuld war.

18

Auf der Fahrt zum Flughafen sprachen mein Vater und ich kein Wort. Als wir dann dort waren, beobachtete ich die Landung der Flugzeuge, während er am Gate wartete.

Ich hörte die Stimme meiner Mutter, ehe ich sie sah. »Ist das meine Tochter? Aaa! Was hat sie denn an? Ist sie so gewachsen? In diesen Jeans? Aaa! Und ihre Haare?«
Hallo Mutter, sagte ich in Gedanken und beachtete all die Deutschen nicht, die mich anschauten.

Sie fuhr mir mit der Hand durchs Haar; ich stieß sie weg. Sie roch nach Chanel-Parfüm, pudrig und süß. Am Handgelenk hatte sie goldene Armbänder und eine goldene, diamantenbesetzte Uhr. Sie trug ein schwarz-weiß kariertes Kostüm, dazu flache schwarze Lackschuhe mit Goldschnallen. Sogar jetzt noch fing sie die Sonne unter ihrer Haut ein.

Im Auto zeigte mein Vater meiner Mutter Kojos Zeugnis. Ich nahm es ihr aus der Hand.

Trotz der Tatsache, dass Kojos Gruppenbetreuer, Erzieher und die Fachlehrer dieses Semester ihr Bestes gegeben haben, um ihn zur Arbeit zu überreden und dazu anzuhalten, sind ihre Bemühungen vergeblich gewesen und er hat nur minimale Fortschritte gemacht. Das ist eine Zusammenfassung der gegenwärtigen Situation:

Englisch, Niveau O – Verstehen gut, Essays beeinträchtigt von nachlässiger Orthografie und Zeichensetzung. Er könnte bestehen, wird aber wahrscheinlich Note D bekommen.

Mathematik, Sekundarabschluss – lässt sich sehr leicht ablenken. In den letzten Wochen hat er sich ein wenig angestrengt.
Physik – viel zu nachlässig.
Kunst – fehlende Konzentration.
Technik – hat Potenzial, nutzt es aber nicht.
Elektronik – leistet ein Minimum an Arbeit, um nicht in Schwierigkeiten zu kommen.
 Es besteht die schwache Möglichkeit, dass er durch Wiederholung des Stoffs in den Ferien, gefolgt von großen und beständigen Anstrengungen im nächsten Semester, die Situation teilweise verbessern kann, doch ich bin nicht optimistisch.
 Aufgrund dessen fühle ich mich verpflichtet, die Aussage, die ich bei unserem letzten Zusammentreffen gemacht habe, zu wiederholen.
 Kojo hat die akademischen, sportlichen oder sozialen Möglichkeiten der Schule nicht genutzt, und da es keine Anzeichen für einen radikalen Gesinnungswandel seinerseits gibt, muss seine Zukunft hier befristet sein.
 Es wäre deshalb eine kluge Entscheidung Ihrerseits, wenn Sie schriftlich Ihre Absicht bekundeten, Kojo am Ende des Frühjahrssemesters von der Schule abzumelden.
 Ich habe mit unserem Berufsberater über seine mögliche Zukunft gesprochen. Er ist wie ich der Ansicht, dass es angesichts seiner jetzigen Haltung wenig sinnvoll ist, seine Ausbildung hier fortzusetzen, weil kein Fortschritt gemacht werden wird, bevor er nicht die Notwendigkeit von Bildung und harter Arbeit anerkennt.
 Wir möchten daher vorschlagen, dass Sie Kojo in ziemlich niederer Stellung in Arbeit bringen, wozu er gegenwärtig allein geeignet ist, unter der Aufsicht eines Mannes, dem Sie vertrauen können, und dafür das angemessene Gehalt zu beziehen, in der Hoffnung, dass diese recht drastische Behandlung ihn zur

Vernunft bringt und ihn zu akzeptieren zwingt, dass es an ihm liegt, das Beste aus seinen unzweifelhaft vorhandenen Fähigkeiten zu machen und eine weitere Ausbildung im beruflichen Bereich zu absolvieren.

Wenn er das nächstes Jahr akzeptieren sollte, wäre es noch nicht zu spät für ihn, einen Neuanfang in einer neuen Bildungseinrichtung zu machen.

Ich bedaure, diesen Brief schreiben zu müssen, gehe jedoch davon aus, dass Sie unter diesen Umständen die übliche Kündigung zum Semesterende einreichen und angemessene Vorkehrungen für Kojos Zukunft treffen wollen.

»Ist er deshalb verschwunden?«, fragte ich.

Mein Vater schüttelte den Kopf; es sei, weil eine der Hilfslehrerinnen ihn geohrfeigt habe und er zurückgeschlagen habe.

»Völlig zu Recht«, sagte meine Mutter.

Ich sah sie an.

Wir kamen bei der katholischen Internatsschule an, die auch ein Kloster war. Auf der Wiese davor grasten Lamas, und der Himmel war dunkel wie die Tinte eines Tintenfischs. Kojo war schon wieder zurück in seinem Zimmer, wo die Wände mit Bildern von NASA-Astronauten bepflastert waren.

»Keins meiner Kinder wird – wie hieß es doch? – in niederer Stellung arbeiten. Pack deine Sachen.«

Sie waren schon gepackt.

Zu Hause lagen nun überall Koffer mit Kleidungsstücken herum und Jamswurzeln, Kochbananen und Schnecken, die sie mitgebracht hatte. Ich fläzte auf dem Sofa zwischen halb leeren Tiegeln mit Grundierungscreme und Puderdosen, stumpfen Eyelinern und Aufhellungscremes.

Ich holte das Buch aus meiner Tasche und schlug es fast am Ende auf.

Dort war ein Schwarz-Weiß-Foto von Kojo.

Es zeigte ihn mit seinen Schwestern, und er lachte mit all seinen Zähnen, wie meine Mutter zu sagen pflegte, wie auch mit seinen Augen.

Das war so anders als das Bild von ihm, das ich in seiner Schule gesehen hatte, auf dem er die Schultern in seiner Uniform hochgezogen hatte, als wolle er sich vor der Kälte schützen oder vor einer noch größeren Bedrohung.

Durch die geschlossene Tür hörte ich die erhobenen, abgehackten Stimmen meiner Eltern.

Ich beendete das Umschreiben der letzten Paragrafen des Textes und ging in Kojos Zimmer.

»Warum gerätst du immer in Schwierigkeiten?« Ich warf die Tür hinter mir zu.

»Und warum du?«

»Wenigstens gehe ich wieder in die Schule zurück.«

»Ich will nach Hause«, sagte er.

»Du *bist* zu Hause.«

Er schüttelte den Kopf. »Nein, bin ich nicht. Kommst du mit mir?«

In Gedanken schüttelte ich den Kopf; ich war nicht bereit dazu. »Glaubst du, wir haben genug getan?«

»Ich denke schon«, flüsterte er. »Komm mit mir.«

»Wohin?« Ich schmuggelte das Buch mit den von mir umgeschriebenen Seiten unter die Matratze.

Er hielt die Autoschlüssel meiner Mutter hoch. Wir hatten ihre Geschichte beide für ein Märchen gehalten, bis sie am Tag vor ihrem Geburtstag einen BMW gekauft hatte.

Wir zogen unsere Mäntel an.

»Wohin wollen wir?«, fragte ich.

Draußen schloss er ihr neues Auto auf.

Wir stiegen ein.

Er betätigte die Zündung.

»Was machst du?«
»Vertraust du mir nicht?«
»Doch, natürlich.«
Er fuhr ruckartig an, die Straße hinunter. »Wo lang?«
»Geradeaus«, sagte ich und wünschte sehnlich, dass wir fortfahren und nicht zurückkommen konnten.
»Wir wollen ein paar Süßigkeiten besorgen.«
Das Auto sprang vorwärts. Keine anderen Autos waren zu sehen.
»Wir sollten zurück, Kojo.«
»Wir sind fast da.«
»Wir sollten zurück. Ich habe kein gutes Gefühl.«
Er sah mich an, dann setzte er mitten auf der Straße zum Wenden an.
Der Motor erstarb, und das Auto blieb stehen.
Er startete es wieder.
Es schoss rückwärts – mähte einen Zaun um – in einen hübsch angelegten Blumengarten hinein und prallte fast gegen das Haus.
Er schaltete mit beiden Händen in den ersten Gang zurück.
Wir fuhren wieder ruckartig los und zu unserer Wohnung.
Das Auto stellten wir auf dem Parkplatz ab und gingen schweigend die Treppe hoch.
Oben lag er auf dem Bett und spielte »Verliese und Drachen«.
Ich schaute auf seine Haare, seinen Kopf, seine Hände, betrachtete die losen Seiten des Buches, die unter der Matratze hervorlugten.
Ich blickte aus dem Fenster, ohne etwas richtig wahrzunehmen, und obwohl ich die blauen Lichter durch das Fenster ins Zimmer blitzen sah, begriff ich erst, als die Sirene aufhörte, was es war. Und die Panik, die jetzt beständig in mir steckte, das Gefühl, dass wir nur knapp davongekommen waren, drohte mich zu verschlingen.

TEIL IV

19

Ich lag auf meinem Bett, während die kraftlose Londoner Sonne durch das rot-goldene Sarituch schien, das ich als Vorhang angebracht hatte. Ich schaute auf die Bücher, die sich überall im Zimmer stapelten, auf die Pastellzeichnungen und die aus Zeitschriften ausgeschnittenen Bilder an den Wänden, auf die Zeitungsschnipsel mit Jobangeboten und die abgebrochenen Essay-Schreibversuche, die über den großen Holztisch verstreut waren; auf das Gitter am Bettende, behängt mit bedruckten, gemusterten, gestrickten, golddurchwirkten Kleidungsstücken, gekauft mit den Einnahmen aus den geborgten Träumen meiner Mutter.

Es war noch nicht allzu lange her, dass ich meine Kleider mit der Erregung einer Künstlerin, die die richtige Farbpalette wählt, betrachtet hatte, oder wie die Schwarze Barbiepuppe – so hatte mich einer einmal genannt. Jetzt lag ich still da wie ein aufgebahrter Leichnam, die teakfarbenen Arme auf dem zerknitterten Weiß meiner Laken. Die Tasche mit dem Zebramuster, in der ich meine Utensilien von Wohnung zu Wohnung getragen hatte, als ich in der Stadt ankam, lag zusammengeknüllt auf dem Boden neben der Kleiderstange. Meine Mutter und ich hatten die Tasche in einem kleinen Geschäft in der Nähe von Harrods gekauft, wo reiche Damen hingingen, um massenhaft brandneue, noch mit Preisschild versehene Kleidungsstücke zu verkaufen, damit sie Raum für noch mehr davon schaffen konnten.

Das Geschäft war nicht weit entfernt von einer der Wohnungen in Knightsbridge, in Kensington oder Mayfair, die sie während der Schulferien mietete. Die gemieteten Wohnungen wurden immer luxuriöser, während meine Mutter und Nii Tetteh, der frühere Finanzminister, hin und her flogen – von der Schweiz zu den Kaimaninseln und nach Ghana – und sich von Hotelzimmern zu Banken und zu ghanaischen Gerichten begaben, wo sie für die Freigabe der Gelder kämpften, die in den Banktresorräumen eingeschlossen waren – darauf beharrten sie. Und gleichzeitig pumpten Investoren finanzielle Mittel in die Aussicht auf unerschöpfliche Rendite.

Kojo und ich sorgten dafür, dass man das Buch fand, dann sprachen wir nicht mehr darüber, nicht einmal unter uns, als hätte sein Ursprung nichts mit uns zu tun. Es war jetzt eine mythische Geschichte von einem Königreich, einer Nation, die sich reibungslos bildete, trotz aller Widerstände, und der eine glorreiche und weltbeherrschende Zukunft vorausgesagt wurde. Ganze Abschnitte waren den Objekten gewidmet, von denen Kojo wusste, dass sie geraubt, verkauft worden oder verschwunden waren. Wir hatten uns nicht zurückgehalten, sondern jeden Eindruck, jedes Ziel ausgemalt, genau wie meine Mutter ihre Begeisterung nicht zurückhielt und ständig von den Unsummen sprach, die bald ihr gehören würden.

Ich hatte mehrfach Anrufe von Kojo verpasst. Nun wählte ich seine Nummer in Accra. »Sie haben nicht genug Kartenguthaben für diesen Anruf«, verkündete eine hilfreiche Frauenstimme. Ich verließ das Bett und durchsuchte die Taschen meines dunkelpinkfarbenen Wildledermantels. Ich leerte die Zebratasche, fuhr mit der Hand durch ein Loch im gesteppten Goldfutter, ging in die kleine Küche, deren gelbe Wände von den einfallenden Sonnenstrahlen erwärmt wurden. Ich leerte den Topf mit dem Kleingeld neben dem Gaskocher: ein Pfund und sechsunddreißig Pence. Noch drei Pfund und vierundsechzig Pence, und ich konnte Kojo zurückrufen.

Ich ließ mich am kleinen Küchentisch nieder und nahm das

Päckchen Marlboro Reds in die Hand, das Zinaida zurückgelassen hatte.
 Gestern war ich allein ins Kino gegangen, hatte mein letztes Geld ausgegeben, um zuzusehen, wie Antonioni Monica Vitti auf der Leinwand schmeichelte, weil ich meinem ständig übervollen Kopf und dem leeren Magen entfliehen musste.
 Ich hatte mir ein anderes Universitätsleben vorgestellt, eine Suche nach Bedeutungen hinter den Worten, lange Gespräche über Platon und Tolstoi, über Wahrheit und Kunst, hatte aber festgestellt, dass es ein Fließband hohler Vorspiegelungen war, bis Zinaida in London auftauchte. Sie trug einen Leopardenfellmantel, knallroten Lippenstift und hochhackige Krokodillederstiefel, die sie schnell und leicht gebeugt gehen ließen, als würde sie fallen, wenn sie langsamer liefe. Sie sah jetzt aus wie eine junge Cruella de Vil. Wie schon früher spiegelte sie jeden Jungen, mit dem sie gerade zusammen war. Vor der Universität hatte sie auf einer Insel in Goa gelebt, hatte angefangen, den Regeln des Gurus Osho zu folgen, hatte sich bei ihrer Ankunft einem HIV-Test unterzogen und mit vierzehn Partnern im Geist der höheren Liebe geschlafen, für zusätzliches Geld als Aktmodell posiert und in den Zeiten zwischen den Vorträgen in Schwimmtanks geschwebt, um seelisches Gleichgewicht und Gelassenheit zu gewinnen. Wir stimmten noch immer unsere Outfits aufeinander ab, rannten in Nord-London Hügel voller Narzissen hinunter, um Stummfilme wie *Der Mann mit der Kamera* zu sehen und einander im Café Rouge Tschechow vorzulesen und dabei über unsere Angeberei zu lachen.
 Ich zog eine ihrer Zigaretten raus, steckte sie mir zwischen die Lippen und biss hart darauf. Mir sollte schlecht werden, obwohl ich nicht rauchte. Ich ging zum kleinen Spiegel, den wir auf einer Mauer an der Straße gefunden und in unserem schmalen Korridor aufgehängt hatten. Ich hielt die Zigarette im Mund und zog daran, dann atmete ich aus. Monica Vitti,

dachte ich und kniff die Augen zusammen. Nein, Romy Schneider: Ich nahm mit der Linken mein Haar zurück und sog wieder die Luft ein. Ich frisierte meine Haare zur Seite und über die Augen, zerzauste sie am Hinterkopf und machte einen Schmollmund. Brigitte Bardot. Ich ging mit einem langsamen betonten Hüftschwung zum Fenster, lehnte mich hinaus und stippte imaginäre Asche ab, immer noch mit Schmollmund. Ich klapperte mit den Lidern in den Wind und schaute hinunter auf die Bank gegenüber vom Reihenhaus. Jemand hatte dort eine große blaue Ikea-Tasche zurückgelassen, aus der bunte Kleidungsstücke quollen wie das verklumpte Gehirn eines in den Kopf geschossenen Mannes.

Du bist niemals arm. Ich vernahm das Echo der Stimme meiner Mutter in meinem Kopf.

Ich zog einen Mantel über meinen blau und weinrot gestreiften Schlafanzug und fuhr in meine neongrünen Turnschuhe, auf deren Zungen noch mein gesticktes Namensschild prangte, und dachte an all die ungeöffneten Rechnungen im Haus meiner Mutter und an die Schränke, die bis zum Überquellen mit Kleidungsstücken vollgestopft waren. Ich ging aus der Tür, die vier Treppen hinunter und parallel zum Ladbroke Grove durch die Nebenstraßen, die allmählich breiter wurden, als die Häuser höher wurden, hin zum Secondhandladen, der hoffentlich kaufen würde, was ich hatte.

Während ich durch die Straßen lief, schaute ich durch Fenster in perfekt eingerichtete Küchen und Wohnzimmer. Ich wusste, dass hinter den Fassaden liederliche Unvollkommenheit herrschte, doch ich wollte mich an der vorgetäuschten Vollkommenheit berauschen, bis mir der Kopf genauso wehtat wie beim Durchblättern der Zeitschrift *Vogue*.

Ich lief zur Notting Hill Exchange, schaute beim Hineingehen auf die Vivienne-Westwood-Plateauschuhe. Sie kosteten zweihundertfünfzig Pfund. Die wasserstoffblonde Verkäuferin in der Lederjacke schaute in meine Tasche voller Designer-Schätze, holte wortlos fünf schmuddelige Zehnpfundscheine heraus und legte sie auf den Verkaufstresen.

Wieder zu Hause zog ich nicht erst den Mantel aus, um Kojos Nummer zu wählen, sondern setzte mich aufs Bett und hielt bei dem vertrauten lang gezogenen Klingelton den Atem an.

»Hallo? ... Maya, bist du es?«, schrie Kojo am anderen Ende.

»Maya, ich brauche deine Hilfe.«

»Natürlich, natürlich helfe ich dir.«

Er lachte. »Du hast noch nicht mal gehört, worum es geht, und bist schon bereit. Du bist entweder vertrauensselig oder dumm.«

Ich biss mir auf die Zunge. »Erzähle«, sagte ich.

»Kann ich nicht am Telefon, nicht ausführlich. Hier steht eine Wahl bevor. Weißt du noch, Maya, die ganzen Schätze, über die wir immer gesprochen haben? Die verkauft wurden?«

Ich sagte nichts.

»Wir haben schließlich herausgefunden, wohin sie verkauft wurden. Sogar die goldene Krone, Maya. Sogar die goldene Krone ... Nächstes Jahr, vor der Wahl, werden wir eine große Ausstellung hier haben, ein Festival, ein Museum, eine Odwira. Auf heimatlichem Boden. Alle Führer der Welt, alle werden sie kommen und sehen, wie tiefgreifend unsere Geschichte ist. Du musst herkommen. Ich habe deine Mutter gebeten, dir ein Flugticket zu buchen, damit du zu Weihnachten kommen kannst.«

»Möchte sie denn, dass ich komme?«

»Sie möchte einen Weihnachtsbaum«, sagte er und lachte.

Ich verweigerte mich der Forderung meiner Mutter, ihr einen Weihnachtsbaum aus England mitzubringen. Doch dann kam Ben, der immer gemusterte Wollpullover anhatte und dessen Lächeln das eines Kindes war, wenn er mich sah, und fragte mich, wozu ein Weihnachtsbaum in Afrika gut wäre. Ich sagte ihm, es sei Ghana, nicht Afrika, und wollte von ihm wissen, warum wir keine Weihnachtsbäume haben konnten, wenn wir welche wollten. Dabei war mir bewusst, dass ich mich verwöhnt und unlogisch anhörte und dass er meinen Zorn nicht verdiente, doch in seiner Stimme war etwas, das mich an die Liedzeile erinnerte, in der davon die Rede war, dass es dieses Weihnachten in Afrika keinen Schnee geben würde. Die Popstars sangen das mit herabgezogenen Mundwinkeln beim Gedanken an die Kinder ohne Schnee bei über vierzig Grad Hitze.

Meine Mutter erwartete nicht nur von mir, dass ich einen echten Weihnachtsbaum als Sperrgut im Flugzeug halb um den Erdball transportierte, sie hatte auch bei ihrem letzten London-Besuch einen vom lokalen Taxiunternehmen geschickten Mann, den wir später Onkel Matthew tauften, bezirzt, wie nur sie es konnte, damit er ihr als persönlicher Chauffeur diente. Und sie hatte keine Skrupel gehabt, ihn damit zu beauftragen, in ganz London nach dem genau richtigen Baum zu suchen.

Ich kam gerade aus der Badewanne und stand nass in der Küche, als ich von der Straße unten ein lautes Radio hörte und dann das Hupen eines Autos. Ich schaute aus dem Fenster. Onkel Matthews Wagen verschwand fast unter einem riesigen Tannenbaum.

Oh nein! Ich begab mich in mein Zimmer. Taschen mussten noch verschlossen, Papiere zusammengepackt, der Pass gefunden werden. Ich stand in der Tür und überlegte, wo ich anfangen sollte. Ich bewegte mich auf den Koffer zu, dann zurück zu den Papieren auf dem Boden, dann zum Schreibtisch hin. Ich blieb stehen und sah von einem zum anderen.

»Hier, du setzt dich drauf, und ich mache den Reißverschluss zu.« Zinaida stand in der Tür. Sie kniete sich hin und versuchte, den prall gefüllten Koffer mit Gewalt zu schließen.

»Ach du je«, sagte Onkel Matthew, als wir die Treppe hoch und runter liefen, Koffer, Taschen und Notebooks in Händen.
»Das war's.« Ich schaute zum Haus hoch. »Wünsch mir Glück.«
»Das brauchst du nicht. Du gehst nach Hause«, sagte Zinaida.
»Ich bin so aufgeregt.«
»Das weiß ich, Darling, aber es wird alles gut. Deiner Mutter wird es gut gehen. Kojo wird da sein. Und Saba wird … Saba«, sagte sie, als könne die Anwesenheit von Kojos Schwester etwas anderes bedeuten, als alles noch komplizierter zu machen.
»Danke. Grüße die anderen. Und vielen Dank.« Ich trat einen Schritt zurück, ballte die Hände zu Fäusten und zog die Schultern hoch. »Ich bin so aufgeregt.«
Das Taxi kroch den Ladbroke Grove entlang, während das Gehupe der Autos hinter uns immer lauter wurde.
»Es wäre vielleicht hilfreich, wenn du die Sonnenbrille absetzen würdest, Onkel Matthew. Es ist eigentlich recht dunkel.«
»Nein, nein, das ist schon in Ordnung.« Er drehte sich um und wurde noch langsamer. Die Sonnenbrille hatte einen großen weißen Rahmen, und wenn er nicht so alt gewesen wäre, hätte man ihn für einen Zuhälter aus den Siebzigern halten können. Er habe die Sonnenbrille auf dem Rücksitz des Taxis gefunden, sagte er und schob sie sich mit zitternder Hand auf die Stirn hoch, um mir seine lachenden Augen darunter zu zeigen.
Autos überholten uns. Fahrer stießen im Vorbeifahren Flüche aus.
Onkel Matthew fuchtelte mit der Hand, als wehre er Moskitos ab.
Für die Fahrt im Schneckentempo zum Flughafen lehnte ich mich zurück und ignorierte das Gehupe und Gefluche hinter uns. Als wir den Kreisverkehr zu den verschiedenen Terminals

von Heathrow erreichten, fuhr Onkel Matthew im Schritttempo immer ringsherum, während er sich über das Lenkrad beugte und bei jeder Ausfahrt blinkte, ehe er es sich anders überlegte. Das Hupkonzert hinter uns glich einer misstönenden Kakofonie.

Wir erreichten Terminal Vier – ich war spät dran. Mein Herz schlug heftig. Ich würde den Flug verpassen. Schließlich war ich die Tochter meiner Mutter. Ich hievte Koffer auf einen Gepäckwagen und hetzte los. Onkel Matthew hinter mir her mit dem Weihnachtsbaum.

Wir zogen alle Arten neugieriger Blicke auf uns, als wir vorbeirannten an deutschen Reisenden mit ihren kompakten Samsonite-Koffern, italienischen Reisenden mit den entsprechenden Lederkoffern und Amerikanern mit ihren Rucksäcken. Einer meiner Koffer fiel vom Gepäckwagen. »Verflucht seien die Glotzköpfe«, schimpfte ich. »Ihre Blicke sollen auf sie zurückfallen und in Flammen aufgehen.«

Ich sah die ghanaischen Reisenden mit Gepäckwagen, auf denen sich ausgebeulte, mit Klebeband zusammengehaltene Kartons und verschnürte Koffer, Waschmaschinen und Kinderfahrräder und riesige rot-schwarz karierte Ghana-Must-Go-Taschen türmten. Ghana Airways.

Ich eilte zum Check-in. Ein Mann flehte das Flugpersonal an, während er einen Artikel nach dem anderen aus seinem Koffer holte. Leute gaben große Koffer heimlich an Verwandte, damit die sie als Handgepäck ins Flugzeug schmuggelten, und alle starrten auf meinen Weihnachtsbaum.

Ich fragte am Schalter eine entnervt wirkende Frau in einer British-Airways-Uniform, ob sie Mr. Omisah gesehen habe. Sie blickte mich, Onkel Matthew und unsere Gepäckwagen an und sagte, Ghana Airways habe überbucht; es sei keine Zeit mehr, jetzt noch ankommende Personen einzuchecken.

»Ich muss aber in das Flugzeug«, erwiderte ich.

Die Frau hatte sich schon abgewandt.

»Onkel Matthew, warte hier. Ich komme gleich wieder.« Ich nahm den Gepäckwagen und lief durch die Menschenmenge zum Schalter von Ghana Airways.

Dort waren zwei Frauen verantwortlich. Die eine versuchte, die aufgeregte Menge zu beruhigen, die andere drehte sich zur Wand und hielt stumm einen Telefonhörer in der Hand.

Ich ging um den Schalter herum zur Frau am Telefon. »Bitte, Tantchen«, sagte ich und ergriff ihren freien Arm, »bitte, ich suche Mr. Omisah.«

Onkel Matthew war mir mit dem Baum zum Schalter gefolgt. Heftiges Schuldgefühl ergriff mich, weil ich den alten Mann zwang, mit mir herumzuhetzen, doch ich wusste, er würde nicht fortgehen, selbst wenn ich es ihm nahelegte. Ich ging zu ihm und legte ihm eine Hand auf die Schulter.

Die Frau wollte sich nicht von der Wand wegdrehen, und ich versuchte es noch einmal. »Meine Mutter ist Yaa Agyata, sie hat mir gesagt, ich soll bei meiner Ankunft nach Mr. Omisah Ausschau halten.«

Die Frau drehte sich zum ersten Mal zu mir um und nahm den Hörer vom Ohr. »Wer?« Sie sah mich mit großer Verärgerung an.

Ich schreckte vor dem feindseligen Blick der Frau zurück und vor der Erkenntnis, dass ich nicht länger nur irgendeine junge afrikanische Frau in London war, sondern mich auf einem Territorium befand, wo mich die Erwähnung des Namens meiner Mutter an Bord eines Flugzeugs bringen konnte.

»Schwester, du wollen nehmen das da heim?«, fragte ein Mann neben ihr und zeigte auf den Weihnachtsbaum. In diesem Moment entdeckte ich Mr. Omisah, der gerade am Schalter vorbeiging.

Ich rannte auf ihn zu und winkte Onkel Matthew. »Mr. Omisah!«, rief ich, als ich ihn erreichte.

Er sah mich und lächelte zuerst, dann machte er eine besorgte Miene, als er den Weihnachtsbaum entdeckte. Ich wurde rot vor Verlegenheit, dann fiel mir ein, dass meine Mutter ihn belohnen würde. Zum ersten Mal sah ich jetzt auf die Anzeigetafel – vier Stunden Verspätung. Mr. Omisah nahm Onkel Matthew den Gepäckwagen mit dem Weihnachtsbaum ab und führte mich an die Spitze der Schlange. Ich bekam die für meine Mutter bestimmte Sonderbehandlung.

Wir wurden ohne Erklärung zwei Stunden lang in Rom aufgehalten, bis ein aufgeregtes Stimmengemurmel von den Passagieren zu hören war. »Was ist das für ein Blödsinn …? Warum behandeln sie uns wie Tiere?« Doch als das Flugzeug schließlich in Accra landete, jubelten alle und klatschten, als wäre es eine erstklassige Reise gewesen. Ich saß in der Business Class und war regelmäßig mit frischem Orangensaft versorgt worden.

Die Passagiere in der Economy Class hatten keinen bekommen. Es war jetzt einer der Ansprüche meiner Mutter, sich selbst und ihre Kinder in der Business Class unterzubringen, wohin wir auch flogen oder wie wenig Geld sie auch zur Verfügung hatte. Aus demselben Grund veränderte sie auch ihren Akzent, sobald wir aus dem Haus gingen. Oder sie redete besonders laut, wenn sie wollte, dass die Leute hörten, wovon sie sprach – von ihrem großen Haus, ihrem Jaguar, ihrer königlichen Abstammung. Als ich sie einmal von unserem enorm großen Fernsehgerät prahlen hörte, warf ich ein: »Aber wir haben gar keins«, und hatte mir dafür eine Ohrfeige eingefangen und gelernt, bei ihren Aufschneidereien stumm zusammenzuzucken.

Ich trat aus dem Flugzeug auf die oberste Stufe der Treppe. Die schwül-heiße Luft schwappte über mich und drang in mich hinein. Ich schloss die Augen. Daheim. Wir wurden in einen

Bus gedrängt, und als wir das Flughafengebäude erreichten, sah ich als Erstes die vertrauten goldgerahmten lachenden Augen von Kojo. Ich lief in seine Arme.

»*Akwaaba*, willkommen.« Er nahm mir die Tasche ab. »Du bist zu einer schönen jungen Frau geworden.« Er musterte mein von der Reise zerdrücktes dicht gelocktes Haar, meinen zerknitterten geblümten Rock, das ärmellose weiße T-Shirt und die Plateauschuhe.

Ich lächelte über seine Bewunderung.

Er schleuste mich an der Passkontrolle vorbei, winkte und lächelte im Vorbeigehen.

Auf der anderen Seite wartete ein uniformierter Mann mit weißem Hemd und blauem Barett mit einem Gepäckwagen auf uns und bat mich, meine Gepäckstücke zu beschreiben. Die Ankunftshalle war klein und schummrig, verglichen mit dem Glanz von Heathrow. Es gab nur zwei Gepäckbänder und einen kleinen hölzernen Schalter, über dem Schwarz auf Gelb »Bureau de Change« stand. Warum Französisch?, fragte ich mich, als ich meine Mutter in einem luxuriösen langen grünen, goldgesprenkelten Kleid, goldenen Slippern und dazu passender Handtasche auf mich zueilen sah. Ich hatte vergessen, wie schön sie war. Sie lachte mit ausgebreiteten Armen, und die Tasche rutschte ihr von der Schulter bis zum Ellbogen. Ihre mit Diamanten besetzte Brille hing ihr schräg im Gesicht. Sie schloss mich in die Arme und küsste mich kräftig auf die Wange. Ich zog den Kopf ein bei ihrer Überschwänglichkeit und sah zu ihr hoch. Sie roch nach pudrigem Luxus. Ihre Arme und die Brust waren weich wie Butter, und wie immer war Gold unter ihrer Haut gefangen.

»Deine Haare sehen schrecklich aus!« Sie fuhr mit der Hand hindurch. »Und was hast du bloß an? Furchtbar!« Obwohl ich dicht neben ihr stand, drang ihre Stimme bis zu den Hallenwänden.

Wir mussten noch andere Pakete abholen. Meine Mutter hatte Beleuchtung und Dekoration aus der Schweiz für den Weihnachtsbaum angefordert, dazu Lebkuchen, Säfte von Dr. Oetker und einen Weihnachtskuchen aus Deutschland. Ich wusste nicht, was sie dazu zwang, sich Dinge aus dem Ausland schicken zu lassen, wenn sie das alles ohne Weiteres in den Supermärkten und Geschäften in Accra kaufen konnte, aber dieselben Beweggründe veranlassten sie auch, mir Pampelmusen, Mangos und Süßkartoffeln mitzubringen, wenn sie mich in London besuchte, Hemden, Anzüge und Kleider für Verwandte, wenn sie nach Accra zurückflog, und Kente- und Adinkra-Stoffe, wenn sie Freunde in Europa besuchte. Als wollte sie stets Geschenke aus fernen Ländern mitbringen oder den Überfluss ihres eigenen seltenen und kostbaren Wesens an die weniger Begüterten weitergeben, wie die drei Weisen aus dem Morgenland, die Gold, Weihrauch und Myrrhe mitbrachten.

Der Uniformierte kam mit meinem Gepäck zurück, gefolgt von drei anderen Männern in weißen Hemden und blauen Hosen, die drei mit Paketen hochbeladene Gepäckwagen schoben. Sie alle gingen in Richtung Zoll.

Ein Zollbeamter mit strenger Miene und einer blauen Uniform winkte sie zu sich.

»Mein kleines Mädchen«, gurrte meine Mutter, »sie ist gerade angekommen. Bücher. Nur Bücher. Ihr Essen wird kalt werden.« Sie kraulte die Wange des Beamten und winkte die Männer mit den Gepäckwagen durch.

Wir gingen durch die dicht gedrängte Menschenmasse draußen, die auf Heimkehrer wartete; vorbei an den Gepäckträgern und Taxifahrern, die sich an Kundschaft heranmachten, vorbei an Männern in Anzügen, die Kojos Hand schütteln wollten, hin zum wartenden Wagen.

Der Fahrer stieg aus dem Auto mit Allradantrieb und nickte mir zu. »Herzlich willkommen, Madam.«

Ich lächelte, unangenehm berührt von dieser Anredeform, nicht zuletzt weil er viel älter war als ich. Meine Sinne waren erfüllt vom Pulsschlag des Flughafens, den aufgeregten Rufen, der Enge, wie die Leute sich bei der Hand hielten und umarmten und aufeinander zugingen, als gäbe es keine Grenzen.

Wir stiegen ins Auto, begleitet von den wortreichen lauten Befehlen meiner Mutter und Kojos ruhigerer Zielstrebigkeit.

An den Ampeln schwärmten Mädchen und Jungen, die »pia water«, reines Wasser in kleinen Plastiksäckchen, Süßkartoffelchips, Kofferradios, Scheibentücher, Uhren, Mopps und Eimer, Illustrierte und Kaugummi verkauften, um unser Auto mit Klimaanlage.

Meine Mutter öffnete das Fenster und ließ die warme Luft herein.

»Mummy, Mummy, Mummy«, schrien sie, als sie Toilettenpapier kaufte und mit ihnen über die Preise scherzte.

Ich saß auf dem Rücksitz und schaute hinaus auf die beinlosen Männer, die an den Autos vor ihnen vorbeirollten.

Es klopfte an mein Fenster. Ein Junge streckte mir die Hand entgegen. Ein blinder Mann stützte sich auf seine Schulter.

Ich zog meine Mutter am Arm.

Sie schaute herüber auf meine Seite und winkte die beiden zu sich.

»Bitte«, sagte der Junge, »mein Vater ist krank, und wir haben kein Geld für Medikamente. Wir haben kein Geld für die Heimfahrt. Bitte, Mummy, helfen Sie uns.«

Meine Mutter holte einen Zehntausend-Cedi-Schein aus ihrer Tasche. Ich sah den Jungen und seinen Vater an und bemerkte ihre eingefallenen Wangen.

Meine Mutter berührte meine Wange. »Sei nicht traurig, kleines Mädchen. Du weißt nie, ob es nicht der Herr selbst ist, der herabgekommen ist, um uns zu prüfen.« Sie drückte meine Hand.

Wir fuhren an Frauen vorbei, die am Straßenrand auf ihren Karren Mangos, Pampelmusen, Süßkartoffeln und Jamswurzeln verkauften. Neue Einkaufszentren mit einem Angebot von teurer Mode, Spielzeug und Haushaltswaren waren aus dem Boden geschossen, seit ich das letzte Mal hier gewesen war. Vor einem Kiosk mit Blechdach saß eine junge Frau auf einem Hocker, während eine andere ihr die Haare flocht. Ein kleiner Junge mit dickem Bauch rannte nackt und nass vor ihnen heraus, führte ein Tänzchen auf und lief wieder hinein. Der Asphalt wurde abgelöst von roter Erde, wo die Betonskelette im Entstehen begriffener Häuser standen. Am Straßenrand lag ein Mann auf einer Bank, ein Radio neben sich.

Die warme Abendsonne schien alles zu verlangsamen, und mein Herz kämpfte darum, sich diesem Rhythmus anzupassen.

Wir fuhren durch das Tor eines großen pfirsichfarbenen Hauses, das von außen wie irgendeine der anderen Villen aussah, an denen wir in dem Viertel vorbeigekommen waren. Es erstreckte sich fast bis an die äußerste Grundstücksgrenze.

Meine Mutter rief: »Charles!«

Aus den Tiefen des Hauses antwortete ein Echo: »Madam!«

»Charles!«, rief meine Mutter wieder.

»Madam!«, antwortete das Echo noch einmal, diesmal begleitet von eilenden Füßen und einem lächelnden Jungen in einem Hemd.

»Wo hast du nur gesteckt, dum-mer Junge? Hast du geschlafen? Blödmann! Los, los, hol die Sachen aus dem Wagen!«

»Ja, Madam«, antwortete Charles, durch den ganzen Sturm von Beleidigungen immer noch lächelnd.

Alle schienen sich zu amüsieren – Kojo, der Fahrer und Charles. Nur ich war entsetzt über den Ton meiner Mutter. Ich stand mit verschränkten Armen da und blickte sie missmutig an.

»Aber Madam, wo ist der Baum für Weihnachten?«, fragte Charles und drückte in aller Unschuld einen roten Knopf.
»*A-wu-ra-de! Aich!*« Meine Mutter wedelte mit den Armen.
»Oh Gott!« Sie fasste sich mit beiden Händen an den Kopf.
»Jeeee-sus! Du Blödmann!« Ihre dramatische Darbietung wandte sich jetzt dem Fahrer, John, zu. »Idi-jot!« Sie stand vor diesem erwachsenen Mann und schrie ihn an. »Warum hast du nicht daran gedacht? Du, mit deinem Gesicht wie ein Ziegenbock! Wofür bezahle ich dich?«
John blickte zum Tor hinaus, durch das wir gerade gekommen waren.
»Es ist nicht seine Schuld«, sagte ich zu meiner Mutter, mit immer noch verschränkten Armen.
Jetzt bedachte sie mich mit ihrer Aufmerksamkeit. »Wie kannst du es wagen, so zu mir vor diesen Leuten zu sprechen? Was glaubst du, was ich bin? Eine dumme Kuh?«
Ich ging ins Haus. Auf den kalten marmorgefliesten Böden standen bestickte gelbe Plüschsofas und in der Mitte ein mit Gold überzogener Glastisch unter einem prunkvollen Kristallkronleuchter. Im Speisezimmer befanden sich ein lackierter Esstisch mit acht Stühlen und ein Glasschrank, angefüllt mit dem Geschirr und den teuren Tellern, die meinen Vater schließlich dazu gebracht hatten, uns zu verlassen.
Ich ging die Treppe hoch: noch mehr Sofas und ein großer Fernseher. Aha, dachte ich, endlich der legendäre Fernseher. Meine Mutter hatte ein entwaffnendes Talent dafür, Träume Realität werden zu lassen. Ich öffnete eine Tür zu ihrem pudrig-duftenden Geruch. In dem Zimmer befand sich ein goldenes Bett mit einer goldenen Daunendecke darauf und an der gegenüberliegenden Wand ein weiterer, kleinerer Fernseher. An den Wänden standen Schränke mit goldenen Griffen und in der Ecke ein goldener Stuhl und eine elfenbeinerne Frisierkommode, vollgestellt mit Parfümfläschchen, Make-up, Schlüsseln

und Papieren. Um mich zu trösten, berührte ich die Kommode, ehe ich die Tür hinter mir schloss.

Im benachbarten Zimmer standen ein kleineres cremefarbenes Bett mit Goldrahmen und eine ähnliche, doch leere Frisierkommode sowie ein cremefarbener Schrank. Mein Zimmer. Einer Prinzessin angemessen, verglichen mit dem königlichen Zimmer meiner Mutter. Ich ging hinein und legte mich aufs Bett. Ich sah zur Klimaanlage hoch, die mir kalte Luft über den Kopf blies, und schaltete sie mit der Fernbedienung ab.

Es klopfte an der Tür.

»Herein«, sagte ich nach einer Pause.

Es war Kojo. »Komm«, sagte er. »Ich habe jemanden angerufen, der den Weihnachtsbaum vom Flughafen hergebracht hat; er ist jetzt da und aufgestellt, und ich gehe jetzt.«

Ich drehte mich zur Wand um.

»Komm schon, morgen wird dich Ma zu meinem Haus bringen. Wir werden nach Gyata fahren und alles erledigen.« Er zog mich hoch und legte mir einen Arm um die Schulter, als wir die Treppe hinuntergingen.

Der Weihnachtsbaum war hoch aufragend im Garten aufgestellt; Charles stand auf der Leiter, hängte den Schmuck auf und befestigte die Lichter. Ich sah zu, wie er unbeholfen Lametta auf Tannenzweige drapierte. Meine Mutter dagegen erteilte Befehle im barschen Ton und lachte. Ich sah Kojo an und rollte mit den Augen, er drückte mich, küsste meine Mutter auf die Wange, gab dem Fahrer die Hand und reichte Charles einen Cedi-Schein hoch, ehe er mit dem Pförtner sprach.

»Keiner hat gegessen, Kojo, komm zurück«, rief meine Mutter seinem davonfahrenden Wagen hinterher. »Charles, hast du schon etwas gegessen? Security. Wer in diesem Haus hat heute Abend gegessen ...?«

Wir drängten uns alle in die Küche. Meine Mutter delegierte Aufgaben und machte sich daran, einen Eintopf aus

Kochbananen, Jamswurzeln und *kontomire* in Palmöl mit gekochten Eiern zuzubereiten. Sie brachte alle – John, Charles, den Koch – dazu, über ihre Geschichten zu lachen, und ich dachte nicht zum ersten Mal, auf der Küchentheke sitzend, was für eine Schauspielerin sie abgegeben hätte, während sie vom Herd zum Kühlschrank eilte und Essen für alle im Haus austeilte.

Mit Charles deckte ich den Tisch für uns beide mit den kostbaren Tellern im Speisezimmer.

20

Am nächsten Morgen wachte ich auf, ohne den stetigen Lärm von London, und nahm allmählich den Rhythmus wahr, der von jemandem erzeugt wurde, der *fufu* stampfte, und den fernen Laut eines Radios. Ich schlug die Augen auf und sah, dass der Himmel wie in Nebel gehüllt war; der Harmattan blies von der Sahara her, seine Staubwolken sollten Krankheit und Unglück mitbringen, sagte man. Katarrh verstopfte die Lunge. Sandkörnchen rieben in den Augen. Sein stiller Wind trocknete das Gehirn aus. Es klopfte an der Tür.

»Ja?«

Charles kam herein. »Madam. Schönen Morgen.«

»Guten Morgen, Charles. Nenn mich Maya.«

»Ja, Schwester. Maya. Bitte, ich möchte das Frühstück bringen.«

»Frühstück im Bett?« Ich lächelte und dachte daran, wie ich erst kürzlich verzweifelt nach Münzen gesucht hatte.

»Ja, Schwester, bitte, Wurst und Eier.«

»Mummy hat dir gesagt, dass du das machen sollst? Ich bin Vegetarierin, seit ich acht war.«

»Bejtan …?«

»Ich esse kein Fleisch …« Ich hatte aufgehört, rotes Fleisch zu essen, als wir in der Schule die Wahl hatten. Und dennoch erzählte sie mir, dass in Gerichten, wo Fleisch drin war, kein Fleisch sei oder dass Corned Beef kein richtiges Fleisch sei.

»Egal. Wo ist sie? Ist sie auf?«

»Bitte, Mummy ist fortgegangen.«

»Kommt sie bald zurück?«

»Heute Abend.«
»Und es gibt kein Auto?«
»Nein, bitte.«
Ich ließ mich zurück auf die Kissen sinken. Mir fiel jetzt ein, wie schwer es hier war, unabhängig zu sein, ohne Auto, ohne Telefon, wie meine Mutter offenbar abgesichert hatte, dass ich ohne einen Fahrer, ohne sie nichts unternehmen konnte, und wie leicht es war, Kojo in der nicht abreißenden Aufeinanderfolge von Terminen und Versammlungen und Geschäften, in die er jetzt verwickelt war, zu verlieren. Und es gab doch so viel zu tun – das Museum, das wir in Gyata errichteten, mit all den Dingen, die vorher verschwunden waren – all unsere Herrschaftszeichen waren zurückgekehrt –, und Kojo hatte gesagt, wir hätten nicht viel Zeit.
»Charles«, rief ich und setzte mich auf.
»Schwester«, antwortete er leise.
»Entschuldige … Ich dachte, du wärst fortgegangen. Gibt es ein Telefon?«
»Sie haben es abgeschaltet.«
»Natürlich …«
»Ich bringe schnell Frühstück?«
»Nein, danke, ich komme.« Ich stand auf, fuhr mit den Fingern an der Wand entlang, als ich hinunterging; die Hohlheit leerer Zimmer, leerer Wohnungen, leerer Häuser, ihr Hall – altvertraut. Ich ging in die Küche. Charles aß Maniokgrieß. Das war das eine Gericht, an das ich mich nie gewöhnen konnte, die groben Körner blieben mir im Halse stecken. Ich sah ihm zu, und er hörte auf zu essen. Ich schaute mich in der großen kahlen Küche um, vollkommen ohne Kräuter, Gewürze, Öle und Zutaten, ganz anders als unsere Küche in London mit den Olivenölen und Tees und Papierrosen und Passfotos an den Schränken.
Charles aß jetzt weiter.

»Du solltest dich hinsetzen, wenn du isst, das ist besser für dich«, sagte ich zu ihm.
Er sah mich an. »Ich weiß, wo ein Telefon ist.«
»Was? Was hast du gesagt?«
»Der Mann, der das Haus verkauft hat. Er hat Handy.«
»Charles, du bist unglaublich.« Ich lief hinauf zum Zimmer meiner Mutter und blieb plötzlich stehen. Ich hatte Kojos Nummer nicht. Ich blickte auf die farbigen Tücher, die meine Mutter anprobiert und auf dem Bett und dem Stuhl abgelegt hatte. Ich öffnete den Nachtschrank, der mit dem hässlichen Kopfteil des Betts verbunden war. Zwischen den hingekritzelten Bibelzitaten im Adressbuch meiner Mutter entdeckte ich die gesuchte Nummer. Sie stand unter meiner eigenen. Darüber ein Gebet, das meine Mutter zum Schutz ihrer Kinder aufgeschrieben hatte. *Bewahre sie vor Schaden*, hatte sie geschrieben, schräg über die Linien hinaus. Ich fuhr mit dem Finger darüber und machte das Buch zu.

Ich ging zwischen den Schränken durch die Tür, die ins Bad führte, und drehte die Hähne der großen in den Boden eingelassenen Wanne mit Löchern im Boden auf. Heißes Wasser. Der Luxus. Ich ließ mir das Wasser über die Finger laufen, bis sie brannten, und musterte die Kosmetika auf einem Servierwagen neben dem Waschbecken. Dann fing ich damit an, alle Puder, Cremes, Salben, Öle und Parfüms auszurichten. Ich drehte die Etiketten nach außen, nahm einen Waschlappen und rieb den Staub vom Dax-Haarwachs und dem rosa Öl, den klebrigen stark nach Medizin riechenden Cremes, die ich mir als Kind ins Haar geschmiert hatte, um seine rebellische Kräuselung zu zähmen. Ich polierte die Nina-Ricci-, Diorissima- und Chanel-Nr. 5-Fläschchen und roch an jedem, um meiner Mutter nahe zu sein. Ich öffnete die blau-weiße Dose mit Astral-Creme, tauchte den Finger in die marshmallow-weiße Substanz und nahm einen weißen, blau beschrifteten Behälter in die

Hand – Hautaufheller, wie von CNN beworben. Ich öffnete ihn, und der chemische Geruch stieg mir in die Nase. Meine Mutter sagte mir immer, ich sei zu dunkel. Einmal hatte ich ihn ausprobiert, aber er hatte dunkle Flecken auf meinen Schläfen hinterlassen und ich konnte den Geruch von Gift auf meiner Haut nicht ertragen. Meine Mutter war erfahrener, mischte ihn mit weniger schädlichen Cremes und erzielte irgendwie einen gleichmäßig glänzenden Hautton. Nicht wie die Frauen, die man manchmal sah, mit großen dunklen Flecken, beigefarbener Haut und flaumbedecktem Gesicht und Armen. Ich stieg in die Wanne und drückte auf den Schalter, damit Luft aus den Löchern am Boden kam. Ich schloss die Augen und dachte daran, wie schwierig das Leben in London war und wie oft meine Mutter mich aufgefordert hatte, heimzukommen. Und doch, bei meinem letzten Besuch in Ghana, als ich eines Morgens aufgewacht war und einen dünnen Kaftan über meinen nackten Körper gestreift hatte, um fürs Frühstück nach unten zu gehen, hatte sie mich angeschaut und gezischt: »Hast du Schlüpfer an?« Ich ignorierte ihr laut Geflüstertes: »Es sind Männer im Haus ... deshalb respektiert dich niemand.« In England konnte ich frei sein, ungezwungen. Hier existierten Sicherheitsnetze, doch auch Regeln, Konventionen, die mir fremd waren. Und in beiden Ländern bedeutete es einen täglichen Kampf, den Drahtseilakt der Existenz zu meistern oder den Absturz zu riskieren. Ich tauchte den Kopf wieder in das sanft blubbernde Wasser und hielt den Atem an.

Draußen wurde der Weihnachtsbaum allmählich braun in der Hitze. Charles ging mit mir bis zum Ende der unbefestigten Gasse voller Schlaglöcher. Dort stand ein halb fertiges Haus, unverputzt und eingerüstet. Männer saßen in einer Gruppe um ein kleines Radio; eine Frau, die ein Baby auf den Rücken gebunden hatte, bewegte einen langen Stock rhythmisch über einer Schüssel auf und ab und stampfte *fufu*.

»Was machen die da?«
»Sie verkaufen Jamswurzeln.«
»Wohnen sie dort?«
»*Ai.*«
»Weiß das der Hausbesitzer?«
»Wie bitte?«
»Der Herr des Hauses?«
»Ja. Vielleicht mieten sie es von ihm. Ich glaube, er hat nicht genug Geld, um es fertigzustellen, also verkauft er Jamswurzeln.«
Wir liefen weiter durch Gassen mit roter Erde, vorbei an Rohbauten und fertigen Häusern mit Basketballplätzen und Säulen. Wir blieben vor einem Haus stehen, das so gebaut war, dass es wie ein Schloss wirkte: Türmchen, goldene Löwen und all das.
»Mein Gott. Wer hat das denn gebaut?«
»Eine Lady. Sie ist gekommen aus Europa.«
Natürlich. Sie war eine der *been-tos*, derjenigen, die nach Europa gegangen waren und als Ärzte, Rechtsanwälte, Krankenschwestern, Taxifahrer oder Reinigungskräfte gearbeitet hatten und mit dem Schulabschluss von dort zurückgekommen waren.
»Wirst du mich nach Abrokyere mitnehmen, Schwester?«
»Nach Europa? Es ist nicht so großartig dort, Charles. Es ist sehr schwierig und kalt, und die Menschen reden nicht miteinander.«
»Aber alle sind reich?«
Ich lachte. »Nein, nicht alle.«
»Ich würde gern nach Amerika gehen.«
»Was würdest du dort machen?«
»Fußball spielen. Ein Handy kaufen. Und ein Auto.«
»Glaubst du, dass es dort leichter ist?«
»Ja, Schwester.«

Wir liefen schweigend weiter, in Richtung Hauptstraße.
»Du heiratest einen *oburoni*?«, fragte er mich.
»Ich weiß nicht«, sagte ich. »Ich glaube nicht. Es gibt so viele Unterschiede, aber die ghanaischen Männer finden mich seltsam.«
Wir waren bei der Hauptstraße angekommen. Vor uns befand sich ein Kiosk, an dem Haushaltswaren und Erfrischungen verkauft wurden, und ein einstöckiges Gebäude mit einer Eisdiele, einer Schneiderei und einem Internetcafé.
»Warum? Weil du zu dünn bist?« Er drückte die Arme fest an den Körper, um zu zeigen, wie dünn ich war. »Ich zeige dir, wie man *fufu* stampft, Schwester Maya. Dann finden wir für dich einen Ehemann.«
Ich lächelte und kniff ihn in die Nase.
»*Aich*«, sagte er und lachte. Es war ein tiefes, jungenhaftes Lachen.
»Wo sind deine Eltern, Charles?«
»Sie sind gestorben.«
»Deine Geschwister …?«
»Im Dorf. Mummy ist gekommen, um mich zu holen, und jetzt schickt sie mich in die Schule … Schwester, die Nummer.«
Ein Mann saß am Straßenrand, mit einem Holztisch und mit einem Ding, das eher wie ein altmodischer Hörer als wie ein Handy aussah. Ich fragte mich, wie damit eine Verbindung hergestellt wurde. Ich gab ihm die Nummer, die ich auf einen Zettel geschrieben hatte. Er wählte etliche Male, doch unter Kojos Nummer meldete sich niemand.
»Versuchen Sie es noch einmal«, drängte ich ihn, bis er den Kopf schüttelte und mir den Zettel zurückgab.
Es blieb nur noch eines übrig.
»Hast du eine Nummer von Saba?«, fragte ich Charles.
»Ja, bitte. Ich soll sie anrufen?« Er sah mich an, spürte mein Zögern.

Ich nickte ein-, zweimal.

Mit Kojos Schwester zu sprechen, war für mich so schwer, wie *fufu* zu schlucken, aber ich hatte keine Wahl. Saba erklärte sich bereit, herzukommen. Wir liefen auf der rot-staubigen Straße schweigend zum Haus zurück, vorbei an den Schuhputzern, die ihre Glöckchen läuteten, und den Straßenhändlerinnen, die mit hoch aufgetürmten Waren auf dem Kopf umhergingen. Ein Auto fuhr auf das Tor zu, als wir herankamen, und der betagte Pförtner öffnete es langsam. Er war groß, gebeugt und sehr schlank. Ein VW Golf fuhr hinein, und Saba stieg aus. Sie war dünner und viele Schattierungen heller als Kojo. Ihr Haar war straff von der gerundeten Stirn zurückgekämmt, und sie hatte goldene Stöckelschuhe an und ein kurzes aquamarinblaues Kleid mit rückenfreiem Oberteil, dessen Nackenband einen Besatz hatte, der nach bunten Halbedelsteinen aussah. Bei jeder anderen hätte das wahrscheinlich geschmacklos oder protzig gewirkt.

»Maya, Dah-ling. *Mu-wah, mu-wah.* Wie *dah-ling*, dich wiederzusehen. Was für ein *dah-ling* Weihnachtsbaum. Bin gleich zurück.« Sie eilte ins Haus.

Ich wunderte mich immer wieder darüber, dass Saba, die nie wirklich in England gelebt hatte, wie eine Mama aus Chelsea sprach. Nach dem Tod ihrer Mutter wurden Kojo und seine Schwestern unter den Geschwistern der Mutter aufgeteilt, und Saba war die Einzige, die in Ghana geblieben war. Sie schaute aus der Haustür. »Zieh dich um, Maya, wir gehen zu einer Hochzeit!«

»Saba«, ich folgte ihr ins Haus, »ich würde gern mitgehen, aber ich suche Kojo.«

»Das habe ich mir gedacht.« Saba stand mit der Hand auf die Hüfte gestützt auf der Treppe. »Mummy hat mir von den Ambitionen von dir und deinem Cousin erzählt. Er wird auf dieser Fete sein, zieh dich also an.«

Ich ging hinter Saba die Treppe hoch und in mein Zimmer. Ich leerte den Inhalt meiner Koffer auf den Fußboden – Vintage-Kleider, -Röcke und -Oberteile, die alle auf den Straßen von London gut aussahen – und zog ein kurzes schwarzes, maßgeschneidertes Kleid heraus. Unten stieg Saba gerade in den Golf und bedeutete mir, dasselbe zu tun. Sie fing an zu hupen.

»Er ist schon auf dem Weg zum Tor, Saba.«

»Eher auf dem Weg zum Grab. Ich weiß nicht, warum Mummy darauf besteht, diese Taugenichtse weiter zu beschäftigen.«

»Ist er nicht schon jahrelang in der Familie?«

»Genau.«

»Es sind auch Menschen, weißt du.«

»Ach, geht das wieder los? Erspare mir bitte deine Erste-Welt-Schuldgefühle.« Sie stellte den Song, der im Autoradio lief, lauter: Mariah Careys »All I Want for Christmas«; Saba sang laut mit und wiegte dazu ihre Schultern. Ich sah aus dem Fenster, als wir aus der staubigen Auffahrt hinaus und auf die Hauptstraßen von East Legon fuhren. Halb fertige Häuser standen dicht neben solchen mit Basketballplätzen. Landflächen wurden für noch mehr Häuser und Luxussiedlungen geräumt. Accra dehnte sich noch weiter aus, um seine wachsende vermögende Schicht unterzubringen. Wir fuhren auf den Zubringer zur Autobahn. Ich sah ein enormes Gebäude mit Pfeilern, von der Größe eines Fußballstadions. Davor ragten leere Fahnenstangen auf und eine riesige Reklametafel mit einem lächelnden, gut genährten Mann mit glatter Haut, der ein weißes Hemd im Mao-Stil und eine schwarze Anzugjacke trug.

»Wessen Hochzeit ist das?«, fragte ich Saba.

»Michaels. Er ist Davids Freund.«

»Bist du dort gewesen, als ich angekommen bin, bei David?«

»Geht dich nichts an. Wir holen ihn in Osu ab.«

»Wie schön«, sagte ich. Ich war ihm vor vielen Jahren begegnet, nachdem Saba sich von ihrem ersten Mann hatte scheiden lassen, und meine Erinnerungen an ihn waren nicht von einem Regenbogen umgeben. Wir fuhren auf dem Highway 37 und dann weiter zur Oxford Street. Die Straßen waren voll Energie, Musik und hupender Autos. Wir kamen an großen Mädchen mit Hotpants oder kurzen Kleidern vorüber, an Jungen mit Baggy Jeans und Baseballcaps, an rotgesichtigen Touristen, an Nachtklubs mit Neonreklamen, chinesischen Restaurants, Brathähnchenbuden, einer Eisdiele, an Geschäften, die Karten, Einwickelpapier und Handys verkauften, an Straßenhändlern, die ghanaische Fußballshirts, Flaggen, Masken und Krokodillerdertaschen hochhielten. Vor einer Bar mit Freiluftterrasse parkten wir und stiegen aus. Saba ging zu einem stämmigen dunkelhäutigen Mann, der mit einer Gruppe dort saß, und flüsterte ihm ins Ohr. Alles an ihm drückte Reichtum aus. Seine goldene Uhr. Das frische Weiß seines Poloshirts mit dem kleinen blauen Reiter über seiner Brust. Die auf den Schädel hochgeschobene Sonnenbrille. Der BMW-Schlüsselring, der ihm am Mittelfinger baumelte. Ich ging langsam auf sie zu, sah mich auf der Terrasse mit dem gefliesten Boden und den glänzenden schwarzen Tischen um. Ein schüchtern wirkendes Paar wartete darauf, platziert zu werden. Das Mädchen flüsterte dem Jungen etwas zu, der sie anlächelte und ihr die Hand auf den Rücken legte. Ein dicker, rotgesichtiger Mann in einem offenen zerknitterten Hemd drängte sich an mir vorbei.

Ich drehte mich um. »Entschuldigung.«

»Gib mir einen Tisch«, sagte er zu der Kellnerin in einem weiß-grünen afrikanischen Hemdkleid, die Geschirr abräumte.

Ein drahtiger blonder Mann mit wirrem Haar kam heraus und führte den rotgesichtigen Mann zu einem Tisch.

Das Mädchen, das mit ihrem Freund gewartet hatte, flüsterte ihm wieder ins Ohr.

»Ich glaube, das sind Rassisten«, sagte ich, bei Saba angekommen.

»Sei nicht so empfindlich«, erwiderte Saba, ihre Hand ruhte auf Davids Stuhllehne.

»Hey, little sis.« David hatte einen leicht amerikanischen Akzent.

»Wir sehen uns dort.« Saba machte sich auf den Weg. Ich folgte ihr zum Auto, und wir warteten darauf, dass er in seines stieg.

»Das hat Spaß gemacht«, sagte ich.

»Wenn du nicht so spitzzüngig wärst, könntest du dich amüsieren. Ist er nicht hübsch?«

»Eigentlich nicht. Wohin geht's jetzt?«

Kojo wollte heute nach Gyata; es wurde allmählich spät.

»Zu Michaels Verlobter. David hat für Michael einige Verbindungen spielen lassen, um ihm eine Diamantenkonzession in Upper East zu verschaffen.«

»Du meinst die Verbindungen seines Vaters? Nennt man das nicht Korruption?«

»Ich denke, das nennt man, das Beste aus deinen Möglichkeiten machen, Süße, und es ist ein universelles Phänomen. Außerdem macht hier keiner genug.«

»Er sieht nun wirklich nicht wie einer aus, der nicht genug macht.«

Wir fuhren hinter Davids BMW her, während er im Rhythmus einer Hip-Hop-Melodie anhielt und wieder losfuhr.

»Warum hält er nur an manchen Ampeln an?«

»Hat doch keinen Sinn, anzuhalten, wenn keine Autos da sind.«

»Das ist hier erlaubt?«

Saba zuckte mit den Schultern.

Wir fuhren in die Straßen des Wohngebiets am Flughafen, von wo aus die früheren und jetzigen Herrscher schnellen Zugang zu den Geschäften von London, Paris und New York hatten – und eine gute Fluchtroute, sollten die Massen revoltieren. Das Viertel war für Kolonialbeamte entwickelt worden und beherbergte nun Accras etablierteste Einwohner. Die Straßen waren hier breiter und sauberer, die Bäume höher und belaubter, die Häuser größer und prächtiger. Wir hielten bei einem Anwesen mit davor parkenden BMWs, Mercedes und Range Rovers.

»Ich verstehe nicht, warum irgendjemand von diesen Leuten etwas nehmen sollte, das eigentlich nicht ihm gehört.«

»Du wirst eine Weile brauchen, um herauszufinden, wie es hier ganz oben läuft, meine Bohème-Prinzessin.«

»Ich weiß nicht, ob ich das will.«

»Genug von diesem Getue und dem Schmollen. Wenn du dich benimmst, findest du vielleicht sogar einen Ehemann«, sagte Saba und trug im Rückspiegel Lipgloss auf.

»Ich suche keinen.« Ich stieg aus.

»Uh-huh.«

»Nicht alle sind wie du, Saba. Einige von uns wollen selbst ...«

»Sch ...«, machte sie, als ein junger Mann mit grau-weißem Haar in einem dunkelblauen Anzug und blauen Hemd vorbeiging. »Das ist der Geschäftspartner deines Cousins. Also, der wäre eine gute Partie.«

David stand mit einem anderen Mann am Eingang und hatte sein Poloshirt ausgezogen; beide trugen sie lange blaue Boubous über ihren Shorts und gingen zum Tor hinein, als sie uns sahen. Wir folgten den Männern – wie gute Ehefrauen, dachte ich und blieb stehen.

»Was machst du?«, fragte Saba.

»Ich komme nach.«

Ich sah mir den großen Garten an, mit seinen Flamboyants und Frangipanibäumen, den Palmen, Bananen-, Mango- und Papayabäumen. Alle Anwesenden, jung und alt, waren in verschiedene Schattierungen von Blau und Weiß gekleidet, hatten glatte Haut und glänzendes Haar. Links von mir befand sich ein großer, mit klarem Wasser gefüllter Swimmingpool und rechts ein langer, mit weißem Tuch bedeckter Tisch, auf dem Platten mit *jollof*-Reis, würzigem Hühnerfleisch, *fufu*, Suppe, *kontomire*-Eintopf, Mais und gegrillten Kochbananen standen. Ein Libanese in einem weißen, goldbestickten Boubou kam aus dem Haus. »Mein Bruder«, sagte er zu David und breitete die Arme aus. Sie stießen mit der Brust zusammen.

»Ist das Michael?« Ich war wieder bei Saba angekommen.

»Nein, das ist der Bruder der Braut.«

»Hat sie einen Namen?«, fragte ich, doch Saba war schon im Haus verschwunden.

Ich betrat die große, schachtelförmige Villa, in der durch die Klimaanlage unablässig ein Luftzug strömte; die goldenen Kronleuchter, Steinböden und Seidensofas strahlten einen Reichtum aus, den man auch in Abu Dhabi oder Hongkong hätte finden können. Auch hier waren alle in Blaugrün und Weiß gekleidet. Die Blaugrünen waren meist Ghanaer und saßen auf der linken Seite des Raums, und die in Weiß, meist Libanesen, auf der anderen. Gegenüber den blau-weißen Gewändern fühlte sich mein kleines schwarzes Kleid sehr kurz und sehr schwarz an. Nach all den Jahren gehörte ich noch immer nirgends wirklich dazu und konnte nicht entsprechend stilsicher auftreten. Ich zog den Saum zu den Knien hinunter.

»Weißt du, wo Kojo ist?«, fragte ich Saba.

»Hörst du auf damit?« Saba drehte sich um und sah, wie ich an meinem Kleidersaum zupfte. »Um Himmels willen, finden wir ihn, damit wenigstens ich ein wenig Spaß haben kann.« Sie ging auf eine Gruppe Frauen mittleren Alters links von uns zu und fing an, jeder die Hand zu geben. Am Ende blieb sie stehen, als sie bei einer streng blickenden Frau mit einer ungeheuer glänzenden Perücke angekommen war. Ich tat das Gleiche.

»Tantchen Oti, wie geht's? Das ist meine Schwester aus London.«

Die Frau musterte mich von oben bis unten. »Warum trägt sie Schwarz? Glaubt sie, dass sie auf einer Beerdigung ist?« Ich sah Saba an, dann antwortete ich: »Es wurde mir nicht gesagt, Tantchen.«

Tantchen Oti schloss die Augen. »Ihr Mädchen plant, bald zu heiraten, bin ich mir sicher.«

»Ja, Tantchen«, sagten wir mit einer Stimme.

»Na, eure Hochzeiten werden großartiger als diese hier sein, dafür wird eure Mutter sorgen. Die Leute hier haben alles ruiniert. Sie hatten das Anklopfen heute Morgen.« Sie schüttelte den Kopf.

»Wie wird es üblicherweise gemacht, Tantchen?«, fragte ich. Sie schaute sich im Raum um. Ich war daran gewöhnt, dass man meine Fragen ignorierte. »Tantchen, wie wird ein Anklopfen üblicherweise gemacht?«

Wieder schloss sie die Augen, öffnete sie und seufzte dann. »Der Bräutigam und eine Delegation seiner Familie kommen zum Haus der Brautfamilie, um anzuklopfen. Sie warten, bis sie hereingebeten werden. Sie bringen Schnaps mit.« Sie machte eine Handbewegung.

»Er sagt, er habe eine schöne Blume gesehen, die er ausgraben und zu sich nehmen will ...«, sagte Saba.

»Ja, ja, und dann ist vorgesehen«, Tantchen Oti beugte sich vor und senkte die Stimme, »dass die Familie der Braut Zeit hat, um die Verhältnisse des Bräutigams zu prüfen, seine Familiengeschichte. Erst danach sollte die Zeremonie stattfinden. Es wird nie am gleichen Tag gemacht. Nie.«

Von draußen kam lautes Trommeln und unterbrach sie, und die Türen öffneten sich. Männer und Frauen betraten den

Empfangsraum mit eingewickelten Gütern auf dem Kopf. Sie brachten Whisky und Kente, Lace und Waxprints und führten sie denen vor, die auf der rechten Seite des Raums saßen.

Ich kauerte mich neben die Frau mit der Perücke. »Tantchen, hast du Kojo gesehen?«

»Er ist heute Morgen zum Anklopfen da gewesen.«

Ich stand auf. Saba war verschwunden. Ich ging in den Garten hinaus, wo meist junge Leute an weiß gedeckten Tischen unter weiß-blau gestreiften Markisen saßen. Saba war bei David und anderen, die alle den gleichen Luxus ausstrahlten. Das Trommeln begann von Neuem, und ich ging zum Pool. Menschen mit Kameras eilten zum Tor. Die Braut traf ein. Sie war jung, eine Bilderbuchschönheit, große Augen mit Cartoon-Wimpern.

»Ist das deine Braut?«, fragte ein Mann den Bräutigam, der kleiner und dunkler als die Braut war, ihrem Glanz jedoch angepasst.

Ich blickte in das klare Wasser des Pools. Dahinter, auf der anderen Seite des Gartens, sah ich den Mann, den Saba als Kojos Geschäftspartner bezeichnet hatte. Er stand abseits der Menge und tippte etwas in sein Handy.

Ich ging um den Pool herum zu ihm hin. »Hallo.«

»Hallo.« Er sah hoch und steckte das Telefon ein.

»Willst du diesen Mann heiraten?« Der Zeremonienmeister hielt das Mikrofon zu dicht an den Mund.

»Ich bin Maya. Ich bin Kojo Mensahs Cousine.«

»Freut mich. Ich bin Gideon.« Er hatte einen englischen Akzent.

»Willst du diesen Mann heiraten?«, fragte der Zeremonienmeister noch einmal.

Die Antwort der Braut war nicht zu hören.

Vielleicht konnte der Zeremonienmeister sie auch nicht hören, oder sie verlor die Nerven. »Willst du diesen Mann heiraten?« Die Frage hing zum dritten Mal in der Luft.

»Wie lange geht das noch?«, fragte ich Gideon.
»Ich bin nicht sicher. Ich glaube, es ist vorbei«, antwortete er.
»Ist das nicht einer Ihrer Onkel?«

Ein Mann, der ein weißgoldenes Kente-Tuch wie eine Toga um sich gewickelt hatte und große goldene Armreifen, Sandalen und Fußkettchen trug, ging zur Bühne. Ein anderer schwenkte einen enorm großen Schirm aus Samt und Kente über seinem Kopf. Vor ihm her liefen Trommler, und eine Prozession junger Männer folgte ihm.

»Sieht so aus. Was macht er dort oben?«
»Ich glaube, Michael stammt aus eurer Region.«

Der reich gekleidete Mann schüttete etwas Schnaps in ein Glas und goss es auf den Boden. »Großvater Kuntunkunku trinkt für dich«, sagte er auf Twi.

»*Ampa, ampa*«, warf sein Sprecher ein.

»Yeboa von Adanse trinkt für dich«, rief er, und seine Darbietung und der Rhythmus seiner Rede glichen denen eines Shakespeare rezitierenden Schauspielers, der eine wirkungsvolle Pause einlegt.

»*Ampa, ampa.*«

»Großmutter Musa trinkt für dich«, sagte er in Anrufung unserer ersten Ahnin.

»*Ampa, ampa.*«

»Du stiegst vom Himmel herab an goldenen Ketten.«

»*Sio, sio.*«

»Durch Ausdauer, Einigkeit ...«

»*Sio.*«

»... und Weisheit wurdet ihr ...«

»*Sio, sio.*«

»... die ersten Erbauer in Akanland.«

»Die Asante würden das bestreiten.« Gideon lehnte sich so weit zu mir herüber, dass er fast umfiel.

»Wenn man unsere Geschichte wirklich studierte, statt als

Besserwisser aufzutreten, gäbe es keine Streiterei«, sagte ich zu ihm.

Gideons Mund zuckte.

Ich biss mir auf die Unterlippe. »Entschuldigung. Das ist das Wetter. Es macht mich gereizt. Sie arbeiten mit Kojo zusammen?«

»So ist es«, sagte er, zog das Handy heraus und schaute darauf. «

»Ich auch.«

»Prima.«

»Helfen Sie mir, ihn aufzuspüren?«

»Ich könnte ihn anrufen.« Er schien verblüfft.

»Oh, könnten Sie das machen? Bitte, ich habe es immer wieder versucht, und ich komme nicht durch.«

»Ihr Cousin hat vier Handys, und er meldet sich nur bei einem.«

Mein Onkel hatte Gott, die Erde, meinen Clan und die Ahnen der Bräutigamfamilie angerufen. »*Yen niinaa nkwa so*«, schloss er, mögen wir alle lange leben.

Die Gäste antworteten: »*Mo ne kasa.*« Er hat gut gesprochen.

»Ja, grüß dich«, sprach Gideon ins Telefon. »Ja ... Ich habe deine junge Cousine hier. Offenbar sucht sie dich ziemlich verzweifelt ... ja, noch hier ... gut ...« Er beendete das Gespräch.

»Wir sollten gehen.«

»Wohin?«

»Ich fahre Sie nach Hause. Ich muss zurück sein, ehe der Bräutigam merkt, dass ich verschwunden bin.«

Als wir nach draußen gingen, bestiegen ein Priester und ein Imam die Bühne, um ihren Segen zu spenden.

»Müssen Sie noch jemanden informieren, dass Sie gehen?«, fragte Gideon.

»Nein.«

Wir stiegen in seinen neu aussehenden grünen Range Rover.

Er erzählte mir, dass er auch Libanese sei, doch nicht wie die Familienmitglieder der Braut in Ghana geboren und aufgewachsen war, sondern in London. Sein Vater hatte ihn damit beauftragt, die von ihm gegründete Baufirma zu leiten, zuerst im Senegal, nun hier. Er hatte zahlreiche andere, eigene Firmen gegründet, hatte Erfolg gehabt, war dann gescheitert, aber das hier, Kojo beim Bau des Museums zu helfen, sei bei Weitem sein Lieblingsunternehmen. Kojo hatte in unseren Gesprächen Gideon nie erwähnt. Ich sah ihn an.

»Sie können mich hier absetzen«, sagte ich, als wir am Anfang unserer Gasse ankamen. »Tausend Dank.« Ich war schon aus dem Auto, als er kaum angehalten hatte.

Nebenan stampften sie noch immer *fufu* und ließen ein Transistorradio in voller Lautstärke laufen. Ich sah hinunter auf den roten Staub, der meine Schuhe bedeckte, und bemerkte zunächst den Jeep nicht, der vor der Tür stand. Erst als ich bei der Veranda ankam und eine Männerstimme hörte: »Und was ist das denn für eine Begrüßung?«, sah ich Kojo. Ich rannte zu ihm und schmiegte meinen Kopf an seine Brust.

»Ich habe dir etwas mitgebracht.« Er hob einen Korb mit einer großen roten Schleife hoch. Drinnen waren Spaghettipackungen und Dosen mit Tomatenmark, Schokolade und eine Flasche Schaumwein. »Für die Vegetarierin«, sagte er.

»Vielen Dank«, sagte ich leise, begleitet vom rhythmischen Stampfen des *fufu* im halb fertigen Haus nebenan.

»Zieh dich an, wir gehen zur Odwira.«

»Zu was?«, fragte ich, obwohl ich es wusste.

»Odwira. Ihr Engländer nennt es ›Schwarzes Weihnachten‹. Hast du ein traditionelles Gewand?«

»Nein ...« Ich schaute zu ihm auf. »Ich bin keine Engländerin.«

»Dann zieh etwas Flottes an. Nichts Schwarzes. Beeil dich. Es ist schon spät.«

Ich lief die Treppe hoch und zog ein pinkfarbenes Cocktailkleid im Stil der 1950er-Jahre an, mit einem seidenen trägerlosen Body, der eng in der Taille war, und Schulterkappen aus Chiffon. In meiner Eile zerriss ich es fast beim Anziehen. Ich schlüpfte in meine Plateauschuhe und griff zu einer mit Perlen besetzten schwarzen Clutch. Das Lächeln auf meinem Gesicht schwand beim Herunterkommen. Kojo saß auf dem Sofa und hatte den Kopf in die Hände gestützt, die Schultern hochgezogen.

»Geht's dir gut?«, fragte ich.

Er sah auf. »Gehen wir.« Er erhob sich und wirkte fast gequält.

»Was ist passiert?«

»Ich ... mir geht vieles durch den Kopf.«

Wir fuhren auf der Legon Road vorbei am Universitätscampus mit den weißen Mauern und den roten Dächern. Die dichten Abgase von blau-gelb lackierten Taxis und *trotros*, den landestypischen Minibussen, vermischten sich mit dem erstickend trockenen Staub der Harmattan-Winde.

»Wirst du es mir erzählen?«

»Was erzählen?« Kojo sah geradeaus, als wir an einem auf dem Dach liegenden Laster vorbeikamen.

»Kojo, was ist los mit dir?«

Er gab keine Antwort. Vielleicht war ihm der Harmattan in die Knochen gefahren. Wir fuhren an großen schwarzen Toren vorbei, die ganz allein in dichtem grünen Laub zu stehen schienen.

»Hast du gewusst, dass Nkrumah das alles gebaut hat?«, fragte er.

»Was?«

»Die Universität. Das Atomkraftwerk. Und wir haben ihn trotzdem gehasst.«

»Nkrumah, der erste Präsident? Ich hasse ihn nicht«, sagte

ich. »Er ist mein Idol ... ›Befreie uns von den Fesseln der neokolonialen Tyrannei ... Führe uns aus Babylon ins gelobte Land‹ ...«

»Ich glaube, du hast Kwame Nkrumah mit deinem Bob Marley verwechselt.«

»Das läuft auf dasselbe hinaus.«

»An deiner Stelle würde ich das nicht deine Eltern hören lassen.«

»Das über Bob Marley? Warum? Weil sie denken könnten, ich würde mir Dreadlocks wachsen lassen und mich an Marihuana gewöhnen?«

Kojo lachte. »Nein. Du weißt doch, dass Nkrumah für sie noch schlimmer als das sein könnte ...«

»Schlimmer als das? Ist er nicht in erster Linie der Grund dafür, dass sie ins Ausland gegangen sind?«

»Ja, aber er hat auch ihren Onkel getötet.«

Ich sah ihn an und dachte daran, wie wir beide seit unserer Kindheit niedergedrückt wurden von jahrhundertealtem Vermächtnis und Verpflichtetsein. Ich folgte seinem Blick über die Baumgruppen, die sich auf den Hügeln ausbreiteten. »Du fährst sehr schnell, Kojo«, sagte ich.

»Wie geht es deinem Vater?«

»Ich weiß es nicht so genau. Ich habe ihn lange nicht gesehen. Er ruft immer wieder mal an, um mir Ratschläge zu erteilen, die an eine fiktive Tochter gerichtet sind.«

»Du und dein Vater, ihr wart doch einmal unzertrennlich. Du bist ihm auf Schritt und Tritt gefolgt. Ihr zwei habt geheime Ausflüge in Museen unternommen ... er ist ein guter Mann.«

»Yeah. Trotzdem ist er fortgegangen ... tut mir leid.«

»Schon gut.«

Wir fuhren durch eine Stadt. Trommeln und Rufe waren zu hören. Wir drängten uns durch Scharen von Menschen, gekleidet in bunte Gewänder und Kente, deren schmale Stoffstreifen die Sonne in ihren Grün-, Weiß-, Rot-, Gelb-, Orange- und Blautönen einfingen.

»Was ist hier los?«

Kojo parkte das Auto hinter anderen, die voller Menschen waren. Er stieg aus. Ich wollte ihn wieder ins Auto ziehen und ihm sagen, dass es noch möglich sei, diesen Pfad nicht einzuschlagen, auf unserem eigenen zu gehen. Ich starrte die Menschen an, die um das Auto herumstanden. Ich sah hinunter auf mein pinkfarbenes Cocktailkleid im Vintage-Stil und zog an meinen Schulterkappen aus Chiffon. Hätte ich doch lieber Sandalen statt der Plateauschuhe angezogen. Der Lärm war ohrenbetäubend. Mein Puls beschleunigte sich, um sich den Trommeln anzupassen, die ihren Willkommensrhythmus schlugen. Die Energie der drängelnden, tanzenden und lachenden Menschen, die weiße Taschentücher schwenkten, schien wie aus einer anderen Sphäre. Ich öffnete die Wagentür und trat hinaus in die Menge.

Die Frauen hatten die oberste Schicht ihrer Tücher abgelegt, als Kojo ausgestiegen war, und schwenkten sie jetzt vor ihm, als würden sie einem König den Weg bereiten.

Kojo lächelte, hob die Hände und schwenkte die Hüften in der Andeutung eines Tanzes.

Sie hielten zwei Finger über seinen Kopf.

Ich wusste, dass Menschenmengen auf Festivals das für jeden veranstalteten, der von einer Aura der Wichtigkeit umgeben war, aber es war noch mehr an der Art, wie sie Kojo behandelten, und an der Art, wie er stehen blieb und sie begrüßte, an der Art, wie er tanzte und sie als Antwort tanzten. Er war wieder er selbst, wob still seine Geschichten, trug alles mit sich.

»Komm«, sagte er und führte mich durch das Gedränge.

Drei Trommler kamen an unsere Seite und ließen kurze Trommelwirbel hören, bis Kojo einige Cedi-Scheine aus seiner Brieftasche zog und sie ihnen auf die Stirn klebte. Sie hörten zu trommeln auf, um sie abzufangen, ehe sie auf den Boden fielen.

»Wohin gehen wir?«, fragte ich.

Er legte einen Arm um mich. »Zum Palast.«

Ich war noch nie in dieser Stadt am Berghang gewesen. Als wir näher herankamen, sah ich, dass der Palast nicht so groß war wie der in meiner Heimatstadt und dass seine einst weiße Farbe abblätterte. Zwei Männer, die Dolche mit goldenen Griffen zwischen den Zähnen hielten und dunkelrote Oberteile aus grobem Stoff mit angenähten Lederbeuteln trugen, bewachten die Tore, die die Menge aussperrten. Ich wusste, dass diese Männer früher eine bestimmte Aufgabe hatten, dass jeder Beutel, jede Naht und jede Farbe ihres Kostüms etwas bedeuteten, doch ich wusste nicht, was. Ich sah zu Kojo hoch, in sein ernstes und konzentriertes Gesicht. Als die Männer ihn erkannten, öffneten sie geräuschlos das Tor; er holte noch mehr Geldscheine heraus und gab sie ihnen. Draußen wogte die Menschenmenge, doch innerhalb des ummauerten Hofes war alles ruhig. Ich stand da und sah mich nach der dichten Menge um – durch das Tor hindurch, das mir ein Gefühl der Sicherheit gab, mich aber auch traurig machte über die Trennung. Meine Mutter und Saba hielten es für selbstverständlich, dass sie etwas Besonderes waren. Selbst für Kojo war es natürlich und unbestritten, obwohl er die Kluft zu überbrücken versuchte. Nur ich spürte anscheinend, wie seltsam es war, dass ich ohne eigenes Verdienst etwas Besonderes sein sollte. Es brachte mich genauso aus dem Konzept, wie wenn Leute mir sagten, ich sei schön, und mir dann Zugang zu bestimmten Dingen und Orten gewährten, was ich meinem Gefühl nach nicht verdient hatte. Ich hatte mich mit der Zeit daran gewöhnt, dass mich die Leute nach meinem Aussehen behandelten. Es belastete mich nicht mehr. Aber dieser andere privilegierte Zugang war noch beschwert von meiner Unwissenheit.

»Komm, Maya.« Kojo klang ungeduldig. Er stand hinter einer Balustrade auf einem Treppenabsatz und schaute auf mich hinunter.

Vor einer großen Tür standen zwei Männer in togaähnlichen Gewändern.

»*Ohenenana*«, begrüßten sie Kojo. Ich wusste, das bedeutete »Enkel des Königs«, und ich richtete mich in meinen Plateauschuhen auf und lächelte die beiden Männer an. Sie erwiderten den Blick, ohne zu lächeln.

Kojo ergriff meinen Ellbogen, als wir hineingingen. »Mach, was ich mache«, sagte er zu mir.

Drinnen befanden sich überwiegend Männer in königlichen Kente-Togas und ein paar Frauen mit üppigen Tüchern, kunstvoll drapierten Kopftüchern und Perlen der Königinmütter. Vorn im Raum saß ein alter Mann, der König. Alles um ihn war golden: sein Brokattuch, seine Krone und sein Schemel, das Amulett um den Hals eines kleinen weiß gekleideten Jungen, der zu seinen Füßen auf einem Leopardenfell saß, der lange Stab mit einem Ei an der Spitze. Wieder waren es Zeichen von historischer Bedeutung, die ich nicht verstand.

Kojo hatte rechts im Raum angefangen, jedem die Hand zu geben, sich zu manchen herabzubeugen und ihnen ins Ohr zu flüstern.

Ich beobachtete ihn und war mir bewusst, dass eine natürliche Bewegung meinerseits von den anderen leicht als Regelverstoß aufgefasst werden konnte. Ich folgte Kojo, schüttelte Hände, nickte und lächelte wie er.

Einige der alten Leute steckten die Köpfe zusammen und sagten zueinander: »*Yaa ba*, Yaas Tochter«, und zeigten auf mich, als wäre ich nicht da.

Ich war nicht länger ich, sondern ein kleines Mädchen, die Tochter von Yaa, die Enkelin von Gyata und die Cousine von Kojo, dem aufgehenden, wichtigsten Stern der Familie.

Während ich so händeschüttelnd an den Menschen vorbeischritt, versuchte ich, die Rolle zu spielen, die diese spezielle Geschichte mir zugewiesen hatte, und wusste, dass die von mir Begrüßten mich als eine der ihren ansahen, eine, die durch Geburt die Hierarchie der Regeln und Sitten kannte, und als Außenseiterin, unvertraut mit deren tieferer Bedeutung. Als wir beim König ankamen, waren meine Wangen verkrampft vom Lächeln, das Korsett meines Kleids eng vom ständigen Verbeugen. Der Raum war heiß und schwül vor starrenden Blicken; ich sehnte mich danach, in einem klaren kühlen Fluss zu schwimmen. Kojo sagte etwas zu dem Mann mit dem goldenen Stab, der sich zum König hinunterbeugte und flüsterte.

Kojo wurde nun lauter, sodass ich es hören konnte: »Das ist Maya, die Tochter von Yaa, die Enkelin des Löwen, unsere Schwester.«

Der Mann mit dem Stab beugte sich wieder hinunter und flüsterte dem König etwas ins Ohr.

Der König nickte langsam und kaum merklich.

Ich trat vor und knickste. Machte man das? Ich wendete mich zu Kojo.

»Zieh deine Schuhe aus«, raunte er.

Ich schlüpfte aus meinen Plateauschuhen und beugte den Kopf. Als ich wieder aufsah, lächelte der König.

»Unsere Schwester«, sagte er leise.

»Unsere Schwester«, wiederholte der Mann mit dem Stab.

Ich sah zu Kojo hoch, der mich erneut beim Ellbogen nahm und leicht daran zog. Ich schlüpfte wieder in meine Schuhe, und wir setzten das Händeschütteln fort. Ich sah den Männern und Frauen, denen ich die Hand gab, ins Gesicht. Einige lächelten mich an, andere wirkten gelangweilt und nahmen mich kaum wahr, und wieder andere schauten mich voller Verachtung an. Ich überlegte, welche Geschichten uns wohl verbinden mochten, welche Feindseligkeiten zwischen unseren

Müttern und den Vätern unserer Mütter und den Müttern der Väter unserer Mütter, die sich jetzt in einem Lächeln, einem Nicken oder einem Stirnrunzeln manifestierten. Obwohl mir ihre Gesichter nicht bekannt waren und trotz der Fremdheit fühlte ich mich irgendwie sicher in dem Wissen, dass sie meine Herkunft kannten.

Wir waren am Ende des Halbkreises angekommen, und ich wollte gerade einem Mann die Hand geben, der gebeugt und verwittert war wie die Bäume, die den Palasthof säumten, als die Hornisten in gestreiften Togas in kurzen Stößen zu spielen begannen, als würden sie reden. Die Trommeln hinter dem König antworteten den Hörnern. Hin und her. Von den Hörnern zu den Trommeln. Von den Trommeln zu den Hörnern. Bis er sich erhob. Und der ganze Raum erhob sich mit ihm. Der verwitterte Alte, der große rot-schwarze Lederarmbänder trug, zog mich aus der Mitte des Raums heraus. Als der König hinausschritt, klirrte das Gold an seinen Armen, die Hörner und Trommeln spielten, die Versammlung folgte.

Ich sah Kojo an.

Er blickte auf seine Uhr. »Bleib hier«, sagte er.

»Was? Wo? Mit wem?«

»Wɔfa, Kwame Asiamah«, sagte er zu dem verwitterten Alten mit den Armbändern, dessen Haut die Farbe von gebranntem Umbra hatte, »kümmere dich um unsere Schwester. Ich komme wieder.«

»Ich möchte mit dir gehen«, sagte ich zu Kojo, plötzlich voll Angst, aber er hörte nicht auf mich und ging mit der Menschenmenge nach draußen.

Ich hielt über die Balustrade Ausschau nach Kojo und sah ihn mit Gideon reden. Ich war überrascht; er hatte ihn nicht einmal erwähnt.

Kojo fuchtelte mit den Armen. Ich konnte die Heftigkeit seines Zorns bis hinauf zum Balkon wahrnehmen. Sein Gesicht war nahe an dem Gideons, der einen Arm auf Kojos Schulter gelegt hatte und ihn zu beruhigen versuchte. Kojo schüttelte ihn ab und ging fort. Eine junge Frau mit einer langen Afroperücke folgte dicht hinter ihm. Ich hatte Kojos Zorn schon früher erlebt. Er war heftig und polternd und monumental – und gewöhnlich gegen seine Frau gerichtet. Gideon zog mit einem Ruck seinen linken Ärmel hoch und schaute auf seine Uhr. Ihr Platin spiegelte die nackte Sonne und erinnerte mich daran, wie ungemütlich ich mich in meinen engen Chiffon-Ärmeln fühlte. Eine Menschenmenge drängte sich an ihm vorbei, und er hatte die Arme ausgestreckt, als hätte ihn die Polizei beauftragt, sie aufzuhalten. Er stand fast gegen die Mauer gedrückt, berührte sie jedoch nicht ganz, als wolle er sich nicht mit ihr oder den Leuten um sich herum beschmutzen. Ich beobachtete, wie er durch das Tor ging. Die Hände hatte er jetzt über dem Kopf erhoben und schlängelte sich durch die Menge wie ein Mann, der Hula-Hoop tanzt oder ein seltsames Spiel spielt, in dem es darauf ankam, an den Menschen vorbeizukommen, ohne sie zu berühren. Ich beobachtete ihn, bis ich nur noch die Sonnenblitze sehen konnte, die von seiner Platinuhr und den Schweißperlen an seinem Haaransatz kopfhoch über den anderen Köpfen ausgingen. Er erinnerte mich an englische Komödianten, die koloniale Touristen in abgelegenen Weltgegenden mimten. Ich lachte und hörte das Echo eines Kicherns neben mir. Der verwitterte Alte. Ich hatte ihn vergessen.

»Bist du bereit?«, fragte er.
Ich nickte. »Dann komm.«
»Aber Kojo ...«
»Er wird uns finden.«

Er führte mich zum Hinterausgang hinaus, weg von der Menge, durch die stillen, gepflasterten Straßen, in den Hof eines einstöckigen weiß getünchten Hauses. Kinder spielten Ampe, sprangen rhythmisch auf und ab, klatschten synkopisch und pochten mit einem nach vorn ausgestreckten Bein auf den Boden. Wir gingen zu einem Gebäude am hinteren Ende des Anwesens, wo der Alte den Vorhang anhob und hineinsah. Es roch nach Essen – *fufu* und *abenkwan*, Palmnusssuppe. In dem dunklen Raum konnte ich, nachdem sich meine Augen darauf eingestellt hatten, eine Frau erkennen. Fettfalten quollen ihr über das Tuch, das sie um sich gewickelt hatte, und sie aß aus einer großen schwarzen Schüssel.

»Guten Tag«, sagte sie, »du bist eingeladen.«

Ich schüttelte den Kopf. »Guten Tag. Vielen Dank. Ich bin satt.«

»Das ist Yaas Tochter«, sagte mein Führer.

Die Frau legte die saubere linke Hand an ihren Kopf. »*Aich*«, schrie sie auf, »ist das Maya? Die kleine Maya? Der die Haare ausfielen, bis sie so nackt wie eine Kokosnuss war. *Yesh*.« Immer noch schreiend stand sie auf und begrub mich in ihren Fettfalten.

»Kwesi, Abenaa, Afia, Kofi!«, rief sie in den Hof hinaus, und die Kinder kamen hereingelaufen. »Das ist euer Tantchen Maya aus Abrokyere. Sagt Guten Tag.«

»Schönen Tag«, sagten sie im Chor.

Ich wandte mich an den alten Mann. »*Wɔfa*, Onkel, ich kann mich nicht erinnern.«

Er lachte. Ein Lachen wie ein alter Fluss. »Macht nichts. Du warst kleiner als die da, als wir dich zum letzten Mal gesehen haben. Du warst so.« Er legte den Daumen an den Zeigefinger.

»Du bist mein Onkel?«, fragte ich ihn.

»Ja, ja, so etwas Ähnliches.« Er schwenkte den Arm. »Geh und hol Pepsi-Cola für dein Tantchen«, sagte er zum ältesten Jungen und holte einige Cedis aus den Shorts unter seiner Toga.

»Setz dich. Bitte.« Er winkte mich heran.

Ich setzte mich auf einen Stuhl. Der Raum war kahl bis auf einen Plastiktisch und Stühle und einige Aluminiumkochtöpfe.

Im benachbarten Zimmer entdeckte ich ein großes, mit Kleidung bedecktes Bett.
Ich wandte mich an den Mann. »Wo ist er hingegangen? Kojo.«
Er fuhr sich mit der Hand übers Gesicht, als reinige er es mit Wasser. »Dein Bruder ist sehr besorgt. Sehr besorgt. Er ergreift einige sehr unnötige Maßnahmen.« Er sah zum Vorhang hin, durch den die Kinder wieder verschwunden waren. »Hast du die weiß gekleideten Männer gesehen, deren Köpfe mit Kreidelinien versehen waren?«
Ich schüttelte den Kopf.
»Es sind ɔsɔfoɔ. Fetischpriester.«
Die Frau war zurückgekommen, in der Hand eine Cola-Flasche.
»Er ist völlig durcheinander, und er glaubt, sie können ihm helfen«, sagte er.
»Wenn er sich der Gnade unseres Herrn Jesu, unserem Heiland, anvertrauen sollte«, sagte die Frau und klatschte in die Hände, um ihre Worte zu unterstreichen, »und sich in Jesu Blut waschen sollte. Oh hilf uns, Gott.«
»Er glaubt, er werde angegriffen.«
»Angegriffen? Kojo?«
»Spirituell angegriffen. Er hatte einen Traum, der ihn mitgenommen hat, ein Traum von einem Löwen, der ihn zerfetzte. Du nimmst diese Dinge vielleicht nicht ernst. Ihr von Abrokyere mit eurer ganzen Wissenschaft und eurem Bücherwissen, aber es gibt manches, was nicht mit Büchern allein erklärt werden kann. Pass auf deinen Bruder auf.«
»Es gibt so vieles, was ich nicht verstehe. Was das Festival betrifft. Was Kojo betrifft. Ich bin hergekommen, um zu lernen, ich werde immer verwirrter. Ich ...«
Der Vorhang bewegte sich, und Kojo kam herein. Die Kinder waren ihm gefolgt. Eins klammerte sich an seinem Bein fest,

und drei andere sprangen ihn an und schrien: »Bra Kojo-o, Bra Kojo-o.«

»Guten Tag, *wɔfa*, Serwaa. Wir müssen gehen, Maya, bald ist Ausgangssperre, und wir stecken dann fest.«

»Eh, Bra Kojo, kommst du in mein Haus und beleidigst mich so? Die *oburoni*, das weiße Mädchen, will mein Essen nicht, aber du …«, die Frau schlug die Hände gegeneinander, als riebe sie Mehl von ihnen – »… niemals. Niemals.«

»Oh«, sagte Kojo und fand sein Lächeln wieder. »Wie kann ich Nein zu *fufu* sagen? Wie? Schnell. Schnell. Gib mir meine Schüssel, damit ich essen kann, bevor ich gehe.«

Die Frau kicherte und lief in den Hof hinaus, und ihre Fettpolster schwabbelten beim Laufen.

21

Als wir auf die Straßen fuhren, war die Stadt menschenleer. In den Häusern waren die Lichter gelöscht, und es herrschte Stille, bis auf den Gong-Gong, der geschlagen wurde, wenn es etwas Wichtiges mitzuteilen gab.

»Warum ist es so still?«, fragte ich Kojo flüsternd.

»Sie waschen und füttern die Ahnenschemel, und kein Mensch darf auf den Straßen sein.«

Wir ließen die Stadt hinter uns. Kojo fuhr noch leichtsinniger als vorher. Ich schloss die Augen. Als ich sie wieder öffnete, war das, was ich von der Landstraße sehen konnte, unvertraut.

»Wohin fahren wir, Kojo?«

»Wir übernachten in Kaba. Hast du deine Zahnbürste mitgebracht?«

»Nein, du hast es mir nicht gesagt.«

»Wir kaufen eine an der Tankstelle.«

»Ist er mit uns verwandt, der König?«

»Mm-hmm. Er ist unser kleiner Bruder. Unser König schickte seinen jüngeren Bruder, damit er die Akuapem beim Kampf gegen die Akwamu unterstützte. Als er diese besiegt hatte, baten die Akuapem ihn, zu bleiben und sie zu beschützen und zu regieren. Seitdem ist er unser jüngerer Bruder.«

»Und der alte Mann, bei dem du mich gelassen hast?«

»Einer der höfischen Trommler. Er ist ein großartiger Historiker und Traditionalist.«

»Ist er auch unser kleiner Bruder?«, fragte ich.

Kojo lächelte nicht, sondern schüttelte nur den Kopf.

»Warum warst du so böse auf Gideon?«

Kojo sah mich mit einem kleinen Lächeln an. »Immer so viele Fragen, Maya.«

Ein Auto hinter uns setzte zum Überholen an, doch Kojo beschleunigte und fuhr fast in der Straßenmitte. »Mit ihm haben wir geplant, den früheren Ruhm des Königreichs zurückzubringen und Ghana ins Zentrum der Welt zu rücken.« Er sagte das wie etwas, das er auswendig gelernt hatte.

Ich lachte.

»Du lachst, aber es ist nicht zum Lachen. Unser äußerst wichtiges Schwert, unsere Krone, unser Königsschemel – die ganzen Schlüssel zur Macht unseres Königreichs – rotten vor sich hin in den Verliesen von Museen, von Sammlern, irgendwo in Abrokyere, ohne dass man von ihrem spirituellen Wert weiß. Und du wunderst dich, dass unsere Macht geschwunden ist? Dass unser Land sich in den eigenen Schwanz beißt?« Er schrie, so laut er konnte, und das Tempo des Autos machte mich schwindlig. Ein Paar Scheinwerfer kam auf uns zu, einer davon viel heller als der andere. Das uns entgegenkommende Fahrzeug hupte unablässig, und Kojo wich zur Straßenseite aus.

»Gott«, sagte ich.

»Hast du Angst?«, fragte er. »Mit mir?«

»Erzähl mir noch einmal von der Odwira, Kojo«, sagte ich jetzt im Bemühen, ihn zu beruhigen.

Er drückte den Rücken gegen die Lehne. »Die *afahyɛ*, die Festivitäten, bezeichnen das Ende einer Periode und den Beginn einer neuen. Ihre Riten reinigen den Staat von aller Unordnung und allem Chaos des vorherigen Jahrs, stellen Gleichgewicht und Harmonie wieder her.«

Es war immer seine Angewohnheit gewesen, diese Zeilen herunterzuspulen, als spiele er die Rolle des Mahners in einem Theaterstück, aber das war jetzt ausgeprägter denn je. In seinen Augen konnte ich einen ungestümen, wütenden Schmerz

erkennen, der herauszukommen drohte und den er mühsam zurückzuhalten versuchte.
»Glaubst du das immer noch?«, fragte ich vorsichtig.
»Die Welt, in der du aufgewachsen bist ...«
»Du bist auch dort aufgewachsen.«
»... bringt dir bei, dass die materielle Welt um dich herum alles ist, was existiert. Hier wissen wir, dass unsere Ahnen mit uns leben, dass die Grenze, die die Lebenden und die Toten voneinander trennt, nicht existiert.«
»Und findest du es nicht ein wenig altmodisch, das ganze Verbeugen und Katzbuckeln vor einer Person?«
»Altmodisch? Du hältst Geschichte für altmodisch? Du hältst Fundamente für altmodisch? Du hältst das kulturelle Erbe für altmodisch? Die Menschen kehren heim. Sie legen ihren Streit bei. Sie begegnen sich und fangen an, sich selbst und einander wieder kennenzulernen. Sie lernen. Die Ältesten geben ihr Wissen an die Jungen weiter. Ich habe fast alles, was ich weiß, bei den *afahyɛ* gelernt. Du weißt das. Man sagt uns, wir hätten keine Geschichte, wir wären Bäume, die ohne Wurzeln aus der Erde wachsen, und hier rufen wir es zum Himmel und strecken unsere Äste aus, wohin sie angeblich nicht wachsen können. Und das nennst du altmodisch?«

In der Ferne konnte ich die Ruhe und die dunklen Silhouetten der baumbestandenen Hügel und dichten Wälder sehen und spüren. »Weißt du, warum wir Odwira nicht mehr begehen, wenn es so wichtig ist?«

»Wir sehen neue Lebensweisen, vergessen unsere alten Götter, vergessen unsere Traditionen. Wenn einem immer wieder gesagt wird, dass unsere Ursprünge das Werk des Teufels sind, fängt man an, es zu glauben.«

Wir erreichten Kaba. Ich hatte die Gespräche mit Kojo vermisst. Ich sah hinauf zu den Kokosnüssen, die in Büscheln ganz oben in den hoch aufragenden Palmen hingen, die mein

Großvater an der Hauptstraße der kleinen Stadt gepflanzt hatte.

Kojo sah mich an. »Unser Großvater hat hart gekämpft, um die neuen christlichen mit unseren alten Akan-Lebensweisen zu verbinden, aber heutzutage halten die Menschen sie für unvereinbar. Und doch glauben sie, verwirrt in ihrem Selbstbetrug.«

Ich sagte nichts. Anders als meine Mutter fuhr Kojo mit ausgeschalteter Klimaanlage und offenen Fenstern. Ich spürte eine stille Brise von den Berghängen und vom tiefen feuchten Grün der Regenwälder um Kaba.

Eine kreideartige Stille hing in der Luft. Der Himmel war beinah schwarz. Ich sah hinaus auf die einstöckigen Häuser, die die Straßen säumten. Kojo fuhr zur Tankstelle, um Zahnbürste und Zahnpasta zu kaufen. Als er herauskam, blieben die Menschen, die zu nächtlichen Besorgungen unterwegs waren, stehen, um ihn zu begrüßen; es dauerte zwanzig Minuten, bis er wieder beim Auto war. Wir fuhren ein paar Meter weiter zum Familienanwesen. Seit ich das letzte Mal hier zu Besuch gewesen war, waren zwei weitere Häuser neben dem kleinen Haus, das meine Großmutter gebaut hatte, entstanden.

»*Akwaaba*«, sagte Kojo, »willkommen daheim.«

Ich nickte.

»Das ist mein Haus«, sagte er und zeigte auf ein erhöht stehendes weißes Gebäude mit einer Balustrade vor der Fassade. »Du kannst bei mir bleiben oder im Haus deiner Mutter, wie du möchtest.«

»Bei dir natürlich«, sagte ich. »Wem gehört das andere?«

»Deinem Tantchen«, sagte er, »der Hexe.«

»Du wirst immer mehr wie unsere Mutter. Und der König – ist er hier?«

»Nein. Der König hat seinen Palast verlassen. Und zieht es vor, in Accra zu bleiben.« Er schloss schon eine der Türen des Hauses auf. »Das ist dein Zimmer. Und das ist meine Tür. Gute

Nacht. Morgen brechen wir früh auf. Morgen werden wir reden und alles miteinander teilen.«

Die Nacht war stiller als jede andere Nacht, die ich erlebt hatte, sodass ich in einen traumlosen Schlaf fiel. Weil ich so an Träume gewöhnt war, dauerte es eine Weile, als ich die Schreie hörte, bis ich feststellte, dass sie nicht zu meinem Schlaf gehörten. Mit einem Ruck setzte ich mich auf und lauschte in die Stille, die den Schreien gefolgt war. Ich zog mein pinkfarbenes Kleid an und ging auf die Veranda hinaus. Graublauer Nebel hing über den Regenwäldern in der Ferne. Aus Kojos Zimmer kam ein lauter Krach. »Kojo? Warst du das? Kojo?« Ich lauschte an seiner Tür. Ich konnte mühsames Atmen und das Ringen nach Luft hören. Ich öffnete die Tür. »Kojo?«

Er lag quer über dem Bett, und sein linker Arm baumelte herab.

»Kojo!« Ich rannte zu ihm und legte das Ohr auf seinen Brustkorb. Sein Herz schlug schnell und unregelmäßig. Ich lief in den Hof hinaus und klopfte an den Türen der anderen Häuser. Sie waren alle verschlossen, und niemand antwortete, als ich dagegen schlug. Mir fiel das Atmen schwer. Ich wusste, dass es in der Nähe ein Krankenhaus gab ... Oder sollte ich zum Palast laufen? Würden sie mich erkennen? Ich schaute hinüber zur Tankstelle. Sie war geschlossen. Ich krümmte mich zusammen, die Hände auf den Knien. Durch die Luft schwebte ein hoher Laut, von Vögeln oder Fledermäusen, die sich um den Palast herum versammelten. Ich richtete mich auf und lauschte angestrengt auf den Laut, dann rannte ich über den Hof und durch das hohe Gras auf das Kirchlein zu, das sich nicht weit vom Haus meiner Mutter befand. Drinnen stand ein Mann mit dem Rücken zu mir auf Zehenspitzen. Er wiegte seinen Körper und wedelte mit den Händen über seinem Kopf. Mit dem Gesicht zu mir stand eine Gruppe kleiner Kinder in hellroten Trägerkleidchen. Ihr Gesang war hoch und unnatürlich.

»Helft mir«, sagte ich, als ich auf sie zuging.
Die Kinder kicherten hinter vorgehaltener Hand.
Der Chorleiter fuchtelte noch immer mit seinen langen Armen vor seinem Körper.
Ich kämpfte, um die Tränen zurückzuhalten. Er konnte mich nicht hören. Ich ging nach vorn, und ein Kind nach dem anderen hörte zu singen auf, bis sich der Chorleiter endlich umdrehte.
»Kojo«, sagte ich. »Es geht ihm nicht gut. Bitte helfen Sie. Ich brauche einen Arzt.«
Einen Augenblick wirkte er, als habe er nicht verstanden, dann ging er zu einem Jungen, der bei zwei großen geschnitzten Holztrommeln eingeschlafen war, schüttelte ihn und sagte etwas zu ihm. Der Junge begann auf eine Weise zu trommeln, die gar nicht kirchlich klang. Die Kinder klatschten rhythmisch in die Hände und sangen jetzt melodischer.
»Kommen Sie«, sagte er. »Wir gehen zum Krankenhaus.«
»Sollte ich nicht bei ihm bleiben?«, fragte ich, als wir die Hauptstraße entlangrannten. Ich blieb stehen. »Ich gehe zurück. Beeilen Sie sich bitte.« Ich drehte um, als ein Auto hinter mir hupte.
»Pass auf!«, schrie der Fahrer.
Ich wich seitlich ins Gras aus, doch das Hupen ging weiter. Die Scheinwerfer stachen mir in die Augen. Ich rannte am entgegenkommenden Auto vorbei. Eine Tür öffnete sich. Ich wollte jetzt nicht ihre Beschimpfungen hören. Ich lief weiter. Das Auto wendete, ich rannte schneller, bis es mich einholte.
»Maya! Was machst du da, rennst in dem schmutzigen Kleid zu dieser Nachtzeit auf der Straße herum? Bist du verrückt geworden?«
»Mama!«
Sie hatte mich gesucht.

»Kojo. Sein Herz tut weh. Er hat die Hand darauf gepresst. Er war schweißgebadet, Mama ...«
»Steig ein. Gehen Sie zu ihm«, sagte sie zum Chorleiter. »Zum Krankenhaus. Sofort«, sagte sie zum Fahrer. Ich hielt die Luft an.
»Siehst du nun, was passiert? Siehst du? Ihr begreift nicht, womit ihr euch einlasst. Oh Gott.«
Wir hielten am braunen Betonkrankenhaus. Meine Mutter stieg aus. Ich folgte ihr.

»Ich brauche sofort einen Arzt«, sagte sie gleich beim Eintreten und sprach damit sowohl die Frau an der Anmeldung als auch die wenigen Leute an, die auf eine Konsultation warteten, »in Gottes oder des Teufels Namen. Ich bin Oheneba Yaa Agyata.«

»Madam, bitte setzen Sie sich und warten Sie. Ich sehe, was ich tun kann.«

»Ich warte nicht. Sie werden nicht sehen. Ein Arzt muss sofort mit mir kommen!« Meine Mutter schlug mit der Faust auf den Empfangstresen. »Mein Sohn liegt im Sterben, und Sie wollen, dass ich warte? Verdammte Idiotin.«

Die Frau an der Anmeldung schürzte die Lippen und ging in ein Zimmer.

»Solange mein Name Yaa Agyata ist, werde ich nicht hier warten, bis sich eine schäbige, schäbige Krankenschwester die Nase abgewischt hat, ehe sie einen Arzt ruft. Ich habe gesagt, ich brauche sofort einen Arzt!« Sie schrie, und ich konnte sehen, dass es nicht nur ihr übliches theatralisches Getue war. Sie stützte sich auf den Tresen und stöhnte, als hätte sie Magenschmerzen. Sie versuchte, nicht zu weinen. Mit beiden Händen stieß sie sich dann ab und strebte auf die geschlossene Tür zu, hinter der die Frau vom Empfang verschwunden war.

Ein junger Mann in weißem Mantel kam in den Gang heraus. »Oh, Doktor. Gott sei Dank. Sie müssen mir helfen. Mein

Sohn liegt im Sterben. Ich bin Oheneba Yaa Agyata. Er heißt Kojo Mensah. Sie müssen sofort mit uns kommen. In Gottes Namen, ich bitte Sie.«

»Bitte, Madam, Oheneba, bitte, beruhigen Sie sich.«

Meine Mutter fiel dem Doktor in die Arme. Sie zitterte. Der Arzt versuchte, sie wieder auf die Füße zu stellen.

»Ich werde kommen. Bitte ... warten Sie.«

Die Schwester von der Anmeldung tauchte wieder auf.

»Bitte wecken Sie Dr. Nketia auf«, sagte er zu ihr. »Sagen Sie ihm, ich komme gleich wieder. Ich hole jetzt meine Tasche.«

»Beeilen Sie sich«, sagte meine Mutter. »Oh Gott. Es ist noch nicht Zeit für ihn zu gehen. Rette ihn.«

Im Haus lag Kojo noch auf dem Bett. Der Chorleiter hielt seine Hand.

»*Awurade*. Mein Sohn.« Meine Mutter hielt sich den Bauch, als sie ihn sah.

»Bitte warten Sie draußen.« Der Arzt schloss die Tür.

Meine Mutter schritt im Hof auf und ab. »*Ha ba la sha ka fa sa ta re di ka re fa la sha mi ka sip o ta ra ke si me fa sha bi do ke ra mi so la ki ra bo la shi fa la so.*«

Normalerweise konnte ich sie nicht ernst nehmen, wenn sie in Zungen sprach – ihr ruheloses Hin- und Hergehen und ihr Sprechgesang waren für meine eigene gedämpfte Vorstellung vom Heiligen zu dramatisch –, doch ich schritt ebenfalls auf und ab und konzentrierte meine Energie auf ihr Flehen, als sie mit erstaunlicher Gewandtheit auf die Knie fiel und die Arme gen Himmel streckte. »Jesus«, sagte sie, »rette meinen Sohn. Jesus, es ist für ihn noch nicht Zeit zu gehen. Jesus, du hast gesagt, dass alle meine Kinder durch das Bündnis mit dir geschützt sind. Er ist kein Sohn meines Leibes, Jesus, aber er ist ein Sohn meines Herzens. Schütze ihn, heile ihn, rette ihn.«

Ich ging auf die Straße hinaus und sah zu den Palmen auf, die mein Großvater gepflanzt hatte. »Mache ihn gesund,

Großvater. Wer soll sonst deinen Kampf weiterführen?« Ich berührte einen Baumstamm und schloss die Augen.

Hinter mir vernahm ich Stimmen. Es war der Arzt, der mit meiner Mutter sprach.

Ich lief zu ihnen.

»Sie müssen ihn mit zurück nach Accra nehmen. Er hat eine Art Nervenzusammenbruch erlitten. Er ist sehr erregt. Er braucht jetzt Ruhe. Ich habe ihm ein Beruhigungsmittel verabreicht. Bitte ...« Er deutete auf das Zimmer.

Meine Mutter ging zuerst hinein. »Sorge dich nicht ... Gott ist mit dir.« Sie legte eine Hand auf Kojos feuchte Stirn und fing an zu beten.

»Madam, noch etwas«, rief der Arzt in das Zimmer. Sie folgte ihm nach draußen.

Kojo streckte die Hand zu mir hoch, und ich kniete mich neben das Bett.

»Ich habe solche Angst, Maya. Ich fürchte mich so.«

»Wovor hast du solche Angst?«

»Ich wurde angegriffen, im Schlaf, von drei Menschen – von zwei Frauen und einem Mann. Er hatte ein Gewehr. Er hat auf mich geschossen. Mein Herz blieb stehen.«

Ich hatte Kojo vorher noch nie verängstigt gesehen; die Angst in seinen Augen übertrug sich auf mich.

»Glaubst du mir, Maya?«

»Natürlich glaube ich dir.« Ich hielt seine Hand, die trocken und hart war. »Aber du bist jetzt in Ordnung. Dir wird nichts passieren. Du musst dich ausruhen.«

Er sank zurück. »Ich habe so viel zu tun. Heute Abend muss ich nach Kwahu fahren. Kommst du mit mir?«

»Ich glaube nicht, dass du heute Abend fahren solltest. Ruh dich aus.«

»Ich muss. Bei der nächsten Wahl kandidiere ich fürs Parlament. Du wirst mich doch unterstützen?«

»Du weißt, dass ich immer dein größter Cheerleader sein werde.«

Er lächelte. »Ja, ich weiß. Wir müssen unser Projekt weiterverfolgen, ehe man uns aufzuhalten versucht.«

»Wer will uns aufhalten …?«

Bevor er antworten konnte, kam meine Mutter herein und wies den Fahrer lautstark an, unsere Sachen zu holen und in das Auto zu laden.

Ich saß neben Kojo auf dem Rücksitz des Jeeps, als wir auf den kurvenreichen Straßen nach Accra fuhren. Er hatte die Augen geschlossen. Der Nebel über den Bergen begann sich aufzulösen. Kojo öffnete die Augen, als wir durch die Stadt fuhren, wo die Zeremonie stattgefunden hatte, als hätte er unseren Weg unbewusst verfolgt, und erzählte meiner Mutter die Geschichte, wie er im Traum erschossen wurde.

»Das kommt davon, wenn man zu all diesen *juju*-Zeremonien geht. Dein Kopf füllt sich mit Unsinn.« Sie klammerte sich an den Griff über dem Beifahrerfenster, dann drehte sie sich um und sagte im Ton der Weisheit, der manchmal ihre Worte färbte: »Sie können dir nicht schaden, Kojo. Du bist geschützt.«

»Ausgerechnet du, der du ihre Bedeutung kennst, nennst sie *juju*-Zeremonien? Du wunderst dich, warum Unglück auf uns herabregnet, wenn unsere Zeremonien vernachlässigt werden? Wir eilen alle auf eine Zeit zu, die nie stillstehen will, als wäre nicht schon alles da gewesen. Und unsere Seelen sind mit Schmutz befleckt, aber wir wollen nicht anhalten, um sie zu waschen.«

»Es liegt alles in Gottes Händen, Kojo«, sagte meine Mutter leise.

»Dein Gott, der wessen Zielen dient?«, erwiderte Kojo und sah dabei aus dem Fenster.

Die Bäume wuchsen jetzt dichter. Ihre verschiedenartigen Formen und Größen stiegen die Berge hinauf wie grüne

Vorhänge; über ihnen hingen die Wolken, die den Beginn der Regenzeit ankündigten. Ich lehnte meinen Kopf an die Schulter, die ich seit meiner Kindheit gekannt und geliebt hatte.

Ich wachte vor dem gelb getünchten Bungalow auf, der Kojos Zuhause war. Hunde mit hellem Fell umkreisten langsam das Auto. Hunde hielten immer Abstand zu Menschen in diesem Land, wo sie nie mit der für Menschen reservierten Fürsorge behandelt wurden.

Kojos Frau Araba kam heraus. Sie strich ihr Haar glatt und band das zerknitterte Tuch wieder fest, das ihre Kaba und Slit bedeckte.

Hinter ihr erschienen die kleine Yaw und die stille Abena mit denselben tief liegenden Augen wie ihr Vater.

Kojo öffnete die Tür. »Hast du wieder am Tag geschlafen? Du nichtsnutzige Frau. Hol meine Sachen aus dem Auto. Beeil dich.« Er scheuchte die Hunde fort.

»Guten Morgen«, sagte meine Mutter und musterte Araba von oben bis unten. »Wie kannst du deinen Mann so begrüßen? Nur weil du verheiratet bist, heißt das nicht, dass du dich gehen lassen darfst. Aa. Kümmere dich um ihn.« Sie tätschelte durch das offene Wagenfenster ihre Wange. »Er hat einen Anfall gehabt. Wir kommen nach der Kirche vorbei.« Sie wandte sich an Kojo. »Und was dich angeht, rate ich dir, nichts Törichtes oder Hastiges in diesem Haus zu tun. Ich komme euch beide nach der Kirche besuchen.«

»Wir gehen in die Kirche, Mum?«

Meine Mutter ignorierte mich.

»Was geht zwischen Kojo und seiner Frau vor?«

»Er will sie aus dem Haus werfen, wegen des Mädchens, mit dem er herumläuft. Araba ist eine dumme Frau – sie hat Geld verloren, das für eins seiner Geschäfte bestimmt war –, aber sie ist die Mutter seiner Kinder.«

»Ich bin sicher, dass Kojo seine Gründe hat«, sagte ich und

verschränkte die Arme vor der Brust. Ich verteidigte Kojo immer, selbst wenn sein Benehmen Frauen gegenüber bei jedem anderen unentschuldbar wäre. Ich erinnerte mich jetzt an die junge Frau mit der rötlichen Hautfarbe und der großen Afroperücke, mit der ich ihn bei der Zeremonie fortgehen gesehen hatte. Ich hatte sie nur von Weitem gesehen, doch nach ihrer Gestalt und ihrem Gang zu schließen war sie vielleicht Anfang zwanzig. »Ist sie nett, Mummy?«

»Die Letzte war besser«, sagte meine Mutter und meinte damit, dass die letzte Freundin sie hofiert hatte und diese das nicht machte. Sie holte eine Haarbürste aus ihrer Tasche, drehte sich zum Rücksitz um und fing an, an meinem Haar zu zerren.

»Autsch. Was machst du da?«

»Du kannst so, wie du aussiehst, nicht in die Kirche. Schlimm genug, dass du heute Morgen nicht gebadet hast.«

»Ich brauche nicht hingehen.«

»Wir müssen für Kojo beten. Wenn du wüsstest, wie ernst das ist, würdest du nicht so grinsen.«

»Ich habe nicht gegrinst«, sagte ich und nahm die Bürste. Vorsichtig fuhr ich mir damit durchs Haar und blickte aus dem Fenster, als wir an offenen Schuppen vorbeifuhren, wo man Sanitärartikel und alkoholfreie Getränke verkaufte. Frauen in weißem Lace und in Kente gingen zur Kirche oder kamen von dort, und kleine Kinder rannten auf den Straßen durch die im Stau stehenden Autos. Wir hielten vor dem großen halb fertigen Gebäude. Es wirkte eher wie ein Stadion als wie eine Kirche. Auf der Tafel darüber stand »Christ the Mission International Gospel Church«. Die Gemeindemitglieder schwenkten weiße Taschentücher und wiegten sich zur leicht falsch klingenden Musik der Band. »*Efi se*, oh yeah«, sangen sie, als ein Mann auf dem Podium sein Taschentuch über dem Kopf schwenkte.

Es war der Mann von der Plakatwand, in einem weißen

Hemd im Mao-Stil und einer schwarzen Anzugjacke. Er sang mit geschlossenen Augen und war klein wie der Zauberer von Oz.

Meine Mutter schritt in ihren goldenen Pantoffeln über die rote Erde. Gold schimmerte in ihrem langen Mantel, als sie durch die Menge zur Kanzel lief und das Meer der gewöhnlichen Gläubigen teilte wie Jesus selbst. Sie ging mit vorgerecktem Kinn und herabgezogenen Mundwinkeln, ihre goldfarbene Handtasche hatte sie in die Armbeuge geklemmt. Sie winkte den Leuten beim Gehen zu und diese erwiderten ihren Gruß im Takt der Musik mit ihren Taschentüchern. Als sie die Kanzel erreichte, hatte die Band zu spielen aufgehört. Ich bückte mich und versteckte mich hinter ihr, als der Priester sich herabneigte, um eine Hand auf den Kopf meiner Mutter zu legen.

»Jee-sus, lass deine Tochter uns mit ihren Wohltaten beehren. Lass deinen Geist in sie eingehen. Jee-sus.«

Bevor er noch Zeit hatte, in Zungen zu sprechen, öffnete sie ihr goldenes Portemonnaie und drückte ihm Banknoten in die Hand. Keine ghanaische Cedis, sondern druckfrische amerikanische Dollars.

Mit jedem Schein betete der Priester inbrünstiger, »*Mabalakatasatema*«.

Die Gemeindemitglieder schwenkten ihre Taschentücher höher, wie Groupies, die auf einem Rockkonzert Handys schwenken.

Er hielt die weiß-grünen Scheine über seinen Kopf. »Sehet«, rief er mit hoher Stimme, »der Geist ist in uns am Werk.«

»Amen«, kreischte die Gemeinde zur Antwort.

Meine Mutter tanzte, als die schrille Musik der Trommeln und der Gitarre einsetzte.

Zwei Männer in Anzügen und eine Frau, auf deren Gewand das Gesicht des Priesters gedruckt war, beeilten sich, um zwei leere Stühle zu ergattern.

»All jene, die Dollars als Spende bringen, kommt und erhaltet euren Segen«, rief der Priester. »Der Heilige Geist möge uns leiten.«

Meine Mutter öffnete ihre Tasche und gab mir einen Schein. »Nein, Mummy«, sagte ich, doch sie schob mich vor. Sie deutete mit dem Kopf nach vorn, und ihre Miene zeigte allmählich einen peinlich berührten Ausdruck.

Ich schloss mich der Schlange der vor der Kanzel tanzenden Menschen an.

Als ich den Geldschein übergeben wollte, beugte sich der Priester vor.

»*Habaklashatimakafalasakabramkatosi*«, fing er an. »Jeesus«, er legte mir eine Hand auf die Stirn, »Heiliger Geist. Gehe ein in dein Kind. Jee-sus.«

Ich spürte, wie Gelächter in mir aufstieg. Ich presste die Lippen zusammen, als der Priester seine Hand immer fester gegen meine Stirn drückte.

»Jeeeee-sus«, schrie er laut.

Ich bedeckte meinen Mund, um nicht laut herauszulachen, doch der Priester hatte mit einem Ausdruck der Verwunderung schon die Augen geöffnet. Ich drehte mich um und ging zu meiner Mutter zurück. Sie schüttelte den Kopf. Ich vergrub meinen Kopf in ihrem Arm. Der Priester betete jetzt für eine korpulente Frau in einem langen lindgrünen Kleid. Sie sank zu Boden, sobald er ihre Stirn berührte. Zwei Männer in Anzügen kamen herbeigerannt, um sie aufzufangen, und hielten sie, als sie sich wie in einem epileptischen Anfall quer über den Boden warf und ihr grünes besticktes Kleid dabei mit roter Erde beschmutzte. Die Band spielte noch lauter, und der Mann neben uns fing an, im Rhythmus auf und ab zu springen. Ich sah zu meiner Mutter hinüber. Mit geschlossenen Augen tanzte sie zur Musik und murmelte leise Gebete. Ich wiegte mich mit ihr, schloss die Augen und betete still: »Bitte, Gott, mache Kojo gesund.«

Nachdem der Priester die Gemeindemitglieder für den Segen nach vorn gebeten hatte, gingen wir in sein Büro. Das Wartezimmer war voller Leute, die sich für noch mehr Absolution anstellten. Meine Mutter marschierte schnurstracks zur Tür und öffnete sie.
»Oheneba, Prinzessin.« Der Priester erhob sich, als sie hereinkam.
Der Mann, der vor dem Schreibtisch gesessen hatte, stand auch auf und bot meiner Mutter seinen Stuhl an. Ich setzte mich neben sie. Auf dem Schreibtisch stand ein goldgerahmtes Foto des Priesters mit seiner Frau und seinen beiden Kindern, und hinter ihm befand sich ein mit Glas geschütztes Bücherregal mit Büchern über Wirtschaft und die Heilige Schrift. An der Wand hingen gerahmte Urkunden, die das internationale Wirken des Priesters würdigten.
»Papa, Sie kennen den Sohn meines Bruders, Kojo, den Politiker. Es geht ihm nicht gut. Er hat einen spirituellen Anfall gehabt, und ich möchte, dass er mit dem Blut Jesu bedeckt wird.«
Der Priester nickte. »Lasst uns beten.«
Wir erhoben uns und hielten uns mit dem Priester bei den Händen, während er eindringlich für Kojos Seele betete, und dieses Mal lachte ich nicht.

Als wir nach Hause kamen, legte ich mich aufs Bett und muss in die Nacht hinein geschlafen haben, weil es dunkel war, als ich die Augen öffnete, und ich hatte immer noch mein pinkfarbenes Kleid an. Ich wusste zunächst nicht, was mich aufgeweckt hatte.
»Maya, wir müssen jetzt gehen«, sagte die Stimme. »Es ist Kojo.«
Ich setzte mich auf. »Was ist los?«
Es war Araba, Kojos Frau. »Es hat einen Unfall gegeben. Deine Mutter wartet unten.«

Ich zog meine Schuhe an und rannte zum Auto hinunter.

»Was ist passiert?«, fragte ich meine Mutter.

»Deine Mutter ist zu uns gekommen«, antwortete Araba. »Als sie gegangen war, wollte Kojo nach Kwahu fahren. Er hat unterwegs einen Unfall gehabt.«

»Geht es ihm gut?«, fragte ich.

»Wir haben keine Information.«

Wir fuhren den Weg, den wir früher am Tag gekommen waren, wieder zurück. Ich hielt den Atem an, versuchte, mein Herz zu beruhigen, und wiederholte still für mich das Mantra: »Bitte, Gott, mach, dass es ihm gut geht.« Ich versuchte mit aller Kraft, meine Gedanken nur darauf zu konzentrieren. Ich spürte zwar Schmerz, aber keine Emotion. Wir fuhren, bis wir die blau-weiße Polizeistation an der Straße nach Kaba erreichten.

Es war noch dunkel.

Meine Mutter ging hinein.

Wir warteten am Straßenrand.

Ich hielt Arabas Hand.

Ein Polizist kam mit meiner Mutter heraus.

»Was ist passiert?«, fragte ich. »Ist er in Ordnung?«

»Wo sind die Männer?« Er sah uns an.

»Er ist doch in Ordnung?«, fragte ich den Polizisten noch einmal, als plötzlich meine Mutter zu Boden stürzte.

Ich lief zu ihr und beugte mich über sie. »Wach auf, Mummy, es geht ihm gut. Wach auf«, sagte ich, und meine Stimme kam von einem seltsamen Ort tief aus meiner Kehle.

Meine Mutter öffnete die Augen und gab einen Klagelaut von sich.

»Weine nicht, Mummy«, sagte ich. »Bitte weine nicht.« Ich presste sie an mein anschwellendes, schmerzendes Herz, schaute auf den goldenen Pantoffel, der ihr vom Fuß geglitten war und nun verloren auf der schlammfarbenen Erde lag.

Der Polizist sagte nichts, bis die Männer kamen.

Es waren Onkel Kwabena, der auf Michaels Hochzeit das Trankopfer dargebracht hatte, und Onkel Kwame Asiamah, der alte verwitterte Mann.

Noch nachdem es ausgesprochen worden war, schloss ich die Augen und stellte mir vor, Kojo gehe es gut.

Wir stiegen in Onkel Kwabenas Auto und fuhren zum Unfallort.

Ich beobachtete ruhig, als geschähe alles in einer Geschichte, die sich irgendwo weit entfernt von meinem Kern ereignete.

Kojos Jeep befand sich am Straßenrand.

Er lag auf dem Dach.

Er ähnelte nicht länger einem Auto, sondern einer zerquetschten Getränkedose oder Sardinenbüchse.

Sein ganzes Innenleben – die Sitze, das Lenkrad, der Motor – war zu sehen.

Mein Onkel stützte meine Mutter, die plötzlich sehr alt und sehr schwach aussah. Sogar ihre Hände waren gealtert.

Wir standen beim Wrack.

Der Tag dämmerte herauf.

Um das Auto herum lagen Trümmerteile verstreut: Kojos staubige braune Ledersandalen, das schwarz-weiße Tuch, das er am vorigen Tag bei der Odwira getragen hatte, seine Brille mit dem goldenen Rahmen, die gestrige Zeitung und, im Gras, die lockige Afroperücke einer Frau.

Er hatte ein Auto überholt.

Ein Lastwagen war entgegengekommen, und weder er noch der Lkw-Fahrer hatten gebremst.

Der Zusammenprall hatte sie zehn Meter die Straße entlang befördert, bevor sie von ihr abkamen.

Der Lkw war nahezu unbeschädigt.

Wir fuhren zur Leichenhalle.

Ich stand lange draußen, ehe ich hineingehen konnte.

Von drinnen drangen die Schreie meiner Mutter zu mir.

Es war ein kahler, weiß getünchter Raum mit einem Steinboden.
Man hatte ihn und die junge Frau nebeneinandergelegt.
Kojos Körper war geschrumpft.
Er war auch zerquetscht.
Seine Arme und Beine und die Brust waren kreuz und quer mit Schnitten und offenen Wunden bedeckt, sodass das rote Fleisch hervorquoll.
Ich dachte daran, wie der alte Mann mir von dem Traum erzählt hatte, in dem ein Löwe Kojo angegriffen hatte.
Sein Schädel war oben offen, und eine dunkelgraue Masse war darin zu sehen.
Teile davon lagen auf dem Boden.
Onkel Kwame Asiamah las ein Stückchen auf und steckte es in seine Tasche. Er stützte die Hände auf das Metallbett, auf dem Kojo lag, und stemmte seine spindeldürren Beine in den Boden. Stille Schluchzer stiegen in ihm auf, und sein verwitterter Körper ergab sich ihnen.
Mir war zumute, als wäre Leere in mich eingedrungen und hebe mich vom Boden ab.
Ich schwankte.
Auf meinen Ohren lastete ein Druck.
Ich bedeckte sie mit den Händen.
Ich begann zu schreien, konnte mich jedoch nicht hören.
Meine Haut fühlte sich von innen kalt an.
Ich schrie und schrie, bis meine Mutter kam, die Arme um mich legte und mich fortführte.
Eine Menschenflut kam von der Stadt, heulend und schreiend und singend. Ein Schmerzenschor. Frauen, alte und junge, schlugen sich gegen die Brust, fassten sich an den Kopf, liefen hin und her. Einige knieten auf dem Boden, als sie die Leichenhalle erreichten, und vergossen Tränen auf den staubigen Boden. Einige sangen Kojos Namen. *Aden?* Immer wieder

sangen sie. *Aden?* Warum? Auch die Männer weinten, nasse, stille Tränen.

Eine Frau, eine Cousine, wälzte sich hin und her auf der roten Erde und schrie, als drückte ihr jemand Brandeisen gegen die Haut, sie schlug sich auf die Brust und ins Gesicht. Ich sah zu, als ihr die Tränen übers Gesicht strömten. Ich wollte mitmachen. Ich wollte mich mit der roten Erde bedecken, wollte mich umherwälzen und mich schlagen, bis alles verschwand. Bis es nie geschehen war. Bis er neben mir stand mit seiner Goldrandbrille und seinen stets freundlichen Augen und dem Lächeln und fragte, ob es mir gut gehe. Bis er glücklich war. Bis er seinen Arm um mich legte und sagte: »Schwester, alles wird gut.«

Ich wollte, dass es aufhörte.

22

Anderthalb Jahre später flog ich wieder nach Ghana. Meine Mutter war inzwischen so schwach, dass sie beim Jahresgedenken an Kojos Tod zusammengebrochen war. Ich war nicht dort gewesen. Kojos Tod hatte sie in die Verzweiflung getrieben und alles andere überlagert. Nii Tetteh, der frühere Finanzminister, starb wenige Monate nach Kojo. Inzwischen waren die vielfältigen Rechtsstreitigkeiten um das verschwundene Geld so schwierig und verwickelt geworden, dass ich nicht mehr wusste, welcher Version ihrer Wahrheiten ich glauben sollte.

Meine Mutter beharrte darauf, dass die Milliarden immer noch greifbar waren und dass Nii Tetteh, trotz der Schlagzeilen und Zeitungsberichte, dass er eine andere geheiratet hatte, bis zu seinem Tod kurz davor gewesen war, sie zu heiraten; aber ihr Ton war inzwischen hysterisch und schrill.

Sie holte mich vom Flughafen ab. Die Brille saß ihr schräg im Gesicht, ihr Kleid war falsch zugeknöpft. Die Vorhänge in ihrem neuen Haus waren zerlumpt. Sie hatte nichts getan, um das zu beheben. Inzwischen kam kaum noch jemand zu Besuch – zu ihr, in deren Haus ständig Hochzeiten und Partys, festliche Mittagessen und Dinner stattgefunden hatten.

Meine Mutter hielt sich ein Foto ihres Vaters dicht vors Gesicht und weinte bitterlich. Ich umarmte sie und hielt sie fest, aber ich konnte sie nicht trösten.

Ich erinnerte mich an etwas, was mein Vater mir einmal gesagt hatte: *Der König allein ist es, der Träume träumt.*

Mein Großvater hatte alle seine dreiundvierzig Frauen aus

königlichem Geschlecht gewählt. Ihre Blutlinien waren es, die ihren Kindern die Autorität verliehen, vor dem Staatsrat und dem Gericht Städte und Dörfer zu repräsentieren. Die Bildung, für die sie der Vater weit in die Welt hinaus schickte, verlieh ihnen das Mandat. Er wusste, dass nicht nur er, sondern auch seine Kinder die alten Gebräuche neben den neuen beherrschen mussten, doch in der kurzen Zeitspanne zwischen dem Tod und dem Eingang ins Asamandeefoo, ins Land der Ahnen, hatte sich das Schicksal seiner Pläne bemächtigt, und nun sah es so aus, als sei es an uns – uns allen –, sie neu auszurichten. Meine Mutter empfand, sie habe versagt – nicht nur ihm gegenüber, sondern auch vor der Aufgabe, die sie durch ihre Herkunft hatte.

In jeder Generation unserer Familie gab es immer einen, der auserwählt war, Wissen von den frühesten Epochen zu besitzen, zu sehen, was andere nicht sehen konnten: ein *nyame akwadaa*, ein Gotteskind, das das Flüstern des Universums deutlicher hören konnte als den Lärm der Welt ringsum, deutlicher als die Stimme der Ahnen oder sogar der Geschichte. Sie oder er reiste durch die Zeiten und rückte auf jeder Etappe zurecht, was früher falsch gelaufen war.

Kojo und ich hatten *Das Buch der Geschichten* in die Realität holen wollen, indem wir es nacherzählten und Strukturen schufen, die seine Aussage unterstützten, bis seine Wahrheit alle Erinnerung erfüllte. Die Bibliotheken, von denen Kojo gesprochen hatte, waren mit den externen Geschichten unserer Kriege, Siege, Niederlagen und Ahnenschemel angefüllt, doch noch vor diesen existierten unsere inneren Geschichten des Werdens, und diese waren es, die wir vor allen anderen beherrschen mussten.

Meine Mutter wollte etwas von dem hören, was ich schrieb.
»Wirklich?«, fragte ich.
Sie nickte.

»Ich habe etwas – nicht was ich jetzt schreibe, aber die Vorbereitung dafür. Es heißt ›Pièces d'Identités‹«:
So viele von uns wurden ausgesandt. Söhne und Töchter, Enkel und Enkelinnen von Königen und Präsidenten, Bankbesitzern und Freiheitskämpfern.
Sie pferchten uns in Englands beste und großartigste Internatsschulen,
die noble Zukunft von Englisch-Afrika.
Mit einem aufmunternden Klaps und geflüsterten Worten über die für uns vorgesehenen Wege
ließen sie uns allein.
Die Robustesten von uns erfüllten unsere Verpflichtungen und kehrten heim
als Rechtsanwälte, Ärzte und Banker. Bereit zu herrschen.
Mit unserem Queen's English und den in der Bond Street maßgeschneiderten Hemden.
So gut ausgestattet.
Wir, die wir als Affen trainiert wurden,
den Weg zur Zivilisation zu weisen. Folgt uns.
Ein paar von uns versuchten mit ganzer Kraft, stark zu sein, dem für uns vorgesehenen Pfad zu folgen,
so zu werden, wie sie es wollten.
So sehr, dass unsere Weichheit bei dem Kraftakt Schaden nahm und wir am Ende herumzappelten
wie Fische auf dem Trockenen.
Wir sind jetzt verloren in den Großstädten Europas und Amerikas.
Große Kinder großer Führer,
die den Heimweg nicht finden.
Und schließlich gibt es die unter uns, die klar die Lüge sehen konnten, die sie als Wahrheit verkauften.
Die sich nicht über den Schmerz der Trennung hinwegtäuschen ließen.

Trennung von unserem eigentlichen Selbst.
Wir schlossen weg, was wir konnten. Errichteten Hüllen, Barrieren, Festungen. Schlossen die Tür und verriegelten sie.
Äußerlich lernten wir ihre Lebensweisen. Sprachen wie sie. Weigerten uns aber, den Lebensweg zu gehen, den sie für uns vorgesehen hatten.
Wir können es nicht.
Teile der Identität.
Im Verborgenen gehalten.
Sicher.
Vor euch allen,
Eltern, Lehrern, Erziehern,
Freunden.
Wir danken euch nicht für eure Führung.
Wir danken euch nicht dafür, dass ihr uns gezwungen habt, eure Träume auszuleben.
Nicht für eure egoistische Blindheit gegenüber den Bedürfnissen eurer Kinder.
Wir danken euch jedoch, während wir die Stücke zusammensuchen.
Neu ordnen, behalten und wegwerfen.
Und dafür, dass ihr uns auf diesen Weg des Freiheitszyklus gesetzt habt.

»Das handelt von dir«, sagte sie. »Ich bin so froh, dass dir nichts passiert ist, dass du dich so gut entwickelt hast, dass du dich nicht mit Jungen abgegeben hast oder Gras geraucht oder andere Dinge gemacht hast, als wir dich allein gelassen haben. Du hast es gut gemacht.«

Als sie mich wieder zum Flughafen brachte, sagte sie: »Jetzt werde ich wieder allein sein.«

»Nicht für lange«, sagte ich zu ihr.

Die SMS erreichte mich eine Woche danach.
Sie kam von Saba. *Mummy ist sehr krank*, lautete sie.
In der Nachricht war nichts Endgültiges.
Weder sie noch meine Mutter beantworteten Telefonanrufe.
Stunden später erhielt ich einen Anruf.
Sie hatte einen schweren Schlaganfall erlitten und war bewusstlos.
Ich konnte nicht mehr normal atmen.
Zinaida, die herübergekommen war, schrie mich an: »Atme langsam und gleichmäßig! Du hyperventilierst. Du machst mir Angst.«
Ich holte wieder normal Luft, weil ich ihr keine Angst machen wollte.
Ich buchte einen Flug nach Accra. Als wir landen wollten, flog Präsident Obama ab. Deshalb mussten wir zwei Stunden lang über der Stadt kreisen. Ich kam zu spät, um sie auf der Intensivstation zu besuchen. Sie war immer noch nicht aufgewacht, doch ich wusste, jetzt, wo ich da war, würde sie aufwachen.
Ich ging am nächsten Morgen um sechs ins Krankenhaus. Aus ihrer Nase ragten Schläuche, und intravenöse Kanülen waren an ihrer Hand befestigt. »Wach auf, Mummy, ich bin jetzt da. Wach auf. Wach auf, Mummy.« Ich ging mit dem Mund nah an ihr Ohr und versprach, dass ich sie nicht wieder allein lassen würde, dass jetzt alles wieder gut werden würde. Sie rührte sich nicht. Die Krankenschwestern befahlen mir, mit Weinen aufzuhören. Meine Mutter, die nach Krankenhauscremes roch und vor Vaseline glänzte, bewegte den Arm, um den Schlauch aus der Nase zu entfernen, versuchte zu sprechen, war dann bewegungslos. Ihr Kopf zitterte fast unmerklich. Ich legte ihr eine Hand auf den Kopf, um das Zittern zu stoppen.
Meine Mutter war auf der Totenwache für ihren Bruder zusammengebrochen; ihr Bruder, der wie sie die Geselligkeit über alles liebte. Der, wie sie, gern lachte und Gäste bewirtete

und unterhielt. Sie brüstete sich vor mir immer damit, dass sie keine Freunde habe, weil die Agyatas nur mit ihresgleichen verkehrten. Sie war noch einmal aufgewacht, und ihre Neffen und Nichten, Brüder und Schwestern hatten um ihr Bett herumgesessen. »Ich bin so froh, dass ihr alle hier seid«, sagte sie. Dann: »Ihr liebt mich alle also doch.«
Der Arzt richtete den Strahl einer Taschenlampe in ihre Augen. »Ihre Pupillen reagieren nicht«, sagte er. »Das ist nicht gut.« Die Beatmungsgeräte im Krankenhaus waren sämtlich in Benutzung. Der Arzt rief alle Krankenhäuser in Accra an, um eins zu finden. Er versuchte, mich in das Sprechzimmer zu manövrieren. »Setzen Sie sich«, sagte er. Ich schüttelte den Kopf. Ich konnte nicht von ihrer Seite weichen. Sie brauchte meine Stärke. Der Arzt sagte zu meiner Cousine: »Es gibt hier nichts für Sie zu tun. Gehen Sie nach Hause.«

Zu Hause suchte ich nach Hinweisen im Internet, wie ich es schon immer getan hatte. Zuerst subarachnoidale Blutung, Glasgow Coma Scale, Hydrocephalus, extraventrikuläre Drainage, dann fixierte Pupillen. Ich konnte sehen, doch nicht fühlen; in mir war alles angespannt. Ich lag auf dem Bett, schloss die Augen und schickte konzentriert Gesundheit ins Herz meiner Mutter, in ihr Gehirn, in jede Zelle ihres Körpers, träumte sie gesund.

Als er uns zurück ins Krankenhaus rief, kamen meine Tränen, noch ehe er den Mund geöffnet hatte. »Das Gehirn ist tot«, sagte er. »Sie haben zu entscheiden, ob Sie wollen, dass sie an lebenserhaltenden Apparaten verbleibt.«

»Wir kennen nur fünf oder zehn Prozent von den Funktionen des Gehirns«, sagte ich. »Es ist noch möglich, dass sie zurückkommt.« Ich gab das wieder, was ich im Internet gefunden hatte. »Man weiß von Fällen, wo Menschen vom Gehirntod zurückgekommen sind. Da war eine Frau, deren Beatmungsschlauch man entfernt hatte, ein Junge, der in dem Moment aufwachte, als man ihn vom Beatmungsgerät trennen wollte.«

»Nicht in diesem Fall, Maya«, sagte der Arzt. »In jenen Fällen war das Gehirn erstarrt.«
Ich wusste, was er sagte, stimmte nicht. Die Frau hatte eine zerebrale Blutung gehabt. Der Junge war in einen Verkehrsunfall verwickelt. Ihre Gehirne waren nicht erstarrt. *In diesem Fall*, antwortete ich ihm still.
Das Bild ihres Körpers unter dem ausgefransten dünnen himmelblauen Laken, das noch den verblassten Stempel eines DDR-Krankenhauses trug. Ihr Atem, der aus diesem Körper wich. Der Krankenpfleger, der Leben in ihre Lungen pumpte mit einer handbetriebenen sonnengelben Bilderbuch-Sauerstoffpumpe, weil in ganz Accra keine Beatmungsgeräte verfügbar waren. Zu der Frage: Sollen wir aufhören? Wie könnten wir Ja sagen? Wie könnten wir der Frau das Leben verweigern, die das Leben und alles, was es bedeutete und wofür es stand, verkörperte, selbst wenn das zulasten des jungen Mannes ging, der sich beharrlich und vergeblich bemühte?
Eine Erinnerung überfiel mich, wie ich unter dem erbsengrünen seidenen Regenmantel meiner Mutter durch den Hagel lief, wie ich mich trotz der leeren Straßen und des heftigen, gnadenlosen Regens sicher fühlte.
Eine Erinnerung an ewigen Schutz.
Erinnerungen an Klavierunterricht, Tennisunterricht, Schwimmunterricht; an Filme mit Doris Day, Sophia Loren und Elvis Presley; an Zeiten mit ihr in der Badewanne, wenn sie mir Geschichten erzählte; daran, wie ich auf dem Toilettendeckel stand und sie mich eincremte; an ihren pudrigen Parfümduft; an die Schnipsel von ihrer toupierten Perücke, die ich nachts mit ins Bett nahm, wenn sie nicht da war; daran, wie ich auf dem Bett lag und sie im Frisierspiegel beobachtete.
Meine Mutter ist die schönste Frau auf der Welt, und ich bin ihre Tochter.

TEIL V

23

Da war unser Land, umringt von Bergen und bekrönt von Nebel, durch das sich ein Fluss schlängelte, dessen Bett in den mittleren Monaten des Jahres trocken lag. Nun ist die Luft dieses Landes durchdrungen von ihrer Abwesenheit, und die Zukunft ist ein Ort, wo man eine Nachricht erhalten kann, die für immer verändert, wie du dich definierst.

Vorher war die Wahrheit instinktiv. Dann verschwand das ganze Vertrauen darauf, dass alles so war, wie es sein sollte, und es gab keine Sicherheit mehr. Nur das tiefe Verstehen vom Leiden, von der Unsicherheit und Kurzlebigkeit aller Wesen, eingeschlossen derjenigen, die wir lieben; und das Gespenst des Todes war nun immer, ständig da, so wirklich wie das Leben, vielleicht sogar noch drängender.

Anstelle einer inhärenten Ordnung herrschen Skepsis und Chaos, und ich glaube, das ist so, weil ich sie vermisse, doch ich weiß, es war verborgen schon da, bevor sie ging.

Ich bin versucht, das Telefon zu nehmen und einen Mann anzurufen, der mich liebte, als er ein Junge war, mit dem ich die Verbindung wieder aufgenommen habe, aber die Liebe, die wir jetzt teilen, ist nicht die, die uns früher vereint hat.

Wenn man sich als Erwachsene verbindet, ist das anders als die Verbindung als Teenager; nicht mehr so frisch, unbelastet und offen, und selbst damals war es nicht das, was es war.

Als er mich nach all diesen Jahren wieder anrief – ich machte mich gerade bereit für die Art von Liebe, für die er damals offen gewesen war, ich aber nicht –, dachte ich, vielleicht male das Leben Muster in den Schnee.

Aber er ist nicht derselbe, und ich bin auch nicht dieselbe. Ich frage mich, ob alle Menschen, die wir verletzen, sich auf dieselbe Weise verändern, oder ob wir uns alle auf verschiedene Weise verändern.

Das Leben malt nicht die Muster, die ich mir wünsche, sondern seine eigenen.

Wenn ich das Telefon zur Hand nehme, ist es nicht er, wie er jetzt ist, den ich anrufen will, sondern ich suche den Geist der bedingungslosen Liebe, aber ich weiß nicht, ob er noch existiert.

Während ich das schreibe, bin ich in Norwegen, wo man Alkohol meist nur in staatlichen Geschäften kaufen kann, und ich bin ein wenig betrunken. Ich habe etwas Wein gekauft, der hier sehr teuer ist und den sie mir fast nicht verkauft hätten, weil der Kassierer dachte, ich sei dafür nicht alt genug, was mich zum Lachen brachte und ihn zum Schmunzeln.

Es ist eigenartig, in einem Land zu sein, dessen Sprache ich nicht spreche. Ich muss jedoch die Gesten des Verstehens beherrschen, weil sie in den Geschäften, an den Kassen und Ladentischen, annehmen, dass ich Norwegisch spreche, und überrascht, fast verärgert sind, wenn ich schließlich gestehe, dass es nicht so ist. Wovon bin ich ausgeschlossen, weil ich die Codes, Tonlagen und Nuancen nicht kenne, mit deren Hilfe diese Menschen einander und sich selbst verstehen?

Ich bin vorher noch nie in Norwegen gewesen, und meine Eindrücke sind die von den leeren Straßen dieser großen Stadt, den geschlossenen Türen und Fenstern, den puppenstuben-perfekten, in Pastellfarben gestrichenen Fensterrahmen, den weiß getünchten Holzhäusern mit einer Fülle an roten und gelben Rosen, der schwülen Stille, der Leere des Ganzen. Zunächst war das für mich nicht zu entschlüsseln, bis ich in diesen Eindrücken Henrik Ibsens Stück *Ein Puppenheim*, Knut Hamsuns Roman *Hunger*, Edvard Munchs Gemälde *Der Schrei* zu sehen begann.

Bücher, Kunst und Filme fangen wie immer an, ihre Wirkung auf mich zu entfalten und eine Verständnisbrücke zu bilden – wenn auch nicht für die Dinge, wie sie wirklich sind, so doch wenigstens als Annäherung.

Ein Mann schickt mir Fotos von sich, jedenfalls hat er das zweimal getan. Es ist ein Mann aus dem Senegal, und ich frage mich, warum er das macht.

Ich betrachte die E-Mails, die mir sagen, wie »sie« mich im Senegal vermissen, und obwohl die Fotos einen hübschen Mann zeigen, fühle ich nichts und habe nicht das Bedürfnis zu antworten.

Ich erinnere mich nicht daran, dass ich erst vor zwei Monaten von so tiefer Leidenschaft für diesen Mann ergriffen war, dass ich Tage und Nächte damit zubrachte, mir unser gemeinsames Leben vorzustellen, und das mit einer Hartnäckigkeit, die nur dem instinktiven Wissen ebenbürtig war, dass es nicht funktionieren würde.

Was bedeutet diese emotionale Amnesie? Diese Fähigkeit, Menschen vollständig zu vergessen, wenn ich sie verlassen habe? Wird das immer so sein? Selbst wenn ich Kinder habe?

Werde ich irgendwohin reisen und einige Monate schreiben, wie ich es jetzt im Bus mache, während baumbestandene, sonnengeküsste Berge und Fjorde und die Grasdächer der bunten Holzhäuser im südwestlichen Norwegen vorbeigleiten, und wenn das Telefon klingelt und irgendjemand – vielleicht ihr Vater oder die Kinderfrau – am anderen Ende der Leitung zu mir sagt: »Deine Kinder möchten dich sprechen«, werde ich dann aufschrecken? Werde ich denken: *Kinder?*

Werde ich verzweifelt versuchen, mir ihre schemenhaften Gesichter deutlicher vorzustellen? Werde ich mich in dem kurzen Moment, bis sie zum Telefon kommen, fragen, welchen Widerhall ihre Stimmen bei mir finden werden? Werde ich eine solche Mutter sein?

Diese wiederkehrenden Erinnerungen an die Zukunft können genauso real sein wie die an die Vergangenheit.
Und doch, ihre Stimme.
Es ist etwas von ihrem Wesen darin, das bleibt.
In meinem Herzen spüre ich den Klang ihres Lachens, den Nachhall, wie ein formloses Echo.
Ich strenge mich an, um mich an das zu erinnern, was sie zu mir gesagt hat und wie sie es gesagt hat.
Wie es sich anfühlte, wenn sie mir in die Haare griff und ich mich verärgert abwandte.
Was es für ein Gefühl war, auf ihrer Brust zu liegen und ihren Herzschlag im Ohr zu haben, tief in mir.
Der Autor Paul Auster zitiert den Dichter Wallace Stevens, als er vom Verlust seines Vaters schreibt: »In der Gegenwart einer außergewöhnlichen Realität übernimmt das Bewusstsein den Platz der Imagination.«
Unser Bus reiht sich in die Warteschlange ein, um auf die Fähre zu fahren und den Fjord zu überqueren. Neben uns befindet sich eine Gruppe Fahrradfahrer in engen glänzenden Shorts und Tops, meist Männer. Ich schaue auf ihre Beine und Hintern und kann mich nicht entscheiden, ob der Körper schön oder hässlich ist.
Gibt es jemanden, der auf einem Schiff vom Ufer ablegt und nicht an den Tod denkt? Oder sind das nur diejenigen unter uns, für die sich die Tür geöffnet hat? Und doch, umfangen von seiner Gegenwart kann man nur schwer begreifen, dass diese Seen, dieser sonnenbeschienene Bergflecken weiter bestehen werden, wenn dieser Körper nicht mehr ist.
Hätte ich anders gelebt, wenn ich diese Erkenntnis von Geburt an in mir getragen hätte? Werde ich jetzt anders leben?

24

Eines Nachts, nicht lang nach seinem Tod, sah ich Kojo, der im Haus meiner Mutter auf dem Treppenabsatz stand und auf mich herunterblickte.
Meine Mutter sagte, ich solle beten und mich schützen.
»Warum sollte ich mich fürchten?«, fragte ich.
Sie antwortete mir nicht.
Ich fürchtete mich vor der unbekannten Gewalt, die ihn getötet hatte und die mich im Flugzeug begleitete, als ich nach London zurückflog, und die nachgelassen hatte, als ich mich auf dem Weg zu unserem Viertel am Ladbroke Grove befand, das sich nach und nach verändert hatte. Alle unsere Freunde zogen einer nach dem anderen nach East London, wo große, hohe Räume in Lagerhallen noch billig genug waren, damit wir von zeitlich befristeten Jobs und kurzfristigen Stipendien leben konnten. Nach etlichen Monaten bekam auch ich ein Stipendium, um nach Gyatas geplünderten, gestohlenen, verkauften Objekten zu forschen, und zog in eine Wohnung mit zwei Schlafzimmern in der Nähe der Old Street.
Ben, einer von einer neuen Gruppe alternativer Freunde, die ihre Privilegien und Probleme auf der Haut trugen wie eine schöne Rüstung, war zwanzig Jahre älter als ich und jugendlich und verspielt auf eine Weise, wie es nur die ohne Pflichten sein konnten. Er führte mich in schicke Restaurants aus, zu Vernissagen und auf Landsitze, und er bestand darauf, dass ich seine Hand hielt, was ich verweigerte, da ich gehört hatte, dass ich nicht die einzige junge Frau war, mit der er unterwegs war. Er saß draußen in seinem schwarzen Mercedes im »Halteverbot«.

Ich schaute auf die Weichheit seiner Haare, seiner Augen, seines Gesichts, die Offenheit, in die man sich so leicht verlieben konnte, und wappnete mich.
»Wir lesen unterwegs noch eine Freundin von mir auf«, sagte er.
»Was für eine Freundin?«
»Sie heißt Bernie. Sie ist eine von den Randolphs. Ich kenne sie schon jahrelang.« Ich hatte schon von meiner Freundin Tatyana erfahren, dass das die andere junge Frau war, mit der er befreundet war. Ich schaute zu ihm hinüber, und er wirkte vollkommen unbekümmert.
»Sie ist nicht so hübsch wie ihr übrigen Mädchen, daher lässt man sie links liegen«, sagte er und schützte Uneigennützigkeit vor. Er hielt vor Tatyanas Haus, einem umgewidmeten ehemaligen Arbeiterklub in einer Nebenstraße der Harrow Road.

Bernie erschien mit einem Lächeln, das erstarb, als sie mich sah. Während wir fuhren, betrachtete ich sie im Rückspiegel. Sie war kräftig gebaut, ihre Haare zerzaust und ihre Wangen gerötet. Sie kaute währenddessen an ihren Nägeln, und trotz meiner wachsenden Irritation meinte ich, sie beschützen zu müssen. Ich wusste, dass sie jung war, aber die Geschichten über ihre Fixierung auf Ben hatten mich annehmen lassen, dass sie kultivierter sei.

Ich drehte mich zu ihr um. »Hast du einen von diesen Leuten schon mal getroffen?«

Bernie schüttelte den Kopf und sah aus dem Fenster.

»Ich bin gespannt«, sagte ich und wandte mich wieder um.

Als wir in das Restaurant kamen, in das eingeladen worden war, flirtete ich mit dem Gastgeber, der neben mir saß, um mich von dem unbehaglichen Gefühl abzulenken. Er war Filmproduzent, ein alter Mann, umgeben von jungen Leuten; er trug das Hemd offen und hatte einen boshaften Blick. Er erzählte mir von seinem letzten Film, der ein enormer Erfolg gewesen sei, wie er behauptete.

»Wie schön für Sie.«
Er hob die Augenbrauen, nicht daran gewöhnt, keinen Eindruck zu machen. Er beugte sich zu mir und zeigte auf die brünette Frau zu meiner Linken. Sie sei die echte Prinzessin eines europäischen Landes, meinte er. In ihrem Pass stünde sogar »Prinzessin«.
»Wirklich? Als Vorname?«
Er lachte.»Sie sind albern.«
Ich spürte, wie Ben mich über den Tisch hinweg ansah. Ich blickte zum anderen Ende, wo Bernie saß und ihn beobachtete. An ihrem Blick erkannte ich, dass er alles war, was sie wollte, und beneidete sie um die Entschiedenheit, mit der sie etwas so Greifbares, so Erreichbares wollte. Ihre Wangen waren stark gerötet, und in ihren blauen Augen standen Tränen.
Ich sah den Filmproduzenten und Ben an, die die Köpfe zusammengesteckt hatten und über mich sprachen.
»Ganz wunderbar«, sagte der Produzent.
Ich wollte sie beide erschießen. Stattdessen stand ich auf und ging zur Toilette.
Nachdem Ben Bernie abgesetzt hatte, fuhren wir zurück in den Osten, auf der Überführung vorbei an King's Cross und der neuen British Library, durch die immer noch Dickens'schen Straßen von Islington, vorbei am Old-Street-Kreisverkehr, in das Zentrum der verlassenen Lagerhäuser. Beim Gebäude von Mungos Lagerhaus drangen der Klang von Musik und Stimmen aus dem fünften Stock zu uns herunter. Menschen strömten durch die offene Tür und die Treppe hinauf.
Ich wandte mich zu Ben.»Wie konntest du so grausam sein?«
Er schwieg eine Weile.»Ich glaube, sie hatte eine gute Zeit.«
»Sie liebt dich.«
»So? Ich liebe dich.«
»Das ist nicht dasselbe. Sie ist erst achtzehn. Du bist zwanzig Jahre älter als sie.«

»Sie ist bloß wenige Jahre jünger als du.«
»Ich weiß, aber sie ist so viel jünger als ich.«
»Sie ist ein Mädchen vom Land, das heiraten will.«
»Und du bist ein fieser alter Mann.«
Er packte das Lenkrad mit beiden Händen und runzelte die Stirn.
Gut, dachte ich; ich war noch nicht fertig. »Sie konnte mich nicht einmal ansehen.«
»Weil du sie einschüchterst.«
»Ich schüchtere sie ein? Warum um Himmels willen sollte ich sie einschüchtern?«
»Weil du schön bist. Du bist klug. Und du zweifelst nicht an dir. Das gibt dir Kraft.«
»Schüchtere ich dich ein?«
»Du machst mir höllische Angst«, sagte er und lachte.
Wie konnte jemand, der so ungeniert lachte, so gefühllos sein?
»Darf ich dich küssen?«, fragte er.
Ich sagte nichts.
Er beugte sich herüber und küsste mich. »Kann ich mit hochkommen?«
Ich schüttelte den Kopf, beobachtete, wie sich seine Gefühle offen in seinem Gesicht zeigten, und dachte, dass mir gefiel, wie er mich küsste, dass ich mir zwar wünschte, mit ihm zu reisen, dass jedoch meine vorhandene Energie und Kraft vom Gewicht seines Geldes, seiner Häuser und Autos, seines fertigen Platzes in der Welt zerdrückt werden würden; dass ich ein noch ungeborener Fötus war, verglichen mit diesem jungenhaften Mann.
»Wie geht es mit deiner Arbeit voran?«, fragte ich ihn.
»Manchmal wünsche ich mir, ich hätte nicht dieses ganze Geld bekommen. Ich hätte es selbst erwirtschaften müssen.«
»Ich weiß, was du meinst«, sagte ich. Nicht bezüglich des

Geldes, aber was die Last der Verpflichtung angeht. Dass man etwas bekommen hat und das Bedürfnis spürt, etwas zurückzugeben. Dass man größer als man selbst sein muss, selbst wenn man klein sein möchte.
»Warum verabschieden wir uns nicht von all dem, von der Tretmühle? Vom Versuch, wie alle anderen zu sein. Lass uns fortgehen und irgendwo in der Sonne leben. Du schreibst. Ich mache Kunst ...«

Ich lächelte. »Für dich ist das leicht.«

»Ich kümmere mich um dich.«

Ich schüttelte den Kopf. »Nein.«

Der Ausdruck seiner Augen schmerzte mich um seinetwillen – und um meinetwillen.

Ich wollte ihm sagen, dass ich nie wie er sein würde, dass meine Verpflichtungen größer waren und die Wunden viel schwerer zu heilen.

25

Der Tod ist eine absolute Notwendigkeit, weil er das Leben definiert. Der Schriftsteller und Filmemacher Pasolini sagte das in einem Interview kurz vor seinem eigenen Tod. Der Verlust von Verbindungen, die zu finden wir unser Leben lang bemüht sind. Die Unausweichlichkeit des Todes. Seine Notwendigkeit, da er das Leben definiert. Wenn die Zeit linear ist – die Möglichkeit des Wachstums. Wenn sie zyklisch ist – die ständige Erkenntnis unserer Kleinheit im Angesicht aller Dinge. Zeitfragmente. Flüchtige Einblicke durch jene Liebe, die uns erleuchtet und uns prägt. Bewusstsein statt Imagination.

Wenn verschiedene Tode ein Leben in verschiedenem Maß bestimmen, dann beeinflusste der meines Großvaters meine Mutter am stärksten. Kojos Tod verursachte eine sichtbare Schwächung. Die Totenwache für meinen Onkel sorgte für ihren endgültigen Zusammenbruch.

Als sie noch einmal zu sich kam und ihre Neffen, Nichten, Brüder und Schwestern um ihr Bett versammelt sah, waren ihre letzten Worte: »Ich bin so froh, dass ihr alle hier seid.«

Dann: »Ihr liebt mich alle also doch.«

Die Hoffnung auf eine Realität, in der nachfolgende Generationen zu immer tieferen Stufen des Bewusstseins gelangen, wie es der Philosoph Walter Benjamin beschreibt. Unser nicht nachlassendes Streben – nach Wissen, nach Verbindung, nach Einsicht. Unsere ewige Unwissenheit angesichts von Leben und Tod.

»Ich bin so aufgeregt«, hatte ich am Tag davor am Telefon zu ihr gesagt. »Endlich kann ich an dem Buch arbeiten.«

»Hast du ausreichend Geld?«, fragte sie, wie sie es immer machte.

Meine allerletzten Worte zu ihr am Telefon, wie immer: »Ich liebe dich.«

Dennoch, die Widersprüche und Unzulänglichkeiten der Liebe. Die Fehler, aus denen wir lernen, der Schmerz, den wir nicht vergessen.

Aus dem Fenster sehe ich jetzt samtiges Moos auf zerklüfteten Bergen und Bäume, die aus Felsen wachsen, und die vielen Blumen und Sträucher, für die ich keine Namen habe.

Ich habe von der Liebe gelesen, die die Griechen *agape* nannten, die beschrieben wird als die höchste der Menschheit bekannte, als spirituell, selbstaufopfernd und allumfassend. Das erinnert mich an meine Mutter und den Raum, den ihre Liebe mir gab, um mich selbst zu finden.

Sie war auch stur und unbeherrscht. Oft war sie so laut, dass ich ihr entfliehen musste, um meine Ruhe zu finden.

Ich denke an den Mann, von dem meine Mutter wollte, dass ich ihn heirate, den zu lieben ich nicht einmal versuchen konnte, so sehr ich es auch wollte. An die Kälte, die ich in ihm sah, sie aber nicht.

Wie mein Hochzeitstag trotzdem immer ihr gehören sollte.

Ihr Traum von einem bombastischen, glamourösen Fest, statt meiner Vorstellung einer von Kerzen erhellten Feier mit nur den liebsten Freunden und der Familie. Eine Übereinkunft, damit sie glücklich war.

Ein Traum, den ich träumte, als meine Mutter noch lebte: Der Mann, den ich liebe, tanzt mit ihr und hält ihre Hand, während er zu unserem Haus läuft, umrahmt von Mango- und Frangipanibäumen. Wir wohnen auf der einen Seite des Hofes, sie auf der anderen.

Mein Leben untrennbar mit ihrem verbunden.

Der Bus hält; eine Mutter und ihre halbwüchsige Tochter

steigen ein. Die immergrünen Bäume wachsen in die Höhe und Breite wie Fischgräten, und ich spüre den lebensbedrohlichen Schmerz nicht mehr, den ich vor nicht allzu langer Zeit spürte, wenn ich beobachtete, wie zärtlich eine Mutter und eine Tochter miteinander umgingen. Der einzige Trost war damals gewesen, dass auch diese Mütter bald sterben und ihre Töchter allein lassen würden.

26

Ben gibt seine Verlobung auf Facebook bekannt. Dort gibt es ein Album mit Fotos von seiner frisch Verlobten Bernie – genau das Mädchen, das ihn geliebt hat, als er mich liebte. Sie sind glücklich, wie eine Fotoserie für die öffentlich-private Nutzung beweist. Ich empfinde eine sepiagetönte Freude für sie; Neid auf das Leben, gegen das ich mich entschieden habe, auf jene Schulkameradinnen, die Lucy, Diana und Chloe hießen, die ihre Erfüllung schon so früh im Traum von Ehe, Kindern und einem Haus auf dem Land sahen. »Verabschieden wir uns von dieser Tretmühle«, hatte er zu mir gesagt, »und gehen wir fort.«

Aber es ist nie genug gewesen.

Ich wünschte mir dieses Glück.

Das darin liegt, die Wahrheit durch Worte auf einer Buchseite zu finden.

Nichts sonst hat jemals so viel bedeutet, wie sehr ich es auch versteckt habe.

Ich bin allein hierher zu diesem kleinen Bauernhof auf einem Berg gekommen; die nächste Person wohnt zwanzig Minuten Fußmarsch durch den Wald entfernt. Bevor der Besitzer des Hauses sich wieder auf den Weg bergab macht, installiert er einen Projektor mit einer großen Leinwand und sagt mir, dass er im Winter Filme aus Afrika auf den Schnee projizieren will.

Er hat das Haus so restauriert, dass es genau so ist, wie es beim Tod des letzten Bauern, der hier gelebt hat, gewesen ist, sodass die Erinnerung an ihn in seinen Strukturen weiterlebt.

Warum halten wir so eifrig an der Vergangenheit fest, bauen Museen, schreiben Bücher, konservieren? Damit wir nicht sterben? Damit wir zurückschauen und etwas Lebendiges von jener Person haben können? Wenn ich *Porträt des Künstlers als junger Mann* lese, denke ich dann an Joyce? Bei *Haus des Hungers* an Marechera? Bei *Ein eigenes Zimmer* an Woolf? Ja, aber nicht an sie in ihrer Körperlichkeit, nicht daran, was sie zum Frühstück aßen, wen sie liebten und wie sie litten.

Es wird hell, der Tag bricht an. Ich ziehe eine lange Strickjacke über mein weißes Nachthemd, schlüpfe in die blauen Gummistiefel, die ich in London auf dem Portobello-Markt gekauft habe, und lege den blau-weiß bedruckten Schal um, erworben auf einem Markt in N'Djamena im Tschad. Draußen erstrecken sich der See, die Felsen und Bäume, so weit man sehen kann. Die seltsame schmerzliche Taubheit in meinem Inneren lässt mich hinkauern, ich kann mich nicht entspannen.

Die Wahrheit ist, ich weiß nicht – wie ich mich an sie erinnern soll oder wo auf der ganzen Welt ich nach ihr oder dem Kern dessen, was sie hinterlassen hat, suchen soll.

Ich steige den Berg hinauf, um mir zu entfliehen, vorbei an den Glockenblumen und Gänseblümchen, vorbei an einem Schafkadaver, der mit einem blauen Strick an einen Stein gebunden ist, und ich spüre, wie eine Art Wahnsinn mich befällt.

27

Die Einladung lautete:

>»*Tribal Gathering*« *und das British Museum*
>*laden Sie ein zu*
>*Verschwindendes Afrika: Stammesporträts*

Auf der Rückseite der Postkarte waren auf einem Schwarz-Weiß-Foto fünf junge Frauen zu sehen – arrangiert in Pseudo-*Vogue*-Manier. Sie hatten geometrisch gemusterte Tücher um die Hüften gewickelt, um den Kopf kompliziert gewundene Tücher, große runde Puderkragen auf den Schultern und nackte Brüste. In der rechten Ecke stand »*Dahomey Girls* von Irving Penn«.

Der Betreuer für das Stipendium, das ich bekommen hatte, James Murray, hatte mir die Karte überreicht. Er hatte mir geholfen, Regale um Regale mit Kartons in den kalten Lagerräumen des British Museum in der Orsman Road durchzusehen, und die Kataloge von Museen in Paris, Brüssel, Berlin, New York, bis ich endlich gefunden hatte, wonach ich suchte.

Ein schlammbrauner *batakari kɛseɛ*, ein Kriegerkittel; drei *amanpam poma*, Sprecherstäbe, zwei goldene und ein geschwärzter; zwei *mfenaa*, Zeremonialschwerter, vier *ahoprafo*, silbern-goldene Elefantenschwanzwedel; eine *abusua kuruwa*, die Messingpfanne am Fuß des Betts, in die alle Kinder und Enkel abgeschnittene Locken legten, damit der Verstorbene sie mit auf seine Ahnenreise nehmen konnte; der *akrafokonmu*, ein flacher goldener Halbmond und Stern, besonders behandelt, um alle Elemente auf sich zu ziehen, die das Gleichgewicht vom *kra* des Königs gefährden könnten, die Essenz, die durch ihn und jeden Menschen hindurchfließt; einige der Sandalen des Königs, schwarze mit goldenen Kaurimuscheln, lederne mit goldenen Sternen, goldene mit dem Leopardensymbol; dicke verblichene Kidderminster-Teppiche, Damastsofas, ein großer silberner Stuhl, eine elfenbeinerne, goldverzierte Zigarettenschachtel, arabische Yatagane und Scimitare und Messing-Donnerbüchsen, die meinem Großvater gehört hatten; goldene Ringe, gedreht, modelliert, graviert mit Tiermotiven; ein großes schweres Goldarmband; feine Goldgewichte in Gestalt von Jägern und Hornbläsern aus Messing, ein stehender Mann mit einer Opfergabe von Eiern, ein anderer, der auf einem *asipim*-Stuhl sitzt und ein Schwert hält, zwei verschlungene Gestalten, geschwungene und flache Fische, Schildkröten, Krokodile, Antilopen und Rehe; eine ganze Welt in Miniatur; Waagen, Löffel, ein Sieb, eine Garnitur kleiner Bürsten; und Messinggefäße und -schachteln mit arabischen Gravuren, die aus den Wüsten Nordafrikas stammten und auf deren Deckeln Figuren, ein Orchester, drei Frauen und ein Kind modelliert waren. Ich hatte das alles dokumentiert und die Provenienz herauszufinden versucht, und nun sagte James Murray, dass er mir etwas mitzuteilen habe.

Ich zog meinen Schlafanzug aus, duschte, stieg in den Bus zum Russell Square und ging unter dem riesigen Glasdach des großen Hofes ins British Museum hinein. James Murray war auf dem Empfang, seine großen buschigen dunklen Brauen warfen einen Schatten auf sein langes blasses Gesicht und den weißen Bart, wie die Wolken über den Black Mountains in seinem heimatlichen Wales. Er schirmte mit der rechten Hand seinen Mund ab, während er sprach, und ich fragte mich, wie es sich wohl anfühlte, wenn man alt wurde und bemerkte, wie der Körper mit jedem vergehenden Tag verfiel.

»Dein Lieblingsprofessor hat jemanden gefunden, den du

kennst, der die gesamten Kosten und die Logistik für das Gebäude des ...«
»Wer?«
»Er heißt Gideon ...«
»Ich kenne ihn. Er versucht schon seit Jahren, mich zur Zusammenarbeit mit ihm zu bewegen.«
»Er hat das Geld, und er hat nach jemandem gesucht, der ihm hilft, jemandem, der sich auskennt ...«
»Du meinst, nach jemandem, den er bestehlen kann? Er ist Geschäftsmann. Er hat keine Ahnung von Kunst oder Kultur ...«
»Wann wirst du lernen, dass man sich nach der Decke strecken muss?«
»Er stammt nicht einmal aus Ghana.«
»Sei nicht so ein Kulturimperialist, oder sollte ich Rassist sagen ...« Er brach ab und schaute mich an. »Man muss nicht durch und durch afrikanisch sein oder Olufemi oder Abena heißen, um für die Erforschung eines afrikanischen Landes qualifiziert zu sein. Du bist es eigentlich nicht. Ich weiß nicht, wie dein Name zu deinem kulturellen Puritanismus passt. Und genau genommen klingst du mehr nach dem englischen Establishment als er.«
»Aber es ist an der Zeit, unsere eigenen Geschichten zu erzählen, das hast du selbst gesagt. Sie sind uns lange genug erzählt worden, und nicht sehr gut.«
»Nun, wenn du so empfindest, dann ergreife verdammt noch mal die Gelegenheit, wenn sie sich bietet. Und das unverdient.«
»Was hat er denn getan, um sie zu verdienen? Du sagst, es sei egal, wo man herkommt, aber da irrst du dich. Es ist nicht egal. Darum leitet er das Projekt ohne jegliches Wissen und ich, die ich es habe, helfe ihm.«
»Ja, und wenn du ein wenig Bescheidenheit und Erfahrung erworben hast, wirst du eines ganz allein leiten.«

James Murray ging die Stufen hinunter, die in die afrikanische Galerie führten. Es war schon dunkel auf der Treppe, abgesehen von den Scheinwerfern, die die Masken, Schilde und den Federkopfschmuck in den Glasvitrinen an den Wänden anstrahlten.

Ich folgte ihm. »Hat man extra Beleuchter engagiert, um das Herz der Finsternis zu rekonstruieren?«, fragte ich; dann, leiser: »Warum sind auf diesen Veranstaltungen nie schwarze Menschen?« Ich sah mich um: Da war eine Frau mit langen Dreadlocks unter den Männern in Anzügen und Damen in lässig-schicker Kleidung. Es war Juliet Fagunwe, eine nigerianische Künstlerin, die vom British Museum unterstützt wurde.

»Oh, Entschuldigung, ich habe eine Alibischwarze entdeckt.«

»Halt jetzt den Mund«, sagte James Murray zu mir, »oder du wirst an die Löwen verfüttert, die vor deiner Haustür auf und ab schreiten.«

»Das würde doch eine schöne Schlagzeile geben.«

»Warte hier und versuche, kein Chaos anzurichten. Ich werde sehen, was ich für dich traurige Person tun kann.«

Ich drehte mich um und betrachtete die Schwarz-Weiß-Fotos an der Wand. Sie waren noch schlimmer, als ich sie mir vorgestellt hatte. Die meisten zeigten nackte Mädchen mit wohlgeformten Brüsten, wie man sie auf viktorianischen Peepshow-Szenen sehen konnte, die Arme hinter dem Kopf oder kokett vor dem Körper verschränkt. Die Fotos hatten keine Titel oder solche wie *Mädchen aus Benin* oder *Nordafrikanische Akte*. Die Mädchen auf letzterem waren nicht älter als dreizehn oder vierzehn und mit großem Schmuck oder duftenden Blüten versehen oder hatten Tücher lose um den Kopf drapiert. Daneben waren Porträts von ägyptischen und marokkanischen Frauen, tief verschleiert, nur ihre verführerischen, mit Kajal umrandeten Augen waren zu sehen, die riefen – so subtil wie ein afrikanisches Kind mit Fliegen auf dem Gesicht und einem

Blähbauch: *Errettet uns, oh tapfere, tolerante Leute aus dem Westen, von unserem barbarischen Schicksal und Gefangensein.*

Ich suchte die Tafeln an der Wand ab nach einem Kontext oder einer Erklärung, warum diese Fotos Seite an Seite hingen, fand aber nichts. Ich ging weiter zu einem Foto von jener Heroldin des ästhetischen Faschismus, Leni Riefenstahl, ein Foto einer jungen kraftvollen, eingeölten Frau, die bereit war zu tanzen oder zu springen, oder was auch immer sie nach der westlichen Vorstellung tun sollte. Die Tafel verkündete *Nuba-Tänzer von Kau*, und Riefenstahl beschrieb die körperliche Anstrengung und die Schwierigkeiten, die sie erduldet hatte, um diese Motive wie Trophäen zu ergattern. Ich dachte, wenigstens sind hier nicht die exemplarischen Bilder von älteren Frauen mit Hängebrüsten. Ich wollte nur noch fort.

Ich sah mich nach James Murray um und entdeckte ihn durch das Menschenknäuel, wie er ein Glas Weißwein in der linken Hand hielt und mit der rechten in eine Schale mit Chips griff. Mit halbem Ohr hörte er einem dünnen, drahtigen, gestikulierenden Mann in einem cremefarbenen Anzug zu, der einen Seidenschal um den Hals trug, und dem grauhaarigen Gideon, der in einem marineblauen Jackett adrett aussah.

Ich wandte mich wieder den Fotos zu, übersprang den Rest der Akte und begann, die Bilder der Männer zu betrachten; die Trennung nach Geschlechtern war in diesem Kontext das einzige Zugeständnis an eine kuratorische Anordnung. Das erste Bild, von einem Mann in einem langen weißen Gewand und einem *joho*-Brokatumhang, wurde nur als *Afrikanischer Mann mit wildem Blick* beschrieben. Ich war mir sicher, dass er noch wilder geblickt hätte, wenn er gewusst hätte, wie er hier porträtiert wurde.

Mir fiel ein, was mir Kojo von den Palasttrommeln erzählt hatte, die, wenn sie in den alten Tagen auf dem Schlachtfeld geschlagen wurden, all die Toten zum Leben erwecken konnten, um für ihr Königreich zu kämpfen. Ich wünschte, ich hätte jetzt diese Trommeln zur Verfügung, um all die in den Fotos gebannten Gestalten zu beleben – den halb nackten Jungen, der einen toten Leoparden mit dem Kopf nach unten trug, und die Giraffe in der typischen Szene einer »Afrikanischen Landschaft« – damit sie aus den Bildern heraustraten und sich der Menge von englischen Liebhabern von Stammeskunst zeigten, wie sie wirklich waren, anstelle der exotischen Objekte, auf die sie reduziert worden waren.

Ich sah mir die Tafel neben einem Foto von vier kauernden Männern an, die großen Federkopfschmuck und um die Hüfte gewickelte Häute trugen, auf der zu lesen stand: *Der Tanz symbolisiert ein fortdauerndes, unveränderliches Element im Leben der Menschen – ihre alten Traditionen und das überlieferte Wissen des Stammes.* Der einzige Hinweis auf eine Entwicklung war die Einbeziehung eines Fotos des malischen Fotografen Seydou Keïta, den ein italienischer Sammler zu einem Star der Kunstszene gemacht hatte. Dieser Sammler hatte die afrikanische Gegenwartskunst als lohnende Investition erkannt und sich selbst zum Botschafter der afrikanischen Kunst ernannt, während er gleichzeitig darauf bestand, dass keiner seiner Künstler eine Ausbildung hätte. Das Foto zeigte ein junges Paar, das sich aneinanderschmiegt und dessen Bekleidung kontrastierende Muster aufweist. Es hätte das einzig Versöhnende an dieser Ausstellung sein können, wäre da nicht die Tafel, auf der stand: *Trotz seiner grundlegenden technischen Beschränkungen zeigt Keïta seine Subjekte, wie sie noch nie zuvor gesehen wurden, mit westlichen Anzügen und Fliegen, auf Motorrädern sitzend und Radios haltend.* Noch nie zuvor gesehen – von wem? Ich schaute mich mit Widerwillen nach dem unendlich zivilisierten Westen um. Ich fragte mich, ob sie alle dachten, ich sei kaum mehr als eine Anomalie, ein weiblicher Tarzan, der aus der Wildnis entkommen war und ihre Kleidung und Eigenarten übernommen hatte. Ich musste gehen.

Ich stieß fast mit einem Mann in offenem Hemd zusammen. Schweiß sprenkelte sein dünnes Haar und saß auf seiner Oberlippe wie ein feuchter Schnurrbart. »Hallo«, sagte er. »Was halten Sie von diesen da?«

Ich hatte kein Interesse, ihm zu antworten. Immer wenn ich Veranstaltungen, Ausstellungen oder Theateraufführungen besuchte, wo das Thema ein afrikanisches war, sprachen mich die Leute als authentische Stimme an, und ich hatte kein Bedürfnis, den Wunsch des selbstgefälligen Mannes zu befriedigen. China Delville, eine Galeristin, die sich auf afrikanische Gegenwartskunst spezialisiert hatte und ein dekonstruiertes Leinenzelt und eine schmale vielfarbige Brille trug, gesellte sich zu uns. Sie nickte heftig zu den Bildern, obwohl ihre Augen auf einen Punkt über ihnen zu blicken schienen.

»Sie sind so schön, nicht wahr?«, sagte sie träumerisch.

»Meinen Sie das wirklich?«, fragte ich.

»Mmm. Sie nicht?«

»Es gibt keinen Kontext, keine Erklärungen. Als wäre nichts geschehen, keine Revolutionen, kein Postkolonialismus, keine Dekonstruktionen, kein Edward Said.«

»Ich denke, der Kurator hat eine eher ästhetische als anthropologische Erforschung des Themas angestrebt.«

»Erforschung?« Ich erstickte fast.

»Es hätte vielleicht interessant sein können, sie mit den Porträts afrikanischer Fotografen derselben Zeit zu konfrontieren.«

»Genau …«

Der Mann mit dem offenen Hemd räusperte sich. »Dürfte ich Ihnen meine Visitenkarte geben, wenn es nicht zu aufdringlich ist? Ich wäre sehr daran interessiert, ein paar Fotos von Ihnen zu machen …«

»Nein danke«, sagte ich.

»Ooh«, sagte China, »wie aufregend. Maya, nimm an.«

Ich blickte China ins Gesicht. Die Aufregung war echt; sie sprach von einer Jugend, die mit dem Ausprobieren der erleuchtenden Substanzen all der verschiedenen Völker der Welt verbracht wurde, und von einem Alter, verbracht mit Nackttanzen in experimentellen Theatern und dem Versuch, das Vergehen der Zeit zu ignorieren. Ich nahm die Visitenkarte für China an, weil ich ihr einen Gefallen tun wollte, wie ich etwa auch ein kleines Mädchen auf der Schaukel angestoßen hätte, selbst wenn ich es eigentlich nicht wollte. Ich ging fort, ohne den Mann anzusehen. *Richard Hunter*, stand auf der Karte, *amtlich zugelassener Gutachter*. Er war nicht mal Fotograf, bloß ein schrecklicher alter Perverser. Ich blieb in der Mitte des Raums stehen und hielt nach James Murray Ausschau.

»Wunderbar«, sagte China. »Oh, Paula Jones wird gleich sprechen. Sie ist fantastisch. Eine liebe alte Freundin.«

Eine Frau mit langem drahtigen roten Haar, einer weiten Leinenbluse, einem wallenden gemusterten Rock und sehr großen Perlen um den Hals und an den Handgelenken begann zu sprechen. Ihre Stimme war kehlig und samtig, wie die von Frauen, die Chardonnay in ländlichen Gärten trinken und Gummistiefel und Ethnotücher tragen.

»Ich möchte Ihnen eine kleine Anekdote von meinen Reisen erzählen.« Sie warf die Haare zurück. »Sie passierte, als ich mich letztes Jahr beim Volk der Luba aufhielt und Fotos von ihren schönen Gesichtszügen machte und den Mädchen die Perlenstickerei beibrachte. Ich fragte den Chef, ob ich seinen Leuten irgendetwas als Geschenk geben könne. Ich hatte natürlich Kulis und Kaugummi mitgebracht. Doch der Chef ließ mir durch einen Dolmetscher vor all seinen Leuten mitteilen, dass ich allerdings etwas für sie tun könne, und das sei, meine Brüste zu zeigen.« An dieser Stelle lehnte sie sich zurück und machte

eine theatralische Pause, um den Zuhörern Gelegenheit zum Lachen zu geben, was sie auf dezente Weise auch machten.
Ein Mann hinter mir schrie etwas.
»Bitte?«, fragte Paula Jones und legte eine Hand hinters Ohr.
»Ich sagte: Möpse!«, schrie der Mann wieder mit schwach deutschem Akzent.
»Ja, ganz recht. Wie ich sagte, bat mich der Chef, den Dorfbewohnern meine Brüste zu zeigen als Gegenleistung dafür, dass ich sie barbusig fotografiert hatte, und ich sagte ...«
»Möpse!«, schrie der Mann zum dritten Mal. »Möpse!«
Ich und alle um mich herum drehten sich um, um zu sehen, wer das war, doch ich konnte ihn durch die Menge hindurch nicht entdecken.
»Halten Sie gefälligst den Mund!« Das war der drahtige Mann, mit dem James Murray gesprochen hatte.
»Ich versuchte ihm also zu erklären, dass das schwierig für mich sein würde«, sagte Paula Jones mit klappernden Perlen. »Ich habe schließlich drei Kinder gehabt.« Sie lachte, und die Menge lachte mit ihr.
»Möpse!«, schrie der Mann noch einmal, und dieses Mal fing die Menge an zu murmeln.
»Ich versuchte, ihnen alle möglichen Alternativen anzubieten: Geld ...«
»Verdammte Möpse!«, brüllte der Mann, diesmal mit bösartiger Lautstärke.
»Das reicht jetzt aber ...«, fing der drahtige Mann an, wurde aber unterbrochen.
»Verdammte Möpse! Verdammte ...«
Es entstand ein Gerangel am Eingang, und ich sah zwei Museumswächter einen jungen Mann in Jeans und Hemd hinausführen. Ich ging näher heran, um besser sehen zu können. Und genau in diesem Moment ließ eine junge Frau mit glänzendem dunkelblondem Haar ihre Lederhosen und den Schlüpfer fallen

und offenbarte, dass sie sauber rasiert war. Es gab ein Durcheinander, als ein weiterer Wächter auf ungeschickte Art versuchte, die Frau zu packen und die Treppe hochzuzerren. Ich lachte los.
»Freunde von dir, wie?« James Murray stand neben mir.
»Noch nicht.«
»Ein skandalöser Akt der Anarchie.« Sein Freund hatte sich auch näher zur Tür begeben, um das Geschehen zu verfolgen. »Völlig sinnlos. Ich kann mir nicht denken ...«
»Ich denke, sie haben möglicherweise die Obszönität der fortdauernden Verdinglichung des kolonialen Subjekts vorführen wollen«, sagte ich.
»Ich denke, sie hätten nicht ganz so grob sein müssen.« Er warf mir einen schnellen Blick zu und näherte sich dann Paula Jones.
»Ihr aber auch nicht, als ihr uns kolonialisiert habt«, sagte ich mit einem Lächeln.
»Gideon ist oben. Sprich mit ihm«, sagte James Murray. »Ich verbringe den Sommer in Spanien, also überlasse ich euch einander, und das Ergebnis wird hoffentlich zu euer beider Vorteil sein. Jetzt komm lieber mit mir mit.«
»Wie großartig war das denn?«, fragte ich. »Wenigstens macht sich einer genug Gedanken, um gegen das ganze Affentheater zu protestieren.«
»Und du wirst es eines Tages auch tun, aber auf eine viel deutlichere, verständlichere und überlegte Weise. Sie haben sich bloß zum Narren gemacht. Und keiner wusste, worauf sie eigentlich hinauswollten.«
»Ja, aber ich wünsche mir, dass ich mich nicht verbiegen muss, um das zu tun.«
»Das müssen wir doch alle früher oder später. Das ist eins der Gesetze des Lebens.«
»Ist das wirklich so?«

»Ich muss mich beeilen, um meinen Zug zu kriegen. Versuch, keinen Ärger zu bekommen. Mach's gut.«

Ich blieb auf der Treppe stehen und schaute noch einmal auf die meist heiligen Objekte, die zur Unterhaltung anderer gekauft oder weggenommen worden waren. Ich hörte von oben schnelle Schritte und Geschrei, reckte den Hals und wäre um ein Haar von einer Unmenge von Zeitschriften getroffen worden, die von derselben jungen Frau hinuntergeworfen wurde, die vorher die Hosen herabgelassen hatte.

Ein Sicherheitsmann packte sie von hinten, während ein anderer ihre strampelnden Beine hochnahm, und so wurde sie zur Begleitmusik von lautem Kreischen und Schreien hinausgetragen. Ich sah mir an, was hinuntergeworfen worden war – Pornozeitschriften. Ein weiterer Wächter kam herunter und las sie vom Boden auf, ließ mir aber das, was ich in der Hand hielt, auf dessen Titelblatt eine vor einem breit grinsenden Mann kniende Frau zu sehen war. Ich legte die Zeitschrift auf eine Glasvitrine und machte mich auf den Weg nach oben.

Dort stand Gideon auf der Treppe. »Gehst du ein Stück mit mir?«, fragte er.

Ich nickte.

»Ich glaube, wir versuchen beide, das Gleiche zu tun«, fing er an. »Und ich glaube, du brauchst mich …«

Ich blieb stehen. »Ich brauche dich?«

»Ja, ich kann dir helfen, dir die Infrastruktur liefern, dich unterstützen …«

»Nein danke.« Ich ging los in Richtung Oxford Street.

»Warte.«

»Warum nicht zugeben, dass du mich brauchst, dass du ohne mich kein Museum *hast*?«

Er sah mich verärgert an. »Okay, ich brauche dich.«

»Was willst du wirklich?«

»Ich will helfen …«

»Gewiss. Wie alle NGO-Arbeiter in Ghana mit ihren Allradfahrzeugen, Dienern und Swimmingpools. Weißt du, wir erreichen nichts, wenn du mir nicht ehrlich sagst, was du willst.«
»Im Allgemeinen oder im Besonderen?«
»Wir können mit dem Allgemeinen anfangen.«
»Ich möchte glücklich sein.«
Ich lachte. »Das ist ein Anfang. Und im Besonderen?«
Er wartete kurz. »Ich möchte an etwas teilhaben.«
»Das klingt ehrlich, damit können wir arbeiten ... Ich muss zuerst etwas fertigstellen. Du musst mir ein paar Monate Zeit geben.«
»Okay«, sagte er, doch er hielt sich nicht daran.
Er rief jeden Tag an, bis das Buch, an dem ich schrieb, langsam in den Schatten verschwand. Wir würden Objekte sammeln müssen, sagte ich ihm, aus so vielen Königreichen und Volksgruppen wie möglich; wir müssten eine Abteilung zur Geburt des Nationalstaats haben, in Zusammenhang mit anderen kulturellen Unabhängigkeitsbewegungen wie der Négritude-Bewegung im Senegal und der Zaria-Kunstbewegung in Nigeria. Der abgewürgte Traum von einem panafrikanischen Staat. Eine Darstellung der Gegenwart mit all ihren verschiedenen Richtungen – all die Gemälde, Skulpturen und Installationen, die aus den Akademien kamen, die sich sowohl auf ausländische Vorbilder stützten als auf die unserer Freunde – das würde gleichermaßen in die Zukunft weisen wie in die Vergangenheit. Und dann erschien ein Artikel nach dem anderen in Zeitungen und Zeitschriften, die das, was ich herausgearbeitet hatte, als Gideons Ideen verkündeten.
Er lud mich zum Lunch ein, wie so oft.
Ich sagte zu und versuchte, meinen Ärger hinunterzuschlucken, als ich ihn sah, doch es gelang mir nicht. »Was zum Teufel geht da vor?«
»Auch dir einen guten Tag.«

»Was soll das alles?«
»Ich weiß nicht, wovon du sprichst, Maya.«
Ich hatte keine Zeit für geheuchelte Naivität. »Siehst du nicht, wie verheerend das für uns ist? Wie damit dieselbe alte Geschichte wiederholt wird? Wie der weiße Mann einfach daherkommt, alles übernimmt, ohne Achtung vor dem, was er gefunden hat, vor unserer Urheberschaft, unserer Wahrheit? Dass das nicht die Zeit, nicht der Ort dafür ist?«
»Weißt du, für eine, die sehr klug zu sein scheint, handelst du gerade wie eine Idiotin.«
Ich hatte etwas Wichtiges getroffen; sogar seine Stimme hatte sich geändert.
»Hast du mich gerade Idiotin genannt?«
»So rede ich eben, Maya, mit allen meinen Freunden. Alle wissen das.«
»Wirklich? Mit mir hast du noch nie so geredet.«
»Vielleicht ist es nun an der Zeit. Du hast doch sowieso immer gesagt, du willst lieber schreiben, als dich mit all dem zu befassen. Daher habe ich beschlossen, dass du, statt Co-Direktorin des Projekts zu sein, zurücktrittst. Das verschafft dir mehr Zeit zum Schreiben. Ich zahle dafür. Du kannst uns immer noch beraten.«
Als ich davonging, fragte ich mich, ob wirklich ich es gewesen war, die die Tür zu dieser Realität geöffnet hatte, während ich glaubte, ich würde alles tun, sie drastisch zu ändern. Später fand ich heraus, dass Gideon die Pläne für unser Museum von Kojo bekommen und schon damit begonnen hatte, die Fundamente dafür zu legen, bevor Kojo gestorben war; dass der Architekt, mit dem Kojo zunächst zusammengearbeitet hatte, um das Museum Stein für Stein zu entwerfen, sodass dessen Aussehen von seiner Sichtweise bestimmt wurde, Kojo verlassen hatte, um mit Gideon zusammenzuarbeiten; und dass Kojo in der Nacht, in der er starb, unterwegs war, um die

Fundamente zu zerstören, um zu verbrennen und auszumerzen, was er konnte.

Ich dachte jetzt an Kojo, und wie ihn Angst und Wut verzehrt hatten.

Ich dachte an meine Mutter und ihre zerstörten Hoffnungen.

Ich dachte an meinen Vater, der mir ständig gesagt hatte, ich solle anrufen, wenn ich etwas brauche, und wie ich mich gegen ihn gestemmt hatte, weil ich ihn für schwach hielt.

Ich dachte an meine weitere Familie und daran, dass sie jetzt wieder da waren, wo sie ihrer Meinung schon immer hätten sein sollen; und daran, dass Kojo und meine Mutter, die das so sehr erträumt hatten, nicht mehr da waren, um es zu erleben.

Ich dachte an einen Freund in der Heimat und an all die Hindernisse und Sorgen, und daran, dass trotzdem sichtbar blieb, was wahrhaftig und dauerhaft war und sich mit dem verband, was in einem selbst auch so war, selbst wenn man es nicht benennen konnte.

28

Ich kehrte in die Heimat zurück, wie meine Mutter das immer gewünscht hatte, und doch war mir vieles nicht mehr vertraut. Die von Grün umgebenen Gebäude in Cantonments und im flughafennahen Wohnviertel – die schattenspendenden Bäume mit den dicken Stämmen waren gefällt, die Häuser abgerissen und durch neue anonyme Wohnblöcke ersetzt worden. Ich fuhr durch die wenigen verbliebenen alten Straßen, vorbei an Bäumen mit Fuchsienfarbtupfern. An der Ampel stand ein Mädchen mit Kopfhörern und engen pinkfarbenen Lycra-Leggings, die zur Musik aus ihren Kopfhörern tanzte. Sie war voller Lebensfreude, und ihr Anblick machte mich für einen Augenblick so glücklich, dass ich das Fenster hinunterlassen und ihr sagen wollte, dass ich sie liebe; aber wir lebten nicht in einer solchen Welt.

Ich ging die staubigen Nebenstraßen entlang, bis ich bei einer Bretterbude mit Holzbänken davor ankam. Drinnen stand ein kleiner Fernseher, davor drängten sich Jungen auf Plastikstühlen und dem Fußboden. Einige von ihnen hatten ihr Schuhputzzeug und Behälter mit Waren, die sie verkaufen wollten, neben sich. An den Wänden der Bude hingen überall Plakate: zwei schwarze Engel, die einen weißen Teufel austrieben; eine gehörnte Kreatur aus *Star Wars* mit einem Mann im Leopardenschurz, der drohend einen Speer schwang, neben einem Priester, der eine Bibel hielt; ein Baum in Bosch-Manier hinter zwei ziegenköpfigen Kreaturen, die die Augen eines gefesselten Mannes ausstachen; ein anderer Mann, der von zwei riesigen Zwergen mit roten Zipfelmützen und nach hinten gerichteten

Füßen vor einem *Jurassic-Park*-Dinosaurier gerettet wurde. Es lief ein Film, in dem der Mann zu einem traditionellen Priester ging, der eingetrocknetes weißes Make-up im Gesicht hatte und offenbar einen Anfall mit rollenden Augen und heraushängender Zunge erlitt, halb Godzilla, halb Blödmann. In der nächsten Szene betete eine Frau auf Knien mit einem Pastor um Erlösung.

Ich ging zum Geschäft an der Ecke, das auch ein Frisiersalon war, und kaufte Lebensmittel und Wasser. Die Friseurin fragte mich, ob sie mir die Haare flechten sollte; ich nickte und nahm Platz. Ihr kleines Mädchen setzte sich mir auf den Schoß.

»Wie viele Kinder haben Sie?«, fragte ich.

»Bitte, drei.«

»Wie alt sind Sie?«

»Dreiundzwanzig.«

Wir waren gleich alt.

»Wie lange sind Sie schon verheiratet?«

»Fünf Jahre.«

»Sind Sie noch verliebt?«

Sie lachte. »Verliebt? Was bedeutet sich verlieben? Er ruft dich an. Du rufst ihn an. Ihr geht euch einen Film anschauen. Einmal. Zweimal. Dann langweilst du dich.«

Ich lachte. »Also sind Sie's nicht?«

»Schwester. Eh. Versteh mich nicht falsch. Ich liebe meinen Mann. Aber das Schwerste ist, mit ihm zusammenzuleben, nicht, ihn zu lieben. Ihn jeden Tag zu sehen und ihn so zu nehmen, wie er ist. Ich arbeite mit einem Mädchen im Geschäft. Sie sagt: ›Ich warte auf den Richtigen.‹ Wenn sie das sagt, lache ich. *Tchya.* Warte nur weiter, und du wirst schon sehen.«

»Sie glauben nicht, dass es den Richtigen gibt?«

»Natürlich nicht.«

»Aber was ist, wenn doch? Was, wenn es ihn gibt und du bist nicht bereit, weil du noch nicht ganz du selbst bist, weil es noch so viel zu tun gibt, bevor du ganz du selbst wirst?«

»Ganz du selbst wirst? Oh yeah. Ihr Leute und eure Bücherweisheit. Je mehr ihr wisst, desto komplizierter ist das Leben, eh? Und was sind Sie jetzt?«

»Ich weiß es nicht. Meinem Gefühl nach gibt es noch so viel, was ich erleben und lernen muss und was ich loswerden muss, bevor ich mich jemandem schenken kann ... Sind Sie glücklich?«

»Natürlich bin ich glücklich. Ich habe meinen Mann, meine Kinder, meine Familie. Ich gehe in die Kirche. Ich besuche meine Freundinnen. Laufen Sie nicht durch die Gegend und suchen nach jemandem, den Sie nicht finden werden, eh?«

Ich sah hinaus in den Hof; draußen schlief die Großmutter in ihrem Rollstuhl, die Mutter hängte Wäsche auf die Leine, die Tochter krabbelte auf einer Decke, die ausgebreitet auf der Erde lag.

Meine Mutter sang manchmal das Lied »Sometimes I Feel Like a Motherless Child«, und wenn sie es tat, dann voller Pathos und Trauer.

Von ihr hatte ich gelernt, eine Frau zu sein, und nun gebar ich unter Schmerzen mich selbst.

Ich hatte dieselben Fehler gemacht, die wir schon seit Jahrhunderten machten, obwohl ich dachte, ich würde es besser verstehen. Und doch wusste ich, dass es nicht auf das Gleiche hinauslaufen würde.

Ich spürte eine beginnende Erleichterung und Befreiung von jahrhundertealten Verpflichtungen, von der Angst, nie genug zu tun, nie gut genug zu sein.

Wie das Mädchen mit den pinkfarbenen Leggings war ich, ehe ich die Tochter meiner Mutter, der Same meiner Ahnen war, ein Kind des Universums, und vielleicht lebten wir ja wirklich in einer so beschaffenen Welt.

Ich dachte an die Kreise der Zugehörigkeit, die uns banden, die unsere Lebenswege festgeschrieben hatten, noch ehe wir geboren waren, an das wortlose Geflüster, das seit meiner Geburt um mich gewesen war.

Ich dachte an das Haus des Schemels, ein Raum in einem Raum, in dem die Symbole unserer Vergangenheit und unserer wieder zum Leben erweckten Zukunft aufbewahrt wurden.

Ich dachte an die Vision eines blanken Tischs, der mit Schichten verblassten Gekritzels bedeckt war, an den leeren Stuhl, der davor stand, an die Schatten all jener, die vor Langem gegangen waren, und an die offene Tür, durch die ich, wenn ich es nur wollte, treten konnte.

ANHANG

DAS BUCH DER GESCHICHTEN
Bruchstücke aus dem Leben von Yaw Gyata

Damals waren wir vier immer zusammen, und was wir alle hatten, so schien es jedenfalls, war unser enormes Anspruchsdenken. Kwamena, Sohn eines Kakao-Farmers. Deine Mutter Amba, Enkelin eines Sklaven und Tochter des Chauffeurs meines Vaters. Deine Tante Yaa, königliche Prinzessin. Und ich. Bei Amba und Kwamena stammte das aus Wissen, aber anders als er, der offenbar alles besser wusste, wusste sie alles zuerst. Alle Marktfrauen, die Händler, die Höflinge kannten Amba beim Namen. Sie, die Tochter des einzigen Bediensteten meines Vaters, der nie von ihm kritisiert wurde. Paa Kwesi polierte die Imperials, Studebakers und Chryslers meines Vaters mit solcher Inbrunst und trug seine Uniform so untadelig, dass mein Vater ihn immer bei sich behielt. Als Amba zu uns kam, neigte sie offenbar zunächst nicht zur Pedanterie ihres Vaters; sie hatte nur ein bedrucktes Tuch um ihren Körper gewickelt und keine Sandalen an ihren nackten, staubigen Füßen. Ihre Augen, groß in ihrem kurz geschorenen Kopf, musterten den ummauerten Raum, die Töpfe, Schüsseln und Teppiche sowie die Einrichtungsgegenstände, die meine Mutter als Geschenke von meinem Vater und ihrem Bruder, Onkel Kagya, bekommen hatte. Wenn meine Mutter dann ging, um die Nacht in der Wohnung meines Vaters zu verbringen, nahm sie ihren Platz ein, indem sie sich mit den Schüsseln befasste, aus denen sie gegessen hatten, und das mit mehr Autorität, als ich in meinem eigenen Haus hatte. Sie wurde die stille und ungebetene Helferin meiner Mutter und eilte zu Yaa, sobald sie von der Schule nach Hause kam, band sie sich auf den Rücken, um sie in den Schlaf zu wiegen, als ob die stille Zufriedenheit des Kindes ihr alles gab, was sie brauchte. Damals spielten wir, sie und ich, manchmal Eltern. Ich nachsichtiger, sie mit der ihr eigenen absoluten Ernsthaftigkeit.

Wenn ich an dich als Kind auf ihrem Rücken denke, denke ich eigentlich an deine Tante Yaa, wie wir sie verwöhnen und füttern, bis sie ausbricht wie die Vulkane Siziliens. Ich hoffe, du konntest Sizilien erleben. Deine Mutter nicht, ich habe sie nie dorthin mitgenommen.

Aber vielleicht wusste sie schon damals, dass ich eines Tages fortgehen würde, wie sie vor uns allen wusste, dass die Amantoomiensa versuchen würden, die Sandalen von den Füßen meines Vaters zu nehmen, während er noch den heiligen Schlaf des Vergessens schlief, und dass Yaa sich in Kwamena verlieben sollte.

Die Trockenheit, die im April einsetzte, dauerte an, wie auch das Gerichtsverfahren, und mit ihm löste sich alles auf.

Meine Mutter baute auf dem Stück Land, das sie behalten hatte, ein Haus, das so klein war, dass wir den Rest unserer Möbel und Kleidung nicht darin unterbringen konnten. Das, was wir nicht auf dem Markt verkaufen konnten, mussten wir weggeben.

Sie begann mit bäuerlicher Arbeit, als hätte sie das schon ihr Leben lang getan, stand vor Sonnenaufgang auf und kam heim, nachdem es schon lange dunkel war. Ich begleitete sie und klagte, anders als sie, über die sengende Sonne und brütende Hitze. Sie beklagte sich nicht einmal, als die Dürren das Gedeihen des Manioks, der Jamswurzeln, Kochbananen und der kontomire, die wir angepflanzt hatten, beeinträchtigte und wir kaum genug zu essen, geschweige denn zu verkaufen hatten, um Yaas und Ambas Schulgeld zu bezahlen. Nach der Schule verkauften die Mädchen die Erzeugnisse auf dem Markt.

Wären nicht die Besuche bei meinem Cousin im Palast gewesen, wäre uns unser früheres Leben wie eine Illusion erschienen. Meine Mutter wollte von keinem Familienmitglied Geld annehmen, doch einer meiner Brüder erfuhr, dass Yaa Waren verkaufte, und sorgte dafür, dass sie auf die lokale Internatsschule kam. Ohne Yaa wollte Amba auf die Missionsschule gehen; und da nun kein Schulgeld mehr zu bezahlen war, musste sie nicht mehr auf den Straßen arbeiten.

Meine Mutter war nicht oft erschöpft, aber einmal im Monat blieb sie zu Hause, um sich auszuruhen. Ich ging allein zur Arbeit auf dem Feld.

Von Kwamena kam ein Brief. Ich saß unter einer Palme, um ihn zu lesen, aber schon die ersten Sätze, seine Ausführungen über DuBois und Garvey, Namen, die mir nicht mehr geläufig waren, waren zu viel.

Ich nahm mein Buschmesser. Die Sonne brannte auf meinen Kopf herab, der voller Gedanken an Kwamena war, wie er in Jackett und Schlips in einem Vorlesungssaal saß.

Ich ging nach Hause. Als ich in unseren Hof kam, sah ich meine Mutter Wäsche aufhängen. Mein Zorn wuchs.

»Ist es so weit gekommen, Mama? Hast du vergessen, wer du bist?«

»Weil ich es nicht vergessen habe, tue ich das.«

Ich setzte mich auf einen Stein an der Mauer. »Ich verstehe es nicht. Ich verstehe nicht, warum du dich so erniedrigen musst.«

»Das ist die Wäsche deiner Schwester.«

»Yaas? Du kümmerst dich um ihre Wäsche? Willst du, dass sie verweichlicht und nutzlos wird? Wie die anderen Angehörigen der königlichen Familie, die nichts für sich selbst tun können?«

Meine Mutter unterbrach ihre Tätigkeit nicht und hob auch die Stimme nicht. »Du hattest nichts zu erleiden und brauchtest keinen Finger zu rühren, als du aufgewachsen bist. Du wirst *dich nicht erinnern, aber sie wurde mit einem Zeichen auf der Stirn geboren, und dein Vater präsentierte sie in der Öffentlichkeit, nicht in gewöhnlicher Baumwolle, sondern in Adwinasa-Kente und Samt. Sie wurde geboren, um einen bedeutenden Rang einzunehmen, nicht für dieses Leben.«*

»Ja, Ma, und wir auch nicht. Zeichen oder nicht. Keiner von uns wurde dafür geboren, aber was glaubst du, macht es mit diesem Mädchen, wenn sie am Montag Apfelsinen für ihr Schulgeld verkaufen muss und am Dienstag von ihrer Mutter ihre Sachen gewaschen und gebügelt bekommt?«

»Ich gebe ihr das Einzige, was ich kann, um sie daran zu erinnern, wer sie ist.« Meine Mutter hörte auf, Wäsche aufzuhängen, und sah mich an. »Ich war heute in der Schule. Sie kommen morgen auf einem Schulausflug nach Kaba, und die ganze Klasse will ihr Zuhause sehen, weil sie wissen, dass sie eine Prinzessin ist. Sie hat geweint. »Wie kann ich sie in dieses Haus bringen?« Mir bleibt nur ein Tag. Ich werde einige Teppiche borgen. Ich werde mit dem Lace-Stoff, den mir dein Vater hinterlassen hat, Vorhänge machen.«

Ich blickte auf ihre schwieligen, abgemagerten Hände, auf ihren Rücken, der einst gerade und stolz war, auf ihr Haar, das immer mit den prächtigsten Tüchern umwunden gewesen war, nun aber grau und ungepflegt war, und ich nickte.

Die ganze Nacht sang sie und betete für unsere Gesundheit und unser Glück. Die ganze Nacht nähte sie, machte sauber und räumte um.

Amba war in Akakom und half Miss Meiklejohn bei der Missionsarbeit, daher warteten nur meine Mutter und ich am nächsten Morgen auf die Ankunft von Yaa mit ihren Klassenkameradinnen. Meine Mutter wickelte sich ihr königliches Adwinasa-Kente-Tuch um und band das Haar in ein Seidentuch. Sie legte eines meiner alten Kente-Tücher für mich auf dem Bett bereit. Wir saßen auf der Veranda vor dem Haus, als gebe es sonst nichts zu tun, wie wir es ewig nicht gemacht hatten. Im Schatten des Odumbaums trank ich kaltes Bier und meine Mutter Wasser, während die Städter stehen blieben und über den Preis von Kakao, über ihre Familien, über meine Arbeit bei meinem Onkel JB sprachen.

»Glaubst du, dass sie sich verlaufen hat?«, fragte meine Mutter, als die Stunden langsam dahinschlichen.

»Den Weg zu ihrem eigenen Haus nicht gefunden hat?« Während ich das sagte, erschien mir im Geist ein Bild. »Mama, ich komme gleich wieder.« Ich ging zum Palast.

Vor seinen Toren parkte ein großer Bus, und durch sie hindurch sah ich Mädchen in grün-weiß karierten Kleidern und mit Strohhüten. Ich ging an den Wachen vorbei zum Palast. Da war sie und eilte von Raum zu Raum, rief Befehle, als hätte sie nie etwas anderes gemacht, hielt einen Höfling am Arm fest, winkte einem anderen. Sie lief die Treppe hoch und hielt sich an der Balustrade fest, öffnete die Tür zu den Gemächern des Königs und ging hinein. Ich schaute auf die Mädchen, wie sie die Tür beobachteten, miteinander redeten und lachten. Ihre Stimmen klangen wie der Gesang des Kokokyinaka-Vogels, der sich in den Bergwäldern außerhalb von Kaba versteckt.

Mein Cousin erschien mit meiner Schwester und seinem Sprecher an der Balustrade. Er wirkte jetzt größer und auch älter. Er sah auf die Mädchen hinunter und winkte, dann packte er meine Schwester beim Nacken und lachte über etwas, was sie sagte.

Wie machte sie das bloß; wie schaffte sie es, obwohl wir so tief gesunken waren, um sich herum überall Lachen hervorzurufen? Vielleicht stimmte ja, was meine Mutter gesagt hatte, dass sie auserwählt war.

Ich ging wieder durch das Tor und zum ausgetrockneten Fluss Birim.

Vielleicht hatte das Ableben unseres Vaters, unser Fall, sie *gezwungen, ihren Geist zu stärken, ihre Fähigkeit, Aufmerksamkeit auf sich zu ziehen, als versuche sie ständig, sich aus dem Schatten heraus in jenes zuerst versprochene Licht zu begeben.*

Als sie später mit mir und meinen Brüdern in die Hauptstadt kam, bezogen wir sie in unsere politischen Diskussionen ein, obwohl sie ein Mädchen war, wir erlaubten ihr, Portwein und Rotwein zu trinken und die langen dünnen Zigaretten zu rauchen, die mein Vater immer geraucht hatte. In den Ferien arbeitete sie für unsere Brüder und bat um Geld, damit sie die besten Kleider und Essen, was sie mit in die Schule nahm, kaufen konnte, als wäre das alles ein Spiel.

Was war in ihr, das sich nicht unterdrücken ließ? Das aus ihren Augen leuchtete, ihr Lachen erfüllte, ihre Kleidung, den Raum, sodass die Mädchen aus ihrer Schule, selbst wenn sie sie zu unserem Haus geführt hätte, nicht geglaubt hätten, dass sie dort wohnte. Wie konnte dieses Haus ihr Zuhause sein?

Da war wieder ihr Lachen, es drang durch die offenen Fenster, als ich näher kam.

»Er hat uns Suppe mit Schnecken gemacht, und das Fleisch darin, Mummy, das hättest du sehen sollen ...«

Ich öffnete die Tür.

»Bra«, meine Schwester lief zu mir, ihr Mund lächelnd geöffnet, »hast du gesehen, was Mummy mit unserem Haus gemacht hat? Es sieht aus wie der Palast. Und das nur für mich. Tchya.« Sie tanzte den langsamen Tanz Adowa. »Hmm. Sie haben geglaubt, ich prahle, aber die gyaase *haben ihnen mehr* fufu *serviert, als sie essen konnten. Du hättest Martinis Gesicht sehen sollen.«*

»Martini?«

»Sie kommt mich abholen. Wenn wir jetzt zur Schule zurückkommen, werden sie mich bestimmt nicht mehr einschüchtern.«

Ich saß da und sah zu, als sie meine Mutter zum Lachen brachte, indem sie sie küsste und tanzte und zu ihren Füßen kniete.
Ich sehnte mich nach einem Traum von meinem Vater.
»Stimmt es, dass du und Onkel JB Ärger mit den Engländern angefangen habt?«, fragte mich meine Schwester.
Ich arbeitete seit Kurzem nachmittags für seine Zeitung, und sie erregte einigen Ärger bei den Briten. »Wer hat dir das erzählt?«
Sie rieb sich die Hände über dem Tisch. »Nur ein Freund von Martini.«
»Wieder Martini. Was für ein Freund?«
»Ein Beamter.«
»Was für ein Beamter ist mit einem Schulmädchen befreundet? Kommt er auch dich abholen?«
Sie wandte sich unserer Mutter zu und fing an, mit ihrem Seidentuch zu spielen. »Wenn du es nicht mehr brauchst, binde ich es um den Hals«, sagte sie.
»Nimm es«, sagte unsere Mutter und löste es vom Kopf.
Ich stand auf und nahm ihr das Seidentuch aus der Hand. »Und deine Schule erlaubt so etwas? Ich dachte, es wäre eine katholische Schule und keine Brutstätte für junge Huren.«
Einen Moment lang herrschte Stille, als müssten die Wände des Zimmers meine Worte aufsaugen und wieder ausstoßen.
»Entschuldige dich bei deiner Schwester.«
Yaa lag mit dem Gesicht nach unten auf dem Sofa und fing an zu weinen, als hätte ich sie geschlagen.
Aber die Hitze in meinem Bauch ließ das nicht zu. Ich ging aus dem Haus, setzte mich auf die Veranda und sah zu, wie die Leute vorbeigingen, mit ihren Angelegenheiten befasst und offenbar einverstanden mit der Welt.
Ein Auto hielt draußen, und ein Mädchen in Yaas Schuluniform stieg aus.

»*Guten Abend*«, *sagte sie zu mir.*
Für mich war meine Schwester nichts anderes als ein Mädchen, aber als ich Martini sah, wie sie ihre Hüften verführerisch schwenkte, erinnerte mich das daran, dass sie fast eine junge Frau war.
»*Guten Abend. Du bist das Mädchen, das man Martini nennt?*«
»*Ja, Sir.*«
»*Warum?*«
»*Es ist ein Spitzname, Sir.*«
»*Und er bedeutet?*«
»*Sir, ich komme zu spät.*«
Ich ging zum Wagen.
»*Guten Abend*«, *sagte ich zu dem Mann hinterm Lenkrad.*
Er nickte und stieg aus. Er war älter als ich, trug Hut und Anzug. »*Oheneba*«, *sagte er, mich mit meinem Titel anredend. Er streckte mir die Hand hin.*
Ich konnte sie nicht nehmen. »*Ich hoffe, Sie finden das nicht unverschämt, aber wenn Sie nicht mit diesen Mädchen verwandt sind, was machen Sie dann mit ihnen?*«
Er zog eine Zigarette heraus und bot mir eine an. Ich wartete.
»*Ich verstehe Ihre Sorge, aber sie ist unnötig. Ich bin ein Freund von Martinis Vater. Er hat mich gebeten, mich um sie zu kümmern. Ich kaufe ihr Bücher und Kleidung, die sie sich nicht leisten kann ...*«
»*Und was gibt sie Ihnen dafür?*«
»*Selbst wenn es Sie etwas anginge*«, *sagte er,* »*wären Ihre Schlussfolgerungen falsch. Einige von uns sind gute Samariter.*«
Die Haustür ging auf, und die Mädchen kamen heraus. Meine Mutter stand in der Tür.
»*Weiß deine Schule, dass du mit einem Fremden zurückfährst?*«, *fragte ich Yaa.*

»Er ist kein Fremder. Er ist Martinis Freund.« Sie reckte mir ihr Kinn entgegen.
»Ich habe dich etwas gefragt.«
Sie schüttelte den Kopf.
»Ich werde meine Schwester zur Schule bringen, besten Dank«, sagte ich.
»Sie haben ein Auto?«
Ich antwortete ihm nicht, legte ihr einen Arm um die Schulter und ließ ihn dort, trotz ihrer Versuche, sich loszumachen.
In dieser Nacht schlief sie im Bett mit meiner Mutter.
Später, als ich schon längst fortgegangen war und meine Mutter mir trotz meines Schweigens immer noch Briefe schrieb, erzählte sie mir, dass Yaa immer noch in ihrem Bett schlief, wenn sie zu Besuch kam, sogar noch, als sie selbst Mutter war.
In jener Nacht hörte ich sie beten, stand auf und sah sie nebeneinander knien, die Augen geschlossen, ihre Gesichter von einem inbrünstigen Glauben erhellt, den ich nie besitzen würde.

Mein erster Eindruck von England bestand in dichten, tief hängenden Nebelschwaden, die die Gipfel des Landes verschluckten. Sie erinnerten mich an die Nebel, die über den Kaba-Bergen hingen, sie waren aber aus der Kälte geboren, nicht aus der Hitze.
Der Kriegslärm folgte mir nach London und vermischte sich mit dem Lärm der belebten Straßen, der riesigen Reklametafeln, der Straßenbahnen, Doppeldeckerbusse und Autos, den ganzen Weg bis zur Adresse, die mir Felix' Freundin Nancy gegeben hatte, wo ich den Scheck abholen sollte.
Erst als ich dort ankam, fand ich Stille.
Sie trat ein, sobald sie die Tür öffnete.
In ihrem mattroten Lippenstift, dem pudrigen Weiß ihrer

Haut, der Schwärze ihres dicken welligen Haars und dem schwarzen Wickelkleid, das ihre Kurven eng umschloss, doch ihr Dekolleté großzügig zeigte, und den ebenholz- und elfenbeinfarbenen Armbändern, die sich wie Schlangen ihre Arme hinaufwanden. Sie rauchte eine lange Zigarette in einer Spitze, als sie die Tür aufhielt, und der Rauch stieg über ihrem Kopf auf wie ein Willkommenssignal. Sie musste inhaliert haben, ehe sie die Tür öffnete, weil sie nicht sprach, mich aber mit Gesten hineinbat und nickte.

Ich ging in die Diele. Die Tür zum Wohnzimmer stand halb offen. Auf den Holzböden lagen schwere türkische und Schaffell-Teppiche, farbenfrohe Gemälde in Goldrahmen drängten sich an den hohen Wänden, und Bücher belegten nahezu jede Oberfläche.

»Darling«, ihre Stimme war heiser. »Du siehst total durchgefroren aus. Ich will dir was zum Überziehen holen.«

Sie wartete eine Antwort von mir nicht ab, daher ging ich ins Wohnzimmer und hob eine Zeitschrift vom Sofa auf. Présence Africaine. *Ich schlug sie auf. Sie enthielt Artikel von den Schriftstellern, von denen Felix berichtet hatte. Gedichte von Léopold Senghor und Blaise Cendrars und Aimé Césaire. Felix hatte mir erzählt, Césaire habe einen Begriff geprägt,* Négritude, *der das kollektive Schicksal der schwarzen Menschen beschrieb. Er hatte nicht geantwortet, als ich ihn fragte, welches kollektive Schicksal gemeint sei.*

Sie stand in der Tür: »Wenn ich mir's recht überlege, brauchst du ein Bad. Komm mit. Ich lasse dir eins ein.«

Ich folgte ihr die Treppe hinauf, durch ein Zimmer, in dem Pelze und Kleidung verschiedenster Art herumlagen, in einen Raum, in dessen Mitte eine Badewanne königlich allein dastand.

Sie drehte den Hahn auf und hielt einen Finger mit rot lackiertem Nagel unter den Wasserstrahl.

»Mmm. Viel Spaß. Ich habe einen Bademantel für dich auf das Bett gelegt.« Sie ging raus, ohne *auf eine Antwort von mir zu warten.*

Seit ich hereingekommen war, hatte ich kein einziges Wort gesagt. Ich hätte irgendein Mann sein können, irgendein Schwarzer, der von der Straße in ihr Badezimmer gekommen war. Ich zog meine schmutzigen Sachen aus und stieg ins Badewasser.

An diesem Abend machte sie das Essen. Die Kartoffeln und das Gemüse waren zu weich und das Fleisch nicht gar, obwohl alles auf feinstem Porzellan und mit vergoldetem Besteck serviert wurde. Nach der Mahlzeit schenkte sie im Wohnzimmer Portwein in Kristallgläser ein, und ich lehnte mich zurück und lächelte trotz des schlechten Essensgeschmacks in meinem Mund.

»Wie steht's? Gefällt dir, was du von London siehst?«

»Seit mein Vater gestorben ist, bin ich nicht wieder so umsorgt worden.«

Sie sagte lange nichts, schließlich: »Gehen wir nach oben.«

Ich folgte ihr wieder die Treppe hinauf. Es gab drei Treppenabschnitte, und ich fragte mich, wer sonst noch in diesem geräumigen Haus wohnte und wie bequem mein Bett sein würde.

Wir blieben vor dem Zimmer mit den auf dem Boden wie wilde Blumen verstreuten Kleidern stehen.

»Du wirst diese Nacht mit mir schlafen«, sagte sie.

Ich sah sie an. Ich hatte nie eine Nacht mit einer Frau verbracht oder mehr als formell mit einer Weißen gesprochen, doch hier war eine, die ich kaum kannte, die mich einlud, ihr Bett mit ihr zu teilen. Ich fragte mich zuerst, ob das ein Scherz war oder ob sie befürchtete, ich könnte mich erkälten, aber als ich durch die offene Tür blickte, sah ich, dass sie schon ihr Wickelkleid auf den Boden hatte fallen lassen. Sie stand mit dem Rücken zu mir. Ihre Hände langten nach dem Verschluss ihres Büstenhalters. Ich schaute auf das Weiß ihrer Hände, das Rot ihrer Nägel, das Schwarz des steifen Stoffs und ihres welligen Haars.

Daheim war weiß die Farbe unseres Anfangs, von Wasser und Samen; rot die Farbe unseres Lebens, der Erde und des Bluts; schwarz die Farbe unseres Endes, von Luft und Macht. Als ich ihren Büstenhalter fallen sah, dachte ich an das Wachsen der Macht vom Zeitlichen zum Spirituellen.

An die gegenseitige Abhängigkeit, die alle Existenz ermöglichte.

Wie ich in diesem Weiß so feststeckte, ohne ein Rot, das mich einhüllte, ohne ein Schwarz, das mich ermächtigte.

Sie drehte sich um. Und alles war wieder still.

Amba war die erste Person, die ich erblickte, als ich wieder zurück in das Haus meines Onkels kam. Sie lag auf der Bank neben der Veranda, wie das in London niemand machte, und als sie mich sah, setzte sie sich auf und starrte mich lange an, als sei ich der Geist, als der ich mich bei meinem Fortgehen gefühlt hatte. Sie kam zu mir und legte mir die linke Hand an die Wange und bedeckte mit der rechten meinen Kopf.

Ich stand zwischen ihren Händen wie das Wrack, als das ich mich da fühlte. Ich ließ meine Tasche vor dem Haus und ging mit ihr zum Meer.

Wir saßen auf einer der Klippen und beobachteten, wie die Wellen auf sie zuliefen, wie zur Buße für Sünden, von denen sie nie erlöst werden würden.

Sie stellte mir keine Fragen über den Krieg oder über London, und ich war, wie schon früher, dankbar für ihre Gesellschaft.

Ich nahm ihre Hand in meine und küsste sie. »Heirate mich«, sagte ich. »Meine Amba. Heirate mich.«

Sie ließ ihre Hand dort ruhen, und als ich aufstand, um zum

Haus zurückzugehen, befreite sie sie nicht aus meiner. »*Mein Ring?*«, *fragte sie.*

Ich lachte. Und zum ersten Mal küsste ich sie. Der Kuss war so vertraut wie alles, was ich gekannt hatte. Es war, als küsse ich Yaa oder meine Mutter oder Kwamena. Und in diesem Moment liebte ich sie, wie ich nie zuvor geliebt hatte. Nicht meinen Vater. Oder Felix. Oder Nancy.

Es war eine Liebe, die so stark war, dass ich empfand, nie könnte ich ihrem Strom entkommen. Das war das einzige Mal, dass ich so empfand, und mein Betrug mag das gewesen sein, was sie umbrachte.

Das Versprechen der ewig währenden Liebe erfüllte sich nie. Es gibt so vieles, was mir leidtut.

Aber vor allem dieses Mädchen, so rein und unschuldig, die liebte, als gäbe es keine Gefahr dabei, und die glaubte, dass ihre Zukunft eine der erwiderten Liebe sein würde.

In jener Nacht sollte die abschließende Wirempe-Zeremonie die Begräbnisriten beenden, sodass der Geist meines Vaters nach Asamando, dem Wohnsitz der Ahnen, gehen konnte. Ich wartete bei den heiligen Steinen beim Palast auf den Odomankomakyerɛma und die anderen, um den Schemel meines Vaters in den Wald zu bringen, damit er von den Geistern der Ahnen gestärkt würde. Es war meine erste Wirempe-Zeremonie und auch die der meisten anderen. Die letzte hatte vor einunddreißig Jahren stattgefunden. Ich saß auf der Bank mit Blick auf die Steine und wartete, aber keiner kam. Meine Handflächen schwitzten trotz der Nachtluft. Ich wischte sie an meinem Batakari-Kittel ab. Der schwarze Himmel erhellte sich allmählich. Ich begab mich zum Haus des Odomankomakyerɛma, aber er war nicht da. Ich ging zu den Häusern der anderen Ältesten – und sie waren leer. Ich kam bei meinem eigenen an. Onkel Kagya blieb während der Trauerfeierlichkeiten bei uns.

Er und alle Ältesten saßen im Hof auf Stühlen im Kreis und tranken Schnaps. Ich sah meine Mutter auf den Stufen zur Tür stehen. Die Mädchen schliefen schon lange. Ich trat vor. Die Mienen aller meiner Verwandten waren verschlossen, und ich wusste nicht, an wen ich mich wenden sollte. Ich stand am Eingang zum Hof, bis mir einfiel, dass ich kein Junge mehr war, sondern der Vorstand meiner Familie. Ich ging zu meinem Onkel Kagya.

»Onkel, guten Morgen.« Ich neigte den Kopf. »Ich bin jetzt der Vorstand der Familie meiner Mutter und kein Junge mehr. Ich hoffe, du gestattest mir zu fragen, was geschehen ist, dass ihr alle so ernst seid, wenn eigentlich die letzten Riten stattfinden sollten?«

»Der Odikro von Apapam ist verschwunden.« Er nahm einen Schluck von seinem Schnaps.

Ich setzte mich auf die Stufe neben meinen Onkel.

»Solange man ihn nicht gefunden hat, weigern sich die Amantoomiensa, an der Zeremonie teilzunehmen. Sie sagen, wir haben ihn getötet, damit er den König im Tod begleiten kann.«

Spielte irgendetwas davon eine Rolle angesichts der letzten Riten meines Vaters?

»Das ist absurd. Wir haben seit vielen Jahren keine Menschenopfer mehr praktiziert«, sagte ein älterer Sprecher.

»Wir alle wissen, wie schwer der Abschied unseres Königs war«, sagte ein anderer. »Sie werden sagen, er brauchte einen Diener, der ihm ins Land der Ahnen folgt.«

»Unsinn, jeder weiß, dass der Odikro Epileptiker war. Wie kann ein Herrscher missgebildet sein und gleichzeitig herrschen?«

Jetzt sprachen alle gleichzeitig. Der Augenblick für die letzte Zeremonie verstrich.

»Letztes Jahr wurde der Sanaahene, der Schatzmeister des Königs, abgesetzt, weil er beschnitten war.«

»Ei. Man sagt, er habe einen epileptischen Anfall auf dem Marktplatz gehabt. In aller Öffentlichkeit beschämt zu werden, ist ein mehr als ausreichender Grund für einen Odikro, sich das Leben zu nehmen.«
»Aber wo ist sein Leichnam?«
»Sie haben ihn gestohlen, weil sie uns hassen.«
»Darauf haben sie gewartet, um uns zu stürzen.«
»Was ist nun mit der Zeremonie, Onkel?«, fragte ich.
»Wir schieben sie auf, bis diese unangenehme Sache geklärt ist.«

Sie fingen an, über die Vorkehrungen für den Aufschub zu sprechen, und sie sprachen an jenem Morgen immer noch, als der Odomankomakyerema den Gong-Gong schlug, der alle jungen Männer dazu aufrief, Suchtrupps für den Vermissten zu bilden. Es gab eine Meldung in der Gold Coast Press, und der Staatsrat bot eine Belohnung von acht Pfund.

Sie beorderten die Amantoomiensa zu sich, aber diese weigerten sich und versammelten sich stattdessen im Hof. Ich war im Ratszimmer und saß zwischen meinen beiden Onkeln. Unser neuer König schlug vor, dass der Staatsrat zu den Amantoomiensa gehen solle.

Als wir dort ankamen, schrie der Odikro von Tetteh mit hoher, angestrengter Stimme: »Jedes Haus in Kyebi muss durchsucht werden! Der Palast darf nicht verschont werden!«

Der Sprecher des Königs, der Ɔkyeame Abroso, sprach: »Sie müssen ruhig und beherrscht bleiben und Ihre Beschimpfungen und Unterstellungen lassen. Es ist nicht wahrscheinlich, dass der vermisste Odikro noch in der Hauptstadt ist, selbst wenn er tot ist, denn niemand könnte seine Leiche aufbewahren und den Geruch ertragen.«

Der Sprecher des Odikro von Tetteh antwortete für ihn: »Es stimmt, wir haben die Frage aufgeworfen, dass der Palast durchsucht werden müsse; wenn man aber das Gewehr anlegt, *dann befleckt man die Schultern. Wir schlagen nicht vor, den Palast zu durchsuchen. Schließlich sind wir Sklaven, die im Interesse des Obersten Schemels verkauft werden sollen. Wir wünschen nicht, uns mit Nana zu streiten, aber die Amantoomiensa, die Drei Distrikte, sind jetzt auf die Amantoomienu, die Zwei Distrikte, reduziert.«*

Damit drehten sie sich um und gingen fort.

Früher gab es nicht die Thanatophobie, die Angst, die die Europäer vor dem unbekannten Jenseits hatten, das leidenschaftliche Festklammern am Leben. Der Tod war ein Übergang, wie die Geburt, von einer Art Leben zur anderen, und die auf der Erde Zurückgebliebenen mussten dafür sorgen, dass der König die Welt der Geister mit einem Gefolge betrat, das seiner hohen Stellung angemessen war. Menschen wurden getötet, um ihre Pflichten gegenüber ihrem königlichen Herrn nach dem Tod weiter zu erfüllen. Kriegsgefangene, zum Tode verurteilte Verbrecher, Beamte des Obersten Gerichts, Verwandte, Frauen des toten Monarchen, die nicht länger leben wollten, folgten ihm alle.

Aber konnte dieser Tod wirklich ein Opfer zur Besänftigung der Elemente gewesen sein? Ein Akt, um die Ordnung wiederherzustellen, um unseren Kummer über den Verlust dieser großen Gegenwart hinauszuschreien? Hätte ich nicht davon gehört? Wurde es von unseren Feinden als Verbrechen dargestellt? Statuierten die Kolonialbehörden ein Exempel an der Arroganz unserer Familie, weil wir ihr Privileg angegriffen hatten?

Es gab nur wenige Wahrheiten, auf die wir uns alle verständigen konnten. Dass der Vermisste ein Odikro war. Dass er achtundvierzig Jahre alt war. Dass er kleine Ohren hatte. Und dass er langsam und behutsam ging.

Gewissheiten seines Lebens, die die Ungewissheit seines Todes ausgeglichen haben könnten. Wenn die alte Ordnung am Rand einer Klippe gestanden hatte, dann war es sein Verschwinden, das sie hinunterstieß und im weiteren Verlauf das Schicksal eines Landes veränderte.

Drei Monate später erhielten sowohl ich als auch Kwamena unsere schriftliche Zusage für ein Studium an der University of London.

An jenem Tag besuchte der Priester Osei Tawiah den Polizeioffizier Nuamah und sagte ihm, dass einer der Palasthöflinge den Mord gestanden habe. »Er bat mich um Medizin, um den Geist des Toten zu befrieden«, erzählte er dem Polizisten und führte ihn zu einem Ort in der Nähe des königlichen Mausoleums in Kyebi, um die Leiche auszugraben.

In der gleichen Nacht stachen sie beim Schein nur einer Kerosinlampe die Spaten in die Erde und gruben nichts aus.

Tage danach erhielt Kwamena einen weiteren Brief, der ihn zu Prüfungen und einem Vorstellungsgespräch an der Universität Cambridge aufforderte. Eine anonyme Mitteilung mit der vermuteten Fundstelle der sterblichen Überreste des Odikro traf ein.

Die Polizei grub einen Schädel, einen Unterkiefer, sieben Arm- und Beinknochen und einen Zahn aus. Der Beweis war so unzuverlässig, wie unsere Traditionen bald erscheinen sollten.

Der Priester Tawiah war vor drei Jahren von seiner Funktion als Diener seines Schreins entbunden worden, und der Schädel und die Knochen wurden einer Frau zugeschrieben, die vor zwei Jahren gestorben war.

Und trotzdem wurden Onkel Kagya, drei meiner Brüder, zwei Cousins und Odomankomakyerɛma Pipim verhaftet und des Mordes am Odikro angeklagt.

Ich war im Hof des Palastes, als die Polizei kam, um das Schemelhaus zu durchsuchen.

Der Sprecher des Königs teilte ihnen mit, dass kein Asante,

kein Beschnittener und keiner mit Schuhen eintreten dürfe, und die Durchsuchungstruppe wurde neu zusammengestellt.
 »*Wo ist der achte Schemel?*«*, fragte der Odikro von Tetteh.*
 »*Er befindet sich auf dem vorläufigen Grab des Königs im Mausoleum*«*, teilte ihm der Sprecher mit.*
 Wir begaben uns zum Mausoleum, ein Trankopfer wurde dargebracht und ein Schaf geschlachtet. Auf dem Grabhügel stand auf einer Matte ein weißer Schemel.
 »*Das ist der Schemel, der für unseren König geweiht und geschwärzt werden soll*«*, sagte der Sprecher.*
 »*Das ist gegen die Tradition*«*, sagte der Odikro, und sein Kehlkopf trat hervor, als die Amantoomiensa ihn daran erinnerten, wo er sich befand.*
 Es gab Leute, die behaupteten, der Odikro sei getötet worden, um den Schemel meines Vaters zu schwärzen.
 Das Schwärzen des Schemels war die größte Ehre, die man einem König oder einer Königinmutter nach ihrem Ableben zuteilwerden lassen konnte.
 Denjenigen, die dem Schemel durch ihre Laster geschadet hatten oder die aus Mangel an geeigneten Erben gewählt worden waren, wurde diese Ehre nicht zuteil.
 Manche sagten, dass es Brauch war, den Schemel des Ɔmanhene wenigstens ein Jahr lang auf das Grab zu stellen, und dass es keine Verbindung zwischen dem epun, *dem Schwärzen des Schemels, und den Wirempe-Zeremonien gab.*
 Andere sagten, dass der Schemel des Ɔmanhene auf dem Grab gelassen wurde, damit er verrotte, und dass ein anderer Schemel geschwärzt würde.
 Andere wieder, dass nie Menschenblut benutzt worden war, um die Schemel zu waschen.
 Die Experten für die Rituale, die das letzte Begräbnis überwacht hatten, waren längst tot.
 Was Tradition war und was nicht, war vergessen und musste

neu konstruiert, neu geschaffen werden, während der Fall über Jahre hinweg seinen Gang ging.

Ich sah hinunter auf den Richter des Obersten Gerichts der Goldküste. Ich wusste, dass er Mohammed Fuad hieß, ein Zypriot war und dass er am Ende einer langen Karriere angekommen war. Mein Onkel hatte ihn einen unglücklichen Mann genannt, der lange von seiner Frau und Familie in Zypern getrennt war und sich bitter über das Vorurteil gegen seinen Namen und seine islamische Religion beklagte, die seine Beförderung zum kolonialen Obersten Richter verhindert hatte.

Onkel JB stand auf. »Es ist falsch, Menschen aufgrund von Indizienbeweisen zu verurteilen.

Tatsache ist, dass der Odikro Schwierigkeiten mit seinen Untertanen hatte und dass sie schon versucht hatten, ihn zu entmachten.

Es wird vermutet, dass er nach dem Abschluss der Begräbniszeremonien bereit zum Rücktritt war und dass er im Palasthof während der Zeremonie einen epileptischen Anfall hatte.

Nun ist es wohlbekannt, dass ein Akan-Herrscher keine körperliche Schwäche oder Deformation haben darf, und so in der Öffentlichkeit beschämt zu werden, ist ein ausreichender Grund für den Odikro, sich selbst das Leben zu nehmen.

Wir haben Zeugen aussagen hören, dass sie den Odikro um acht Uhr früh auf der Kaba-Adadeɛntɛm-Straße gesehen haben, nachdem er angeblich schon verschwunden war.

Wir haben Zeugen, die die Glaubwürdigkeit des Hauptzeugen der Anklage anzweifeln, einem Dieb und gegen die Ehefrau gewalttätigen Mann, wie man weiß, der vor drei Jahren als Diener des Schreins entlassen wurde.

Wir haben keinen stichhaltigen Beweis, dass der ausgegrabene Schädel und die Knochen einem Mann gehörten.

Und nicht zuletzt, alle diese Männer, abgesehen von

einem – Kwadjo Amoako – sind gläubige Christen, und die christliche Lehre verbietet ihnen die Tat, deren sie angeklagt sind.

Sie sind Christen und Diener des Hofes und als solche kennen sie das Gleichgewicht der Rechte und Pflichten sehr wohl, die ununterbrochene Kette der Ehre, die in einer Welt existiert, in der man nie vor den Augen der Ahnen sicher ist, in der jeder Fleck auf der Ehre eines Königs unverzeihlich ist. Wenn es einen Schatten von Zweifel in Ihren Gedanken gibt, meine Herren Geschworenen, dann bitte ich Sie, das zu bedenken.«

Der Stellvertretende Generalstaatsanwalt, J. S. Mensah-Sarbah, ein hervorragender Kricketspieler, der aus einer distinguierten Küstenfamilie stammte, in Lincoln's Inn ausgebildet worden und früher der Mentor meines Onkels gewesen war, erhob sich, um zu sprechen. »Es hat einen Verlust gegeben. Wir haben von zwei Zeugen gehört, zwei Ɔkɔmfoɔ-Priestern, dass zwei von den Angeklagten von ihnen Sassaduro haben wollten, Medizin für den Umgang mit Geistern.

Stellen wir uns vor, dass, wie es den Ɔkɔmfoɔ-Priestern gestanden wurde, an dem Nachmittag, an dem die Wirempe-Zeremonien stattfinden sollten, der Sohn des Königs A. E. B. Danquah den Odikro zum Trinken von Palmwein einlud. Während er trank, stand ein anderer der Prinzen, Ebenezer Agyata, auf, stellte sich hinter den sitzenden Odikro und schlug und knüppelte auf ihn ein, als er aufzustehen versuchte. Die Wangen des Odikro wurden mit einem sepow durchbohrt, und sein Blut wurde in einer Schüssel aufgefangen, um auf den Stuhl des Königs geschmiert zu werden, als Teil des epun, der Weihe des Stuhls – und das alles, während keine hundert Meter entfernt in der Presbyterianischen Kirche ein Gedenkgottesdienst stattfand.

Wir wissen, dass wir es mit einer Gruppe von Menschen zu tun haben, die auf ihrem Stolz und ihrem unerschütterlichen

Glauben an ihre Vorherrschaft über andere bei jeder Gelegenheit bestehen, die das Blut eines anderen Mannes nicht achten, wenn es nicht – und ich zitiere einen Familienangehörigen – von Gold ist.
Sie halten es für ihr göttliches Recht zu herrschen.
Diese Haltung ist es, die eine solche Tat möglich macht und wieder möglich machen wird, wenn wir dem nicht Einhalt gebieten, ein für alle Mal.«
Die Stille im Gericht wurde unterbrochen, und die Jury verließ den Saal.
Meine Mutter stand langsam auf und ging hinaus. Wir folgten ihr alle drei. Wir begaben uns zum Parkplatz, und der Fahrer öffnete ihr die hintere Tür. Die Menge hatte sich vor dem weißen Gebäude versammelt, und ich sah den Odikro von Tetteh in einem grün-blauen Kente-Tuch eine Rede halten. Er hatte eine Zeitung in der Hand, und ich ging hin und stellte mich hinter die Menschenmenge. Kopien der Zeitung wurden herumgereicht, und ich lehnte mich über die Schulter eines jungen Mannes und sah Fotos meines Bruders A. E. B. Danquah in einem dreiteiligen Anzug, von Ebenezer mit Zylinder und schwarzem Schlips und von Onkel Kagya in einem luxuriösen Tuch.
»Ofori Panin Fie, bis vor Kurzem der prächtige Palast des prächtigsten Monarchen der Goldküste, soll angeblich der Ort eines hinterhältigen Mordes sein«, las der Odikro laut aus der Zeitung vor. »Nicht nur angeblich, sondern in der Tat.«
Die Menge machte einen solchen Lärm, dass sie es zunächst nicht hörte.
Langsam verebbte der Lärm, als sich eine Frauenstimme höher und lauter über alle anderen erhob. »Mo yɛ kwasea«, schrie sie. »Ihr seid alle Dummköpfe. Eure Köpfe sitzen verkehrt herum auf dem Hals, deshalb wisst ihr nicht, wohin ihr lauft.«
Ich erkannte Yaas Stimme, bevor ich sie sah, allein in einer

Menge von Männern. Sie öffnete den Mund, um mehr zu sagen. Ich sah, wie alle Männer sich umdrehten und sie in ihrem blauen Trägerkleid ansahen, mit dem zu einem langen Zopf geflochtenen Haar auf dem Rücken. Sie waren jetzt zum Schweigen gebracht, aber bald würden Yaas Beleidigungen ihren Zorn erregen. Ich ging zu ihr, gerade als der Mann neben ihr versuchte, sie zu beruhigen, indem er ihr eine Hand auf den Arm legte. Sie stieß ihn mit all ihrer Kraft weg.

»Mo yɛ aboa, Ihr seid Tiere«, schrie sie.

Tränen strömten ihr übers Gesicht, während sie auf den Mann einschlug. Ich legte meine Arme um sie und versuchte, sie wegzutragen, aber sie war aufs Kämpfen aus und schlug nach einem anderen Mann zu ihrer Linken. Ich hob sie hoch und trug sie aus der Menge. Sie schluchzte so heftig, dass sie kaum atmen konnte.

»Yaa«, schrie ich, so laut ich konnte, ohne Rücksicht darauf, wer mich hörte, »das darfst du nie tun! Du darfst nie mit Männern kämpfen, Yaa! Es ist mir egal, wie zornig du bist oder was sie getan haben. Wenn ein Mann dich anschreit, bekämpfst du ihn nicht.« Ich schrie jetzt so laut, dass mir die Kehle wehtat. »Du gehst fort. Verstehst du mich? Da waren viele Männer. Männer, die dich und deine Familie hassen und alles, wofür ihr steht. Sie hätten dich verletzen, oder schlimmer noch, sie hätten dich töten können. Verstehst du mich?«

Amba kam zu Yaa und hielt sie in ihren Armen. Meine Mutter stieg aus dem Auto. Sie hatte den abwesenden Blick, aber als sie sah, wie Yaa weinte, lief sie zu ihr und fiel beinah über ihre Lace-Kaba.

»Mi ba«, sagte sie mit seltsam lautem Flüsterton und wedelte mit den Händen vor ihr. »Mi ba. Mein Kind.«

Yaa lief ihr entgegen. Der Fahrer führte sie zum Auto. Er kam zu mir und hatte etwas in der Hand. Es war der Gold Coast Observer.

»Nicht alle sind gegen Ihre Familie, Sir«, sagte er. »Ich bringe sie nach Hause. Beten wir für ein gerechtes Urteil.«

Ich nickte und blickte auf die Titelseite. Da stand: »Sacco-Vanzetti-Fall von West-Afrika. Königssöhne unter verleumderischer Anklage.«

Ich faltete die Zeitung zusammen, bis sie ein ganz kleines Quadrat in meiner Hand war, ging zurück in den Gerichtssaal und setzte mich neben die drei leeren Stühle. Meine Haut war kalt, und ich fröstelte trotz der drückenden Hitze. Ich rieb mir die nackten Schultern, als sich hinten die Türen öffneten und die Geschworenen eintraten. Das hektische Treiben der Menge steigerte sich zu neuer Lautstärke, und der Richter schlug mehrfach mit seinem Hammer auf den Tisch.

Er nahm seine Perücke ab und wischte sich über die Stirn.

Ein Diener brachte ihm das Urteil der Geschworenen.

Der Richter sah darauf, legte langsam das schwarze Tuch auf seine Perücke und verurteilte sie alle zum Tode.

Ich hielt den Kopf gesenkt, als ich an den Scharen von Menschen und Fotografen und Zeitungsleuten vorbeiging, über die staubige Straße, hin zum Meer.

Nackte Jungen sprangen in die Wellen, und Fischer zogen ihre Boote von den Riffen herein.

Ich sank auf die Knie und steckte meine Hände in den heißen Sand. Ich wollte mein Kente-Tuch ablegen, ins Meer hineingehen und nicht wieder herauskommen.

Vielleicht würden mich die Götter als Opfer nehmen für das, was auch immer Böses geschehen war; ob es unser Stolz war oder ein grausamer Angriff der Geschichte, der nicht aufgehalten werden konnte, wusste ich nicht, aber das Ergebnis war dasselbe.

Während der nächsten Monate bauschte die Presse unseren Reichtum auf, unseren Status, unsere Beziehungen.

Sie lobten die Polizei und Gouverneur Burns und beschuldigten nicht nur die Angeklagten, sondern alle Strukturen des Palastes.

Die Amantoomiensa erhoben Klage gegen meinen Cousin und erzwangen sich Zugang zum Palast, mit dem Ziel, meinen Cousin so schlimm zu verunstalten, dass eine Absetzung aufgrund seiner körperlichen Versehrtheit erzwungen würde.

Vierzig Beamte der Native Authority Police waren nötig, um sie abzuwehren.

Aber das alles lag noch vor uns.

Ich sah zu, wie die Jungen in die Wellen sprangen und rannten.

Die Sonne sank in die kristallenen Wassertropfen auf ihrer Haut.

Ich schloss die Augen und kostete das Salz der Tränen auf meinem Gesicht und wünschte, es gäbe nichts als diese Jungen und ihr Lachen, das von den Wellen abprallte.

Hände im heißen Sand, die Sonne gnadenlos auf meinem Kopf, die kühle Bläue des Meeres, so weit man sehen konnte, der scharfe Geschmack von Salz, das sich auflöst, für immer auflöst, und nichts vorher oder nachher.

Der Schmerz ist jetzt zu heftig, und ich muss aufhören. Ich komme nun zum Ende meiner Geschichte, Kojo.

Glaube nicht, dass ich dich vergessen habe.

Ich denke daran, an den Fluss, an seine Geheimnisse und vielen Stimmen.

Ich denke an die Glocke des Uhrenturms. An meinen Vater. An uns vier, wie wir auf den Straßen von Kaba herumliefen, Schokolade kauften und Erdnüsse schälten, umringt von Ziegen, Hühnern und streunenden Hunden.

Und ich denke daran, dass ich wusste, und doch nicht wusste, was Licht und Glück waren.

GLOSSAR

Abrokyere: Übersee, Ausland
Adowa: Tanz der Akan, Ritus bei kulturellen Zeremonien
Amantoomiensa: Zusammenschluss von kriegerischen Einheiten aus verschiedenen Dörfern, historisch in drei Untergruppen eingeteilt. Ursprünglich waren sie für den Schutz des Königs zuständig und daher an wichtigen Ritualen beteiligt
Asamandeefoo: Land der Ahnen
Asamando: Behausung der Ahnen
Asante: Westafrikanische Volksgruppe
Atumpan: »Sprechende« Trommel
Bofrot: Traditionelles ghanaisches Siedegebäck
Coon: Schimpfwort für Schwarze (eigentlich: Waschbär)
Fag: Schüler, der an einer britischen Privatschule Dienste für einen älteren Schüler leisten muss
Fontomfrom: Schwere Trommel
Fufu: Teig aus Kochbananen und Maniok
Gari: Maniok-Granulat, das zu einem Brei angerührt werden kann
Gyaase(hene): Bedienstete des Königshaushalts
Jollof: Reiseintopf mit Fisch, Fleisch, Chilischoten u. a.
Juju: Spirituelles Glaubenssystem, bei dem Gegenstände (Amulette) und Zaubersprüche verwendet werden
Kaba und Slit: Afrikanisches Kleid, zweiteiliges Ensemble mit langem Rock
Kenkey: Kloßart aus fermentiertem Mais
Kente: Aus schmalen Webstreifen zusammengesetzte Stoffe aus Baumwolle oder Seide mit symbolträchtigen Motiven,

die bei den Akan früher nur von Königen getragen werden durften

Kokokyinaka: Riesenturako

Kontomire: Taro oder Wasserbrotwurzel, deren Knolle und Blätter gegessen werden

Kra: Seele, Geist

Lace: Stickereistoffe, oft aus Europa exportiert

Oburoni: Ausländer(in), hellhäutiger Mensch

Odikro: Häuptling, Dorfoberhaupt

Odomankomakyerɛma: Verliehener Ehrentitel »Göttlicher Trommler«

Odwira: Wichtiges wochenlanges Fest zur spirituellen Reinigung, bei dem geopfert wird und politische Entscheidungen getroffen werden

Oheneba: Tochter/Sohn des Königs

Ohenenana: Enkel(in) des Königs

Ɔkɔmfoɔ: Priester des Königs mit beratender Funktion; Priester eines Schreins

Ɔkyeame: Sprecher des Königs oder Häuptlings

Ɔmanhene: König

Ɔsofoɔ: Heilkundiger, Fetischpriester

Sanaahene: Finanzminister

Sassaduro: Medizin für den Umgang mit Geistern

Sepow: Messer, das zur Bestrafung durch Wangen und Zunge gestochen wird

Sunsum: Seele, Geist

Twene: Trommel

Waxprints: Wachsdruckstoffe, industriell bedruckte Baumwollstoffe mit beidseitiger Musterung

»›Kleine große Schritte‹ ist das wichtigste Buch, das Jodi Picoult jemals geschrieben hat.«
Washington Post

Ruth Jefferson ist eine der besten Säuglingsschwestern des Mercy-West Haven Hospitals in Connecticut. Dennoch wird ihr die Versorgung eines Neugeborenen von der Klinikleitung untersagt – die Eltern wollen nicht, dass eine dunkelhäutige Frau ihr Baby berührt. Als Ruth eines Tages allein auf der Station arbeitet, gerät das Kind ein Atemnot. Nach kurzem Zögern entscheidet sie sich, entgegen der Anweisung dem Jungen zu helfen. Doch ihre Hilfe kommt zu spät, und Ruth wird von den Eltern angeklagt, schuld an dessen Tod zu sein. Ein nervenaufreibendes Verfahren beginnt ...

C. Bertelsmann
www.cbertelsmann.de

AJDEI-BRENYAH

Ajdei-Brenyah
Friday Black

Auch als E-Book erhältlich

In diesen zwölf verstörenden Storys erzählt Nana Kwame Adjei-Brenyah von Liebe und Leidenschaft in Zeiten von Gewalt, Rassismus und ungezügeltem Konsum. Wie fühlt es sich an, im heutigen Amerika jung und schwarz zu sein? Welche Spuren hinterlässt alltägliche Ungerechtigkeit? In einer unkonventionellen Mischung aus hartem Realismus, dystopischer Fantasie und greller Komik findet der US-Amerikaner eine neue Sprache für die brennenden Themen unserer Zeit. Ein selten kraftvolles, mitreißendes und ungewöhnliches Debüt!

»Adjei-Brenyahs furchtlose Geschichten treffen den Leser erst in die Magengrube, dann ins Gehirn, aber in Wahrheit zielen sie mitten ins Herz.« *Die Welt*

Jetzt reinlesen auf www.penguin-verlag.de